萌宠物语系列

喵说

全世界
都是我的

MOUW

[波] 扬·格拉鲍夫斯基 等 / 著

李青崖 等 / 译

中国文史出版社

图书在版编目（CIP）数据

喵说：全世界都是我的 /（波）扬·格拉鲍夫斯基
等著；李青崖等译 . — 北京：中国文史出版社，
2020.2

（萌宠物语系列 / 张春霞主编）

ISBN 978-7-5205-1733-1

Ⅰ.①喵… Ⅱ.①扬…②李… Ⅲ.①短篇小说 — 小
说集 — 世界 Ⅳ.①I14

中国版本图书馆CIP数据核字（2019）第267382号

责任编辑：张春霞　牛梦岳

出版发行：**中国文史出版社**

社　　址：北京市海淀区西八里庄69号　邮编：100142

电　　话：010-81136606　81136602　81136603（发行部）

传　　真：010-81136655

印　　装：北京新华印刷有限公司

经　　销：全国新华书店

开　　本：787mm×1092mm　1/32

印　　张：8.125　字数：200千字

版　　次：2020年6月第1版

印　　次：2020年6月第1次印刷

定　　价：36.80元

目录

录

Contents

猫

废 名

吃过早饭，祖母上街去了，琴子跟着"烧火的"王妈在家。全个村里静悄悄的，村外稻田则点点的是人，响亮的相呼应。

是在客房里，王妈纺线，琴子望着那窗外的枇杷同天竹。祖母平常谈给她听，天井里的花台、树，都是她父亲一手经营的，她因此想，该是怎样一个好父亲，栽这样的好树，一个的叶子那么大，一个那么小，结起果子来一个黄，一个红，团团满树。太阳渐渐升到天顶去了，看得见的是一角青空，大叶小叶交映在粉墙，动也不动一动。这时节最吵人的是那许多雏鸡，也都跑出去了，坝上坝下扒抓松土，只有可爱的花猫伏着由天井进来的门槛，脑壳向里，看它那眼睛，一线光芒，引得琴子去看它。

"王妈，猫在夜里也会看的，是不是？"

"是的，它到夜里眼睛格外放得大。"

"几时我不睡，来看它，——那怕有点吓人，我看得见它，它看不见我。"

"说错了，它看得见你，你看不见它。"

"不——"

琴子答不过来了，她本不错，她的意思是，我们包在黑夜之中，同没有一样，而猫独有眼睛在那里发亮。

"奶告诉我说她就回来，怎么还不回来？"

"小林哥哥的妈妈是要留奶奶吃中饭的。"

"叫三哑叔去问问。"

"人家笑话你哩，——看小林哥哥，昨天一个人在我们这里玩了一半天。"

琴子是从未离开祖母吃过一餐饭的，今天祖母说是到小林哥哥家去，当时的欢喜都聚在小林哥哥家，仿佛去并不是祖母要离开她。

突然一偏头，喜欢地笑了，"奶回来了！"立刻跑到堂屋里去，堂屋同客房只隔一道壁。

是一个婆婆，却不是她的祖母。"唱命画的进门，喜鹊叫得好听。"

"你又来唱命画吗？我奶不在家。"琴子惘然地说。

"奶奶不在家，

姑娘打发糯米粑，

我替姑娘唱一个好命画。"

王妈妈也出来了——

"婆婆，好久没有看见你呀。"

"妈妈，你好呀？这一晌跑得远，——姑娘长高了许多哩，可怜伤心，好姑娘，怪不得奶奶那么疼。"

婆婆说着握一握琴子的手。琴子还没有出世，她早已挟着她的画包走进史家庄了。什么地方她都到过，但似乎很少有人知道她的名姓，"唱命画的"，大家就这么称呼着。琴子时常记起她那一包画，一张张打开看才好，然而要你抽了哪一张，她才给你看哪一张。

"婆婆，你今天来得正好，——姑娘你抽一张罢。"

王妈叫琴子抽一张。琴子挨了近去，她是要抽一张的。

婆婆展开画——

"相公小姐听我讲，

昔日有个赵颜郎——"

"赵颜求寿吗？"王妈不等唱完高声地问。

"是的，那是再好没有的，你看，一个北斗星，一个南斗星，赵颜后来九十九岁，长寿。"

琴子暗地里喜欢——

"我奶九十九岁。"

原来她是替她的祖母抽一张命画。

婆婆接着唱下去。

不止一次，琴子要祖母抽一张命画，祖母只是摆头罢了，心里引起了伤感，"孩子呵，我还抽什么呢？"现在她是怎样的欢喜，巴不得祖母即刻回来，告诉祖母听。

史家奶奶这回上街，便是替两个孩子做了"月老"，我们这个故事也才有得写了。

猫

何家槐

一

　　妻爱猫。

　　她说猫的温柔就像未出嫁的姑娘；驯善就像丧了子的老妇；捕鼠时候的倔强，又像希腊古神话里的英雄。蹲在你的膝上，或者睡在你的怀里，犹如一个心爱的儿，使你感着满是爱，满是痛的甜蜜。那股不可抗拒的体热，从它绒绢一样的毛里，传到你的身上，就会使你感到拥抱着情人一样的温软。你抚摩，它就俯伏着不动；你逗，它就在你怀里跳着玩。如果你偶不留心，它就像个孩子似的溜到地上，眯着眼，挺着须，笑似的向你望。它既不像家犬一样蠢，又不像野兔一样滑。忠诚，机警，那样的伶俐，美丽，不叫你不欢喜。

　　妻爱它就爱得要命，简直胜过于爱我。但我却极端地厌，恨不得杀尽天下的猫，绝它的种。因为在过去，它分去妻给我的爱；到如今，又增加我一段痛苦的回忆。

是去年深秋的一个下午，我们家里忽然来了一位客。

他是我的老友，中学时代的旧知交。他新从杭州来，就在附近的仅海女校教书。学校离我家不远，横过狄威路，再转几个弯，就可以看见灰黑色的校门了。

那时我们住在福恩路，地方很寂寞。一条光滑如砥的马路，在瘦叶扶疏的桐荫下，迤逦到远处。因为偏僻，不热闹，车马的喧声真是难得听见。一切很静穆，很悠闲，就连戴笠帽，穿号衣的清道夫，也似乎很懒散的，在跟着垃圾车慢慢地走。

我们初到这里，很生疏。终天幽闭在家里，郁闷得要命。亲友既远隔天涯；是近邻，又都不相往来。大门静悄悄的，像在做着噩梦。除了佣妇以外，一天简直没有第二个人进出。

我赋闲，妻也找不到事做。没有地方走，缺朋友谈天，实在怪难受。尤其是妻，她原是好动的，还有孩子气的女子。她活泼，强健，喜欢交际。整天的说，笑，跳，她整个的生命就是韵，就是音律。

因此这种枯寂的生活，她怎么也过不下去。过一天，就像过一年，整天闷坐在房里，望着狭窄的天，飘忽的云，就像这种生活永远不会穷尽一样的忧郁。

"闷，闷，闷！"她每天总是这样重复着叫。每说一句话，叹一声气，她那哀愁的眼光，总是很严重的落上我的面，那眼光，含着勉强遏抑住的恨，怒，仿佛完全是我害了她一样。"有什么办法呢？乖——"

我总是迟疑着说，好像怕她谴责似的。

"但是这种生活，是永无穷尽的吗？"她失望地问。

"请不要忧。我们就搬家的。"我总是这样说，叫她不要忧。但是看到她那戚然寡欢的神态，又觉得自己的话是谎了。

因为生活这样枯，一时又无力舍弃，所以朋友的突然来访，确使我们很惊喜。仿佛一群久困图图的囚徒忽然会见了亲友，我们几乎疑心这是梦。

我们尽量笑，尽量谈，絮絮休休的，不时地握手，像久别的兄弟，我们一味说着亲热话，想出各种方法，闹着玩，尤其是妻，好像格外的快乐，她忙碌地穿来穿去，吩咐佣妇买这样，买那样；想了又想，仿佛要搜罗到所有的珍品。恐怕年老的佣妇不懂事，记性差，于是使着嗓，叮咛又叮咛。她那亮澈的声音，在马路上都可清晰地听到。

她嫌佣妇脏，亲自在厨房里烹调。刀叉的响声，葱的气息，油的怪味，散布了各处。钟在悠闲地走，落日镀金了客厅里所有的陈设。乌油的桌椅上，错杂着五彩斑斓的晕光。一种悠远深邃的情调，使人想起了古代的乡村。

"来，请为我们多年不见的老友干尽一杯！"我微笑向妻，双手擎着银色的酒杯。

"是的，戈琪君！以后我们是邻居了，请为我们以后的交谊干尽这一杯！"妻向戈琪笑，殷勤地劝酒。看见戈琪迟迟不举杯，似乎很着急。久已消失了的红晕，升上了她的腮。眼里闪耀着幸福的光芒，很妩媚。那种似有意又似无意的微笑，确是迷人。

"谢谢。"素性沉默的戈琪，还是以前一样的不愿多说话。他无声地干尽一杯，脸上浮着笑。

"你还不曾变！"我看着他说。

"不曾变？"他像不信这是实话。

"不过稍微老了一点"，我再举起酒杯，望着他，想在他的脸上找出一点与以前不同的标记。但是除了新添的几条皱纹以外，简直找不出什么。圆睁睁的眼，还是那样有力；微微向上的鼻孔，直竖的双耳，短而硬的髭须，还是九年前一样——像一张猫脸。他的声音，也还是那样沉浊，雄健，断续不连——像只猫的声音。他的性情，也还是猫一样的温驯，猫一样的柔弱。

我们的分离已经好多年了，不但未曾多见面，就是通信也是很少机会的。从几次短讯中，我知道他自离校以后，做过教员，当过兵，在家赋过几个月的闲。因为朋友的介绍，他曾权充某小报的编辑。据他自己说，那时他只有月薪十五元，而且伙食住宿都要自理的。因为不备稿费，投稿者寥寥，大半文章还得亲自动笔。"真倒霉——"他有次来信说，"榨碎脑，呕尽血，自己编，自己做，还得自己付印。兼门房，兼打杂，一天简直忙得发咒。但是所得的报酬却只是疲劳，困倦，绝望和失意而已……"

在这种生活中，他也居然住上了一年。直到现在，他才重新献身于教育。据说他离开报馆，还是因为报的销路落，生活程度高，经理先生说要给他减薪，补一点亏损。因此，他实在没有再住下去的可能了……

"从此，我又要开始念经吃素的生活了。"他苦笑——那种不自然的笑，多奇异！它能给你饮，给你酸，仿佛吃了醋熘鱼。只有还未离校的时候，我是时常看见这种苦笑的。那时他也这样的冷静，这样的沉默。整天枯坐书斋中，像在念书，又像在沉思，其实谁能知道他在做些什么呢。他快乐的时候很少，我们却很喜欢吵，喜欢闹，整天想寻开心。"你看，他那副冷峻的神气！"我有时耐不住他的沉默，故意对人这样说。声音很响亮，意思是叫他听见，但他却装着像理不理的样子，一味地苦笑。

"但是，我们以前不是很羡慕教书匠的吗？"我说，记起了我们以前热衷于教员生活的事。

那时候，我们全是傻全是呆，一点不明白社会的情形，只是一味地空想，你大约还记得，我们那时候以为：教书是愉快，自由，神圣而且廉洁。我们幻想着幸逢女校，还可以同女生发生几件艳丽的罗曼司。"但是现在——"他又苦笑了，我却沉默着不答。他是从不曾说过这样多的话，显然他是给教书的苦味所激动了。

"我求求你们，不要说这种乏味的话。"妻一面说，一面高擎起酒杯，"戈琪君！请再干尽这一杯！"

我们听到她的说话，也就竭力地振作精神。于是一阵热烈的碰杯声，在沉沉的夜气中荡漾到各处。

客厅上开亮了电灯，水绿色的灯光下妻在弹着愉快的钢琴。

二

从那天以后，他就差不多天天来了。开始那几天，我们似乎还有一层隔膜，于接待中，还不免掺杂些虚伪的客套。但是过了不久，我们就恢复了求学时代的亲密，妻也很热诚地欢迎他来。他也似乎很快乐，虽然还是以前一样的沉默，但是那层忧郁的面容，却已经完全消失了。

他一来，总是照例的坐在窗前。进门的时候，他总是照例的半天不说话。没有寒暄，也没有问好。静默了一会，然后慢慢地抬起头来，照例的说一句：

"为什么这样沉闷呢？"

他说这句话，像是不得已似的，并不希望有人回答。

"我想听一次钢琴——"接着他就照例的要求妻弹琴。有几次，妻虽很疲倦，想拒绝，但是看到他那恳切的面色，又不得不在钢琴的面前坐下了。

热情麻木了疲——倦

恋爱充实了空——虚

人们只有找到爱——

才算不是空过一世。

妻总是照例地弹着同样的歌，他也爱听这支同样的调子。那种愉快的琴声，仿佛很使他感动。他惘然地站在妻的背后，两眼无神地望着琴谱。

因为我们摸到他的脾气，了解他的性情，所以他来也好，去也好，说话好，不说话也是一样。他坐在窗前，无聊地翻书，或者注视着在窗外过往的浮云。我们却照旧地做着工作，仿佛没有他在房里一样。四周很静寂，只有萧萧的落叶声可以听见。他这样的默坐了一会儿，好像觉得沉闷，总是坐不到半点钟，就匆匆地出去了。

"出去玩玩罢。"有一天，他捻着短髭说，"我觉得很闷！"

"你请的是哪一个？"我笑着问。

"你们两位。"

"但是我的稿还不曾誊好，"我说，"这篇东西今天是要付邮的。"

"那么密赛司金呢？"他苦笑着问妻。

"我么？"妻沉吟着说，看一看他的脸。"自然可以奉陪。"看她的神气，显然是勉强答应的。

"谢谢。"他很有礼的向妻鞠了一躬。

妻脸红红的，笑着向我说了一声"再会"。

我惘然地听他们走下了楼。

从此，他就每天要妻出去散步。妻呢，也是有可无不可地跟着出去。

他们走的并不远，大约就在附近马路上打了一个圈子。我每次计算，没有写上三页稿，他们就手挽手的回来了。他们的态度真是出我意外的亲密。每次走进走出，总是夫妇一样的手握手，肩并肩的。我懊恼妻太放荡、太浪漫，在一个丈夫的朋友面前，我觉得是不应该这样过分亲昵的。

戈琪的愉快，也是增加我的疑虑的原因。他出去的时候，好像很抑郁；但是经过一次走，却像枯了的野菊重苏的一样，精神顿觉蓬勃得像个小孩。他虽然还是同样的镇静，同样的沉默，可是从那掩不住的笑容看来，他的心里是在激动着愉快的狂潮的。

"天气多美丽！"同妻散步回来，不论天晴或阴雨，他总是这样的赞叹着说。在这短短的感叹语中，可以看到那不可遏抑的热情。

"不，天气并不见得好呢？"我反对说，差不多是故意的。他照例的说好，我就照例的说坏。我自己也很惊异，看见他那样快乐，心里就觉得十分不快。虽然他们散步的时间并不长，走的地方并不远，但是他们出去的次数多了，我总觉得有发生暧昧事的可能。"或者——在偏僻的小街里——"我时常这样想，但立刻又给自己对于妻的信任否认了。的确，妻是贞洁的。她对自己的爱情，还同结婚前一样的专挚。"结婚是爱情的坟墓"这句话征之我们的历史，是不正确的。"难道为了一个新交的朋友，她会牺牲了对于自己的忠实吗？"我这样自问，又即刻给自己宽解，"这是无论如何不会的，简直是不可能！……"

我诅咒我自己的多疑，量窄，心地不光明，而且头脑腐旧。"但是人——"我又时常这样想"多半是靠不住的。谁能永远保证自己的爱妻？哪个女人不是水性杨花的？而且那个寡言的戈琪，未必不是貌诚心奸的痞子罢？……"因此，怎么也摆离不掉在我心目上日渐滋长起来的猜疑。我觉得妻，对我疏远了，不然为什么天天同他出去散步呢？怪不得这几天来，她时常怄我的气：姑息一只猫，任凭它打翻我的墨水瓶，喔，这可不是她变心了的证据么？而且她愈爱打扮了，花枝招展的，装饰得像个未嫁的姑娘。不烧饭，也不煮菜。洗衣服，更休想她来动手。如果这不是她变心的象征，岂不怪？她整天望着窗外，似乎在等着他。他一来，她的举止就活泼了，话语就响亮了，态度就柔嫩了，钢琴的声音也似乎更其娇媚了，呒，这可不是又是一种证据？"这定是——"我时常给自己下判语，"一个弃夫如遗的荡妇！"这样想时，我就会不自觉地打起寒噤。因此我恨妻真是出于意外的彻骨了，这种心理上的变化，着实使我自己吃惊。

我想捶妻的头，拧她的腿，而且踏扁她的嘴。

"你这畜生！"有时我觉得无所发泄，总是借猫出气。

"它好好地蹲在那儿，可曾侵犯到你？"妻看我无故打猫，就出来说话。的确，猫是她的生命，她灵魂的殿堂。我们有时偶尔不称心，动不动就口角。妻生气，我也生气，大家弄得难为情。但是她对猫，真是爱护得无微不至的，天天替它洗澡，修须，而且不时的替它搔痒。她总是笑着对我重复地说，"猫是最伶俐的动物，它给你的尽是安慰，尽是温柔。"说这话时，她总是很骄傲，抚摩着睡在怀里的白猫，像有无限的光荣。只要有人触一触猫尾或是猫背，她就会出来干涉。她每夜总是带着猫儿睡，唱着催眠歌，很亲昵地喊着"小宝宝"。她整天的找猫，防走失；而且逢人便称赞，好像怕人忘了她有这样一只猫。"唉唉，你又照例的来那一套——"我不知怎样的，那时虽不十分厌恶猫，但是那种千篇一律的赞语，实在引起我的不快。"它是你的丈夫不是？"有时我这样问，她的眼泪就很快的流下来了。

"它不时打翻墨水瓶，妨害我的工作！"我总是这样的替自己辩护，妻愈想助猫，我就愈要打猫。猫受了痛，照例总是咪的一声，跳出门外不见了。

"你这狠心鬼！"妻指着我骂，连忙跑去找猫。看它那种垂头丧气的神气，她的芳心似乎痛惜得碎了。

"由不得你骂！"我愤然地拍着书桌，"你去叫'猫'来！"

"叫猫？这是什么意思？"妻疑惑的问，"猫不是卧在我的怀里么？"

"不是这只真的——"我摇着手。

"是假猫？"妻骇然了。

"是那个像猫的——像猫的——"我踌躇着说，觉得这是太仁心了。妻是神经过敏的女人，一定懂得我的话。在我家进出的，除了戈琪以外，还有哪个呢？而且在平时，我仿佛记得已经对妻说过戈琪像猫一类的话了。

"我已经懂得，你是疑心到戈琪——"妻果然懂得我的话，啜泣着，恨恨地抱猫出去。看她那种苦恼的样子，我又不禁后悔自己不该这样鲁莽。他们出去散几次步，原是极平常的事。就是手握手，肩并肩，也是毫不足怪的。而且戈琪每次出去玩，总是照例的邀我同去。自己拒绝，又自己怀疑，啊，你这自私的男人。

我们时常这样吵，这样闹，感情的裂痕，终于不可收拾地爆发了。

　　那是一个宿雪初霁的冬晚。我们因为觉得闷，散步到附近的墓地里去。那里阳光正照着雪地里的枯杨，有水从枝上滴下。白色的十字架、石墙、墓门，以及埋在乱石中的墓碑，都在金色的交错中，镶着银色的绢边。草地上的雪，还不曾完全溶解，我们的脚下发出雪块碎了的声音

　　"太太，你有信。"佣妇匆匆地跑来，匆匆地递过信，又匆匆地跑回去了。

　　"是哪儿来的？"我无意的。

　　"表妹。"

　　"可以给我看看么？"我问这句话时，觉得我们只是泛泛之交。

　　"自然可以，不过——"妻迟疑地说。

　　"不过什么？"

　　"要等我看完了以后——"

　　这又是什么意思？我明知是她表妹的来信，因为我认得她的笔迹。但是为了某种缘故，我却故意地加上一句，"莫非是'猫'的消息？"

　　"……"她在看信，不曾注意我的话。

　　"这畜生！"看见她不答，我又愤愤地打猫。这时猫正蹲在她的身旁，睁着那双圆眼，对着浮云望。

　　"给我滚！"我踢猫，拉住它的尾巴，在雪地里倒拖，这时她已愤怒得不能再忍耐了。

　　"它又侵犯不到你，"她的脸色都变了，"我真不明白你为什么这样的厌恶猫！"

"因为你爱它胜过于爱我——"我明知自己的话没有理由，却还是说。

"请你自己想想——"她哽咽着说，"难道我会爱猫胜过于爱人？"

"但我并不是说……"我吞吐着说。

"那么你所说的是——？"妻摸不着头脑，懊丧地问。显然地，她已忘掉前几次的口角了。

"是那位像猫的——"我手不随心的，指着仅海女校的那面，那个猫声音、猫脸、而且猫性情的戈琪，立刻电影般的浮现在我的眼前。

"哦，你还是疑心到我们。"妻突然站起来说，一个水绿色的信封落在她的脚下。"我真不知道你的居心何在，我们不是已经好久不曾出去了么？"

"有什么不明白？你自己倒给情热昏迷了。"我执拗地说，"难道除了散步以外，你们就不曾有过别的——？"

"这只有天知道！"

"天知道？好巧妙的饰辞！那种手挽手、肩并肩的情形，请你自己想，多刺眼！"

"好，你既这样的怀疑我们——"妻镇静自己，"你的眼光竟是这样浅，心地竟是这样窄，很抱憾的，以前我竟一点也不知道！你怀疑我们已经好久了，就是替我自己辩白，我知道也是无用。我早已知道，你已渐渐的厌弃我了。因为一个正热衷于妻的丈夫，无论怎样不会无故疑心到她的贞洁的。"

妻的态度突然变成这样镇静，颇使我惊异，她的头发散披在脑后，晶莹的泪珠隐在她的眼角，欲流不流。那种不胜忧伤的姿态，又使我不胜怜惜。我想跑过去，抱着她痛吻一阵。但是固执的自尊心，怎么也不允许我这样做。我觉得在妻的面前认错，是很羞辱的一事。虽然知道这是虚伪，这是道学气太重，但是要我向妻低首下心，怎么也是做不到的，而且同妻闹翻的事情，已经司空见惯了。

我是始终相信：妇人是眼泪一干就会眉开眼笑的。

"那你打算怎样办？"我冷笑。

"马上离开你。"

"离开我？"我又冷笑。

"当然。"妻坚决地答。

"那你预备哪里去？可是'猫'那里——"看见她那坚决的样子，似乎受了委屈，愤怒又不自觉地回上我的心头。那个猫脸猫声音的戈琪，又像电影般的在我的眼前浮动。"这是一个貌诚心险的痞子！"我愤愤地想。而且我给自己决定，他们在散步的时候，一定有过什么不可语人的，暧昧的行动。

"可是到'猫'那里去？"我又逼着问。

"……"她不答，很悲伤地旋转身去，只吸了一支烟的工夫，她已默默地独自离开墓地。她那宽敞的皮氅渐渐地消失在远处。我料定她是回家去的，一点也不着急，站起身像胜利似的叹了一口气。

果然，她已先到家，一看见我，似乎不好意思，连忙脸红红的跑上楼去。我看见她那仓皇害羞的神情，不觉得意地笑了。

我悠闲地坐在自己的房里，悠闲地吸着卷烟。成圈的烟影，似乎幻出了不少形形色色的猫脸，喇喇的吸烟声，催眠着我，使我就是这样悠闲地入了睡，而且悠闲地做了梦。

第二天清早，我起来很晚。这时已是上午十点钟，门外可以听到刷马桶的声音。

我走过她的房间，听听没有一点声息，我以为她睡熟了，窥进门缝低声的喊：

"曼娜，已是起来的时候了。"我叫得很粗声，几乎疑心自己又是发怒了。我觉得对妻太温柔，是有损自己的自尊心的。房里没有答应。

"好大的脾气！难道昨天的气还不曾全消？"我以为她在懒散，故意同我赌气。

但是房里还是没有答应。除了自己粗哑的声音外，四周很静寂。

我觉得奇怪，一种笨重的预感压上我的心头。我推门进去，立刻惊住了。房里很凌乱。床上已经没有蚊帐，空空洞洞的，除了些碎纸片以外，简直没有留下什么东西。

"难道真的走了？"我疑心这只是一个玩笑，决不是真实。难道同居了这么久的夫妇，因了这次毫无意义的口角，就会这样简单的，平淡的，毫不留痕迹地分散了么？

我捶着胸跺着脚，想在什么地方，找出一点她真的已经走了的证据，但是没有，一点痕迹也没有。她走的时候好像很匆忙，连写条子的功夫都没有。但是房里的东西收拾得很干净，又显见她临走是很从容的。"她不愿意使我晓得！"我自语着，在房里踱来踱去，思想很乱，没有一点头绪。我仿佛听见猫叫，以及妻抚慰猫的柔声。悲哀像冰块似的，从我的喉间，一直落到我的肚里，渐渐地溶解，又渐渐地凝冻。

"一定是到戈琪那里去了？"我坚决地想。我似乎亲眼看见她走进仅海女校，不一会，他们就又手挽手、肩并肩地走出校门，向不可知的方向跑去了。"他们一定已经离开这里！"我一面想，一面疯狂地吸着香烟。那个猫声音猫脸而且猫性情的戈琪，总是幻影般地留在我的眼前。"这畜生！"我愤怒地伸出拳去，好像一拳打中他的胸，并且还听到他的呼声。但是仔细一看，却只打着自己的腿，白皙的皮肤顿时起了一块红疤。

我苦笑着，在心里嘲弄着自己。

"王妈！"我忽然想起王妈，于是喊着她，想问她一点关于妻的事。

半天没有答应。

"王妈，王妈，王妈！"我连声叫，这才听见一声微弱的疲音，"哎，来了。"

"快。"我喊，但是王妈还不见出来。

"你还睡在这里？懒猪！"我愤怒地跑到她的房门前，看见她还在那里铺被。这真是火上添油，我恨不得用随便什么东西，猛力地打她一下。

"先生！你得原谅我才是！"王妈苦笑着求情，眼睛似乎浮肿着。看她那样的没有精神，好像还想睡。

"你说什么？"我惊异地问。

"我昨夜帮了太太一夜忙，到得今天东方发白才睡了的。"她说着，从口袋里取出一张皱缩了的字条，"这是太太叫我给你的，她说她到亲戚家里去，什么事情都写得有，无须我传话。"

"就是这样？"我觉得事情太简单。

"是，先生！"王妈看见我在看条子。为了暂避我的怒锋，一溜烟跑去煮菜了。

条子上写得很简单，但这短短的几句话已很够使我流泪了。

"我们的一切都已完了。

"但我并不怨你，因为使得我们决裂的，并不是你，也不是我，更不是你那可怜的朋友戈琪。我们的幸福，完全是给'猜疑'破坏了的。因为我们相互间的'爱'，渐渐的因为猜疑而变成'恨'，变成'妒'，因此我们不能不忍痛诀别了。或许因为这一别，我们会在悔恨中互相了解的。因此我的走，完全是为保全我们过去值得纪念的几页……

"啊，我们终于诀别了，请你忘了一切罢——你的曼娜。"

三

几个月的光阴过去了。

妻走后的几个星期，我是差不多发疯了。一个人整大的坐在客厅里，无可奈何地吸着纸烟。看到那种虚飘飘的，不着边际的烟影，一种空虚的感念，就会螺旋似的钉上我的心头，冰块似的冷了我的手足，终至苦酒似的麻醉了我的思想。在那个时期以内，我是怎样的厌恶我自己，怨恨我自己，恐怕没有人会相信的。仿佛刚才做了一场噩梦，一切梦里的罪恶都要我来负担。我想登报，去问仅海女校的当局，但知道这都是无用。每天清早，我就像落了魂，失了魄的一样，走到马路上，盼她回来。但是那条辽阔的大道，看去只是一线无穷尽的延长而已。

我最后才发现，猫也不见了。一想起从此再也听不到妻的欢笑，和猫的欢叫，我就觉得坐不安，睡不安的，很想不顾一切的大哭一顿。"的确，这怎能怪她呢？她也有自己的人格，有自己的自尊心的一个女子，她怎能任随你的作践，忍受你的冷嘲热讽？"我不时这样的自谴，觉得弄成这样的僵局，完全是自己一个人的罪过。

"妻走了，朋友也走了，你这孤独的男人哟！看你还能安然的生活下去不能？"我捶自己的胸，拧自己的腿，恨不得把自己一头撞死，但是时间是能麻木人的感觉的，我自离开妻以后，居然已经孤寂地过了几月。她在我的记忆里，已经渐渐的褪色了。厌恶自己的情绪再也不来痛苦我的心了，吃，睡，看，写，马马虎虎的我又过了一天。倦怠的时候，我就跑马路，马路跑够了我又静下心来写。

我觉得没有曼娜，也是同样的能够生活下去。我屏除一切思念，专心于材料的搜集，内容的结构，以及字句的推敲上。天天期待着的，只是编辑所里的来信。我的愿望变得更单纯，任何事情都不足打动我的心。只有编辑所里的来信，才能使我快乐或是忧郁。我觉得自己的幸福：财产，名誉，以及第二个妻，都要靠那几篇文稿决定的。

真的，我已完全的忘掉妻了。就是偶然地想起了她，也只如阵白烟的飘过，丝毫不留痕迹。在我这个快已麻木了的心湖上，再也吹不起痛苦的涟漪。"想她干吗？算她已经死了，葬了倒也干净。"有时我竟这样想。

但是有一天晚上，我正在誊写文稿，忽然佣妇送来一封信。我满以为是编辑所里寄来的，哪知拆开一看，却是戈琪的笔迹。字迹很潦草，显然是在精神不好时写的。

"你不晓得，我是病得多厉害！如今虽已好点但是痊愈之期却还遥远得很呢。

"现在我请你来此一走，因为最近曼娜有信来，提起了你们口角的事。

"我不能多写信，这是医生禁止的。我仍住在原校，功课有人代授——你的好友戈琪。"

"我不能信！"我虽然这样说，事实上却不能不信。

饭也不吃，戴上帽，立刻就往仅海女校走。

戈琪的卧房，是在教员寝室的最后一列，窗子都敞开着。枯草的香气，随风飘了进来，使人感得很沉闷。

我一直走进他的房里，就在临窗的一把圈椅上坐下。

"戈琪！"我轻声地叫，这时他正背着帐门睡。

"哦，你来了么？"他含糊地说，仿佛刚从睡梦中醒来似的。

我们紧紧地握着手，默然了良久。我注意他的容颜，憔悴了；他的头发，秃了；他的眼，已没有猫眼那样有神；他的声音，也没有猫叫那样雄健了。可是他的性情，还是猫那样的温柔。他对于我的嘲弄、怀疑，像毫不介意，很亲昵地握住我的手。"你说曼娜有信来不是？"我含泪问。

"有的。"他从枕旁掏出一个信封，那纤美的手迹，一看我就晓得是曼娜的。

"我丈夫的朋友——不，我的朋友戈琪君！因为我已离开丈夫了，所以我不能借用丈夫的名义。其实，你也一样的是我的朋友哪！

"我们决裂的原因，是完全为着你，但这决不是你的罪过，也不是我的不好，我们只不过很寻常的散了几回步，我们可以互誓，相互间决没有什么可耻的、暧昧的行为。

"罪过的本身，是猜疑。因为丈夫怀疑我的贞洁，时常冷嘲热讽的，逼我走。我也一时昏迷，怀疑丈夫另有钟情，所以才会这样的无中生疑；因此他逼我走，我就走，啊，感情真是盲目的！我那时的贸然出走，还不是凭着一时的冲动？

"离开丈夫后的痛苦，我不愿多说。其实事已如此，多说也是无用的啊。

"现在我担任着一所小学校的功课，生活很枯寂。事情很少，日唯娱猫以自遣。的确，猫是最堪怜爱的动物，它给你的'爱'，有时竟胜过情人们给你的'恨'。而它于我，啊，更有另外的意义。因为在它身上，我可以发现许多被我丈夫打伤了的疤痕。这伤痕，使我不时忆及那些可纪念的往事。所以猫是我们恨的结晶，在这方面，它给我的只是伤心。但在另一面，因为恨的极端就是爱，所以它给我的，又是希望和追怀的交错。

"你大约还在那里服务罢？如果你还不曾离开，那么同我丈夫晤面的机会，想来总该有的，恐怕这个时候，他还在怀恨着你呢。

"近来我很烦闷，因为我又不自禁地想起了他。但我却不愿见他，除非"恨'已转成了爱的时候。

"请为你自己洗白，我写这封短信的动机，就是为此——你朋友的妻，不，你自己的朋友曼娜。"

我真的几乎晕倒了。曼娜又在我的记忆里苏醒过来。一个梦影似的，她怎么也不离开我的眼，我的脑。我似乎听到她那柔弱的声音，在抚慰着心爱的花猫——我们"恨"与"爱"的结晶。她似乎很忧郁，很痛苦，那样清贫的教师生活，或许已经把那美貌年轻的太太，变成一个善愁多病的老教师了。我还看见那头花白的雄猫，蹲在她的身旁，很忧伤地向她凝望。她的书房必定是很卑陋而且龌龊，她那些学生们必定是很顽皮而且愚蠢，同她日常接近的人们：校长，同事，以及学生们的家属，一定也很腐败而且可笑。……她过的是怎样的一种生活？这一种生活，究竟是谁给予的？是谁逼她走上这条路……我真的流下泪，更紧地握住戈琪的双手。我追悔起一切，自谴自责的情绪燃烧起来，一些可纪念的往事：结婚前的恋爱，度蜜月时的浪漫，以及迁住到上海来以后的愉快，甜蜜，争执，决裂，以至于分离，而致今日的后悔……

"你想，我可以再见曼娜吗？"我无意识地问。

"那怎样得知？她也并不曾告诉我一些更详细的事情！"

"但是，你难道只接到过这一封信？"我一问出，就觉得太孟浪了。

"怎么？难道你还疑心我对你的诚实？"戈琪喘着气说，语气里面含着怒意。

"这并不是说——"我吃吃的说不成话，觉得很不安。妻是没有归意的，否则为什么不附写一个较明白的通信处呢？

"那么，我的好友！我告诉你，曼娜是不会同你再见面的了。"

他看我沉默着不响，又喘着气说，"请你平一平气，告诉我为什么我是你们闹翻的原因？"

"请你恕我，我亲爱的好友！"我嗫嚅着说，"我们分离的原因，是因为她不能忍受我给她的怀疑——怀疑你们每次散步的时候，有什么——"

我不能再说下去了，溜出他的手，抓着帽子就走。这时风正刮得很大，黑云在空中驰逐，是落雨前的光景。泥土很湿润，各处已在透露出早春的气息了。

我很懊丧地回到家里，心很虚。好像很恐怖，怕戈琪从后面追来，要我把决裂的经过说出底细。我狠命地关上门而且加上锁，疯狂似的跑上楼，坐在床边疯狂地搓着双手。

写稿，誊稿，卖稿，前途的希望，意外的荣誉，第二个爱妻，这些这些，在这一忽中，忽然都变成毫无意义了。

"咪——咪——"当我正在踱来踱去的时候，忽然听到一声猫叫。我疯狂地跳出卧室，滚下楼梯。啊，这是一种多么熟悉的声音！

我顺着声音走去，找了许多时，才见一个花钵上，蹲着一只雄猫。它是花白的，各部分都很像妻心爱的那只。我跳着跑去，想把它紧紧地抱在怀里，亲它吻它，问它主人的起居。但我一走近去它就竖起尾巴逃走了。看它跳跃的样子，我才想起家里那只猫早已给妻带走了。

"或许它正睡在妻的怀里罢？"我叹气仿佛失了心的一样，惘然地望着雄猫逃走的方向。

到了应该写稿的时候，我还颓然地躺在大椅上，剧烈地想起那只猫，爱猫的那个女人。如今已经离开半年多了，妻的消息还是云一样的渺茫。一听到猫叫，梦境似的追忆就会痛啮我的心。

女孩与猫

巴　金

由重庆回来的第二天晚上，我在屋前空地上看星星。桂林的秋天很可爱。带着草木香味的空气清爽得像要洗净人的脑子似的。夜相当温暖。我感到了几个月来没有享受过的使人忘却疲倦的舒适。为了高空那些发光的世界，我居然站了两个钟点。我听见敲九点钟，又听见敲十点钟。

"凯提！凯提！"女孩的尖声在楼上叫起来。接着一个黑影在二楼廊前栏杆旁出现了。纸窗上映出一个女孩的半身影子。"毛米！毛米！"她似乎向着阁楼呼唤。

我从星的世界回到这个小小的庭前来了。

一排七座木造楼房中只有我们这一座和最右的一家还有灯光。似乎有一两声人话，又似乎只能听见虫声。女孩的影子消失了。忽然一团黑影从隔壁屋檐上跳下，沿着我们楼上的过道跑到里面去了。猫在叫。

"凯提！凯提！米扬！米扬！"女孩的声音又响了，这次她拿着一盏煤油灯从房里出来，沿着过道去追那只猫。

过了片刻。

"张先生，张先生！"仍是女孩的声音。有人在后面答应。"你看见凯提没有？……是不是凯提回来了？"女孩在问。

她好像得到了否定的回答。

"我明明看见她跑过去。一定是她。可怜的凯提，她瘦多了！她在外面流浪一些时候，现在也该回来了。……"

以后再没有听见猫的声音。女孩终于拿着灯孤寂地回来了。灯光照亮她的脸，的确是一张圆圆的、孩子的面庞，虽然看身材和装束，她应该是二十一二岁的小姐了。头发倒是烫得蓬松的。

对我，这次是第一面。今天早晨朋友张已经跟我说过，在我离开桂林的期间，他找到了一个年轻的女房客，是一位熟朋友介绍给他的。这是从香港逃难出来的广东小姐。她有一个年轻的男亲戚，不久以前到昆明去了。此外她还有三四个女同乡，年纪似乎比她稍大。她在桂林大约就只有这几个朋友。关于她，张跟我谈了不少的话。我想，张一定对她感到了兴趣罢。我们同住在一所房屋里面，但直到这时我才看见她的面颜。关于凯提的事，张却没有谈过。

就在这个晚上，我向张问起了"凯提"。

"凯提是她喂的猫。她搬来不久买的。那是一只灰色带黑斑的母猫。她很喜欢它。天天买牛肉、猪肝、小鱼来喂它。在三个多星期以前凯提忽然跑掉了。后来来过一天，又不见了。那是七八天以前的事。以后就没有回来过。不过她相信凯提会回来。"

过了一天。早晨九点多钟，紧急警报刚放过，我正要出去，却看见楼上那个女孩站在门前，跟马路上走警报的人中三个广东姑娘讲话。她穿了一件红绒线衫，手里提着一个花布袋子。她跑过空地到马路上去了。

"红衣服，脱下来！敌机来啦！"好几个人的声音干涉道。

她真的把绒线衫脱下，塞进袋子里面去。

我到簸箕岩那边去躲警报。敌机没有进市空，我也不曾入洞。洞里太闷。外面却有很好的秋阳。我在石子路上闲踱着。

过了一个多钟点，还不曾解除警备。躲在洞里的人渐渐地出来了。大家谈着闲话，吃着零食，颇为热闹。我沿着碎石路走得较远一点。我忽然注意到在路边一块大石头上坐着我们楼上的女孩。她埋着头在看书。我多看了她两三眼，她似乎感觉到了，她也抬起头来看我。一张圆圆脸，涂得红红的嘴唇，两颗漆黑的眼睛。眼光里不带丝毫羞涩的表情，她好奇地望着我，善意地微微一笑，似乎在跟我打招呼。我也略略点一点头。她嘴唇动了动，但并没有说出话来，仍旧埋下头去看书。

"黎小姐，好用功啊！"这是朋友张的声音，他忽然从我背后转出来。

她又抬起头笑笑。"我在看小说。"她笑道，拿起摊开在膝上的一本书摇了两摇，把金字书脊露给我们看：《简爱自传》。

"还不解除！真讨厌！"她说。

"不打扰你了，你看你的书罢。"张客气地说。她又把头埋下去。张掉向看我："老李，你想不想绕回家去？我看今天又不会来了。"

"好的。"我点头说。我再看一眼黎小姐，她安闲地坐在那里，左腿架在右腿上，书摊在左膝上，两手拿着书页。花布袋子紧紧靠在她右腿边。波纹样的浓发盖在她低垂的头上，她专心在看书。这身影在明朗的秋阳下显得很美丽。

我们绕道回到家里，打开大门晒太阳，谈闲话。过了好一会儿，才听见解除警报的鸣声。马路上行人渐渐地多起来。终于黎小姐提着袋子回来了。

"你们先回来了？"她笑说，一面从马路跑下屋前空地来。

我们带笑地应了一声。

"张先生，我刚才看见凯提了。"她兴奋地说，站在门前石阶上。

"在哪里？你怎么不带它回来？"张惊问道。

"我看见它在一家篱笆门里头，我唤它，它望着我，后来又跑开了。一定是它：我认得！"她说。

"恐怕你看错了。是它，它一定会跟你回来的。"张说。

"说不定它不认识路，"她说，"我记住了那个地方，我一定要去找它。"她两眼睁得大大的，眼珠黑得可爱，我在那眼光里看到了一个年轻姑娘的寂寞。她带着轻快的步子走进里面转到楼上去了。

大约三四天以后罢，晚上九点多钟，我躺在楼下的床上，借着煤油灯灯光在看书。在郊外这时候是很静的了。要是偶尔有一个夜行人在马路上走过，他的最轻微的脚步声，我也可以听清楚。忽然一只猫在走廊楼板上跑起来。然后它又跳到梁上去，在那里叫了几声。

黎小姐要是没有睡，她一定会记起她的凯提来罢。——我刚这样想着，就听见她的声音："凯提！凯提！"随后是开门声，脚步声。黎小姐拖着木鞋一跨一跨地在楼上过道里走着。

"凯提！凯提！来！"她亲密地对猫说话。猫叫了一声，又跑动起来。这次猫似乎跑下楼梯了。黎小姐大声唤着："张先生，你看，是不是凯提下来了？"她似乎站在楼梯口讲话。

住在我隔壁房里的张答应着，开门出来了。他一定也拿了灯，因为我从天花板上看见灯光在移动。

"凯提，凯提！"张也在唤。他还学着做猫叫。

"张先生，是不是凯提？"她在问。

"找不到，它跑啦。我看它不是凯提，凯提不会回来了。"张答道。

"凯提会回来的，我相信它会回来的。"她说。

"黎小姐，你回去睡罢。"过了一会儿张又说。

女孩失望地嘘了一口气。木鞋的声音又响起来。张也回到房里了。

"张，我看你明天还是买只猫送给她罢，"我隔着木壁对张说，"不然，你晚上连觉都睡不好。"

"呸，你少讲点风凉话！"张笑骂道。

"我这是真话啊。"我说。

张不理我，他吹灭灯睡了。

我没有睡，我仍旧在看书。大约过了四五十分钟，忽然木鞋声吵闹似地大响，女孩惊喜地叫着："张先生！张先生快来！凯提找到了！凯提回来了！"

　　张从梦中醒来，答应着，下床，穿衣服，开门，上楼。我为着他自找麻烦的事暗笑。他自然不觉得可笑，好像做二房东就有这种义务似的。他上了楼，说着话，走着，忙着。他们闹了好一阵，然后他下来了。可是我没有等他下来就吹熄了灯睡。

　　第二天早晨我看见张，他就含笑地报告我："凯提回来了。"

　　"在哪儿？"我问。

　　"在楼上。"

　　"那你晚上可以安心睡觉了。"我笑道。

　　"不要乱讲啊。"他指着楼上低声说，脸上现出满意的笑容。

　　黎小姐下楼来了，"张先生，李先生。"她高兴地招呼我们。

　　"黎小姐，听说你的凯提回来了？"我问。

　　"回来了，它瘦得可怜，在外面太辛苦了。"她怜惜地说。

　　"我去给它买点猪肝来。"

　　"黎小姐，我们去给你买。"张献殷勤地说。

　　"不，我自己去买，"她说，"要是你有空，请你上楼去看看凯提，我把它拴在走廊上，怕它挣脱逃走。"她甜甜地一笑。

　　"好，我马上就去。"张答道。我想笑，又不好意思笑出声来。

　　这天午饭后，黎小姐牵着凯提下楼来了。这是一只普通的母猫，全身灰色中带着黑斑，四肢白白的，身子相当瘦，走起路来慢吞吞的，没有精神。

　　"张先生，你看凯提，多可怜！我带它到外面去晒晒太阳。"黎小姐说。

"它猪肝吃过了？"张问道。

"吃光了。它在外面一定没有吃过好东西。不然，不会饿成这样。明天我给它订一份牛奶。"

"好的，凯提碰到这样一位主人，也是它的福气。"张在拍马屁了。我想说："这种时候好些人连饭都吃不饱，你还拿牛奶来喂猫！"可是我不好意思说出来。

黎小姐带着小猫走了。我跟张讲了两三句玩笑话，便出去拜访朋友。我是到六合路去的，走过木桥时，看见黎小姐正站在桥头，小猫乖乖地蜷伏在她的脚边。她凝神望着桥下的沙石和未曾枯尽的水，一只肘靠在栏杆上。我没有惊动她，便走过去了。

一点半钟以后，我回到家。黎小姐坐在门前石阶上，她坐的是摆在我们客堂里的一把宽大的竹沙发，凯提在她的沙发前动着脚游戏。黎小姐手里拿着一本书，可是她并不读它，她的眼光定在凯提身上，她脸上露着笑容。

"李先生，你看凯提多么好，多么可爱。"我走过她面前时，她抬起眼光，得意地说。

如果允许我说真话，我要说，可爱的不是凯提，倒是黎小姐的一双灵活的黑眼珠，和她那甜甜的笑容。

"是的，凯提回来，你一定高兴极了。"我附和道。

"我知道它会回来的。它是个浪漫的猫，爱在外面跑。不过外面风浪太大，它跑倦了，也该回家了。"她说得那样认真，差一点叫我发笑了。可是我并没有笑，我多看了她一眼，她的表情使人想到她渴望着什么，她缺少着什么。我忽然起了一个奇怪的念头：什么东西把她和猫连在一起呢？这只猫不就是她的缩影么？她不是把凯提当作她的小妹妹么？这个想法太怪，太唐突她了。我不敢说出来。

晚上她小心地照料着小猫睡觉。她牵着猫上楼时，还吩咐："凯提，你跟张先生、李先生说声'明天见'啊，我们凯提要睡觉了。"

第二天早晨她又是自己出去为凯提买食物。她临走时把凯提拴在我们客厅里方桌脚下。"李先生，你替我看着它啊！"她叮嘱道。

我答应了。起初我的确注意地望着那个小生物的一切动作。可是后来我渐渐地忘记了它的存在，我的眼光、我的心都转到别的事情上面去了。我接到了邮差送来的信函，我接到了当天的报纸。……等到小姐提着猪肝、小鱼回来，问起凯提时，我才发觉它不知在什么时候挣脱绳子溜走了。

我惭愧地红了脸，我盼望小姐责备我。可是她并不说一句抱怨的话，她失望地把猪肝、小鱼提到后面厨房里去，接着她的脚步声就在楼梯上响起来了。以后她也就没有下楼——自然只限于这一天。张回来，我把凯提出走的事告诉他，他却把我骂了一顿。当时我想起小姐夜深拿着煤油灯寻小猫的情景，我觉得我应该挨骂。而且我相信我挨骂的事，小姐一定知道，至少张会上楼去告诉她。

然而从这天起我就再没有听见小姐提起凯提这个名字。她似乎应该忘记了。不过我明白她还记着它。

八个长日子终于挨过去了。也没有人再说要把凯提找回来的话。但是在一个下雨的早晨凯提突然回来了。张先生看见它，其次是我，最后是小姐。它不知淋了多久的雨，身上的毛都粘在一起了。它蜷伏在门槛里面，身子缩作一堆，头枕在尾巴上。张唤起它，它走路很吃力，一歪一跛的。后来我们才发现它受了伤，腿给人打坏了，近尾巴处还脱了毛。

"凯提，可怜的凯提！给人欺负到这样！你为什么早不回来？不知道是谁会这样残酷，欺负这一个小小的生物！"她一边用毛巾给它揩身，一边爱怜地说，她还拿药擦它的伤处。

雨一直落着，她穿着从香港带来的雨衣出去买猪肝和小鱼。她一定要自己去买。她还说她喜欢在雨天穿雨衣走路。

这一天小猫受着优待，受着细心的看护。可是它的精神越来越差。下一天雨止了，出了太阳，天气暖和多了。但是它静静地躺在门槛里土地上在抽气。它不动，也不吃东西。眼光多么无力。

"张先生，怎么办呢？怎么办呢？"小姐痛苦地问。

可是张也没有办法。到了晚上猫的情形还是这样。小姐没法弄它上楼，就让它睡在楼下，她从自己的床上抽出一条草荐，给它做被褥，让它睡得温暖。她还在下面陪着它，直到夜深才上楼去。

就在这个夜里猫死了。谁也不知道它是什么时候死的。早晨我们起来，看见它侧着身子躺在地上，已经僵硬了。

"可怜啊，可怜啊，就这样完结了。"小姐连声叹息道。

"黎小姐，你打算把它怎么办呢？"张问道。

"我想找个地方埋它，给它做个坟。"她说。

"好，我去办！"张英勇般地说。

我也去，我看到一块地方，风景很好。我们还可以给凯提竖个墓碑。"小姐激动地说。

两个人一块儿走了。张用报纸掩住死猫，不让人看见。他的另一只手还提着锄头。

我进城去办事。晚上我回来，同张闲谈，谈到凯提，才知道他们把它葬在石桥（不是木桥，那近得多）旁边一个小树林里，还立了一块小小的墓碑。

"我们走的时候黎小姐还流了眼泪呢！她真是个富于感情的人！"张称赞道。可是我并不同意他的话。

第三天上午我借着躲警报的机会，到了石桥旁的小树林，在小河边一棵树下看到一个小小的土堆，堆上竖了一个小小的木牌，上面写着"凯提之墓"四个字，是女人的笔迹。我在木牌前面立了许久。这四个娟秀的字在对我诉说一个女孩的寂寞。

明子和咪子

冰 心

明子的真名不叫明子，他姓徐，叫徐明。咪子的真名也不叫咪子，它是一只猫，叫咪咪。明子和咪子是奶奶给他们的爱称。

咪子是明子给奶奶抱来的。奶奶退休后，闲多了，不但要明子和爸爸每天来吃晚饭——因明子的妈妈得到"交换学者"的奖学金，到加拿大进修一年——还要找些别的事做，像在阳台上种些花草什么的，因此明子就想劝奶奶养猫。

明子最爱猫了，但是妈妈不爱猫，说：猫不像狗，它到处爬，到处跳，一会儿上桌，一会儿上床，太脏了。无论明子怎样央告，妈妈总是不肯。如今妈妈出国了，楼上的陈伯伯——爸爸的同事——他家又有了三只小猫，长毛的，个个像毛茸茸的小花毛团似的，可爱极了。大家都说陈伯伯太爱猫了，送走一只猫，就像嫁出一个女儿似的，一定要找一个可靠的人家，他才肯给。明子想，说是我奶奶要，他不会不答应吧，我去试试看。

第二天一放学，明子就上楼对陈伯伯赔笑说："我奶奶您认识吧？她最爱猫了，她退休了闲得慌，想要您一只小猫做伴，行不行？"陈伯伯看着他笑说："你奶奶要，可以抱一只去……"明子又赔笑说："我把三只都抱去给奶奶看，即刻就送回来。"陈伯伯只好让他把三只小猫都放进书包里，他挎上书包，骑上车飞快地到了奶奶家。

奶奶家住得不远，骑车三分钟就到了，奶奶还给明子一把大门的钥匙，可以一直进去。明子兴冲冲地进去时，奶奶正在给妈妈写信呢。明子从书包里把猫一只一只地放在书桌上，它们一边低头闻着，一边柔软轻巧地在笔筒、茶杯和台灯中间穿走。其中有一只是全白的，只有尾巴是黑的，背上还有一块小黑点。就是它最活泼了。一上来就爬到奶奶手边，伸出前爪去挠那只正在摆动着的笔。奶奶一面挥手说"去！去！"抬起头来一看，却笑了说："这只猫有名堂。这黑尾巴是条鞭子，那一块黑点是个绣球。这叫'鞭打绣球'……"明子高兴得拍手笑了说："好，好，'鞭打绣球'，就留下它吧。"奶奶笑着说："要留下它，也得先送回去。我们要先给它准备吃、喝、拉、撒、睡的地方。"

明子连忙又把小猫都送回给陈伯伯，说："我奶奶谢谢您啦，她想要那只有黑尾巴的。"——他不敢把"鞭打绣球"这好听的名字说出来，怕陈伯伯不舍得——陈伯伯一边把小猫放回母猫筐里，一面说："好吧。你一定也常去玩了？可你不能折磨它。"明子满脸是笑，说："哪能呢！我们准备好就来抱。"一回头就跑。

明子帮着奶奶找出一只大的深沿的塑料盘子，铺上炉灰，给咪咪做厕所；两只红花的搪瓷碟子，大的做咪咪的饭碗，小的做咪咪的水杯；还有一只大竹篮，铺上一层棉絮，做咪咪的卧床。奶奶说："咪子可以睡在我的屋里，但是'吃'和'拉'只能在厨房桌子底下，夏天还得放到凉台上去，不然，臊死了。"这一切，明子都慨然地同意了。

咪子抱来了，真是活泼得了不得！就像妈妈说的那样，整天到处跑，到处跳，一会儿上桌，一会儿上床，什么也要拨拨弄弄。于是奶奶就常给它洗澡，洗完了用大毛巾裹起来，还用吹风机把湿毛吹干了。早饭后在洗牛奶锅的时候，还用一勺稀粥先在锅里涮一遍，又把自己不吃的蛋黄，拌在牛奶粥里给咪子吃。奶奶把咪子调理得又"白"又"胖"，就像一大团白绒球似的！咪子平常很闹，挣扎着不让明子抱它，但是吃饱之后就又贪睡。奶奶常在晚饭前喂它，什么鱼头啦、鸡尖啦，剁碎了给它拌饭。咪子一直在旁边叫着，等奶奶一放下它的饭碗，它就翘着尾巴过去，吃完了，用前爪不住地"洗脸"，洗完脸又懒洋洋弓起身来，打着呵欠。这时明子就过去把它抱在怀里，咪子一动不动地闭上眼，蜷成一团。明子轻轻抚摸着它，它还会轻轻地打着"呼噜"。每天晚饭后，奶奶和爸爸一边看着电视，一边闲谈。明子只坐在一旁，静静地抱着睡着的咪子，轻轻地顺着它的雪白的长毛摸着，不时地低下头去用脸偎着它，电视荧幕上花花绿绿的人来人往，他一点也没看进去。等到"新闻联播"节目播映完，爸爸就会站起来说："徐明，咱们走吧，你的作业还没做完呢！和奶奶说再见。"这时明子只好把柔软温暖的咪子放在奶奶的膝上，恋恋不舍地走了。

这个星期天中午，奶奶答应明子的请求，让爸爸带陈伯伯来吃午饭，说是请他来看咪咪长得好不好，并谢谢他。陈伯伯来了，和奶奶寒暄几句，明子把咪子举到他面前，他也只看了一眼。他一边吃饭，一边和爸爸大讲起什么电子计算机，怎样用编程的语言，把资料储存进去啦，用的时候一按那键子，那资料就出来了什么的。明子悄悄地问奶奶："电子计算机是什么样子！对养猫有没有用处？"奶奶笑着说："我也说不清。我想要把咪子的资料装进去，要用的时候，一按键子也会出来吧。"吃过饭，陈伯伯谢过奶奶，说："下午还要去摆弄计算机，先走了。"爸爸也说："徐明还是跟我回去午睡吧，起来还要给妈妈写信呢。"明子只好把咪子抱起，在脸上偎了一下，跟着他们走了。

明子回到家一上床就睡着了。他忽然做了个梦，梦里听见咪子一声一声叫得很急，仿佛有人在折磨它。四围一看，只见眼前放着一个大黑箱子，似乎就是那个电子计算机了，咪子在里面关着呢。它睁着两只大圆眼，从箱子缝里望着明子不住地叫。明子急得嗒嗒地拍着那大黑箱子，要找那键子，就是找不着！

他急得满头大汗，耳边还听见嗒嗒的声音，睁眼看时，原来还睡在床上，爸爸正用打字机打着给妈妈的信封呢。明子翻身下床，摘下挂在墙上的奶奶家大门的钥匙就走，爸爸在后面叫他"别去吵奶奶了……"他也顾不上答应。

奶奶家的大门轻轻地开了，奶奶的房门也让他推开一条缝。奶奶脸向里睡着呢，咪子趴在奶奶的枕头边，听见推门的声音，立刻警觉地睁着大眼，一看见是明子来了，它又趴了下去，头伏在前爪上，后腿蜷了起来，这是它兴奋前扑的预备姿势！

　　明子侧身挤进门来，只一伸手，这一团毛茸茸的大白绒球，就软软地扑到他的胸前。明子紧紧地抱住它，不知道为什么，双眼忽然模糊了起来……

猫的悲哀

林　庚

　　主人搬走了，于是只剩下了猫。这是个类乎悲剧的事情，偌大一座空房子令这点一个小动物守着。

　　这只猫事前并未知道主人搬家，以为不过因为今天天气好，所以大家把东西搬出屋子来晒晒太阳，吃过午饭后于是他照例爬上房顶到街坊家里去玩。这是一年春天的事，风吹着杨柳，柳絮蒙蒙与猫"咪咪"的叫声打成一片，这时猫不能不到街坊家里去玩乃是当然的事，何况这是一个出世未满一岁半的小雄猫——长的很好看的如一头小狮子——他有伶俐的爪，灵巧的眼睛，耳朵随着四面的声音会竖起来或向前去，这乃是一条完全的猫（它的尾巴是五色的如一条花蛇），第一次知道什么是春天了，这样他不会留意到主人要搬家，在邻近的猫的心中，大概都觉得是可以原谅的。

　　邻近究竟有多少猫？恐怕问夜间的春风也未必知道，人睡觉时听见这里一处那里一处的闹着，到底有多少猫呢？猫自己未必有心管这些。但许多猫群是以几个好看的雌猫为中心而成立的，像一个母性社会的部落，这小猫的一部落虽同别的一样并不确定，但一切他却比谁知道得都清楚。其中有不能不知道的理由，夜间的春风固然仍是不管。这小猫他却有很简单的苦衷，他只认得邻家的三只雌猫，而到那里去的雄猫一共可是七只，小猫很勇敢，他并非退缩，只是不得不注意罢了。注意到那几个猫什么时候来，在什么地方等等，还有那三个小雌猫（尤其是有一个刚刚一岁的小白猫）又都喜欢什么？注意一件事总容易对于别的事变得糊涂了。于是主人不知什么时候搬了家，这事在小猫心中似有无限的委屈，"不公道！"他喵喵地叫了两声，但无人答应。

"咯吱！"木板墙的门缝不知怎么的响了一下，今年春天以来，这地方常有耗子偷偷跑出，小猫于是立刻竖起了耳朵，把身子静放在四个爪上，等待，等待，耗子连影儿都没有。

一分钟一分钟的过去了，尾巴由伸得笔直而卷到身下去，耳朵也恢复了常态，他连身体都觉得有些疲乏的样子，木板又自己"咯吱"地一响，方才完全是听错了，小猫叹了口气，无目的地走过这门，想着"咯吱"一声的木板真作弄人作怪。

"耗子。"小猫想起的确是许久没有尝的口味了。近来因为忙，只回家来吃主人给的拌饭，其中虽也间或有肉，究竟不多且都是熟的，想起一只新鲜的耗子不免十分馋起来。小猫走遍各处，没有耗子的影子，心里真有些怒气了。平日间总觉得耗子多，有时女主人因此还要骂几声，今天主人搬走了，他们反而一个也不出来，小猫一声不响地守在墙根一个大的耗子洞旁，有半点钟。却是耗子的脚步声都未听见。

今天晚饭是没有现成的了，小猫清楚地知道。这确乎像一件可悲哀的事，没有吃的是不行的！从心里头发出这样一句话来（其实他又好像并不只为这一顿打算。因为同那别的猫玩而牺牲了一顿饭是不止过一回的事）。而且吃完了东西还得到街坊家去，这乃是为什么急于要吃的最大理由。于是这猫想找个方法来弄吃的了，除了平日主人给的饭外，他只有耗子是吃过的。小猫是很好的一只猫，从来没有偷过嘴，而且他真有些害怕也不知是害羞。然而弄耗子吃已于无意中试验过了，恐怕耗子今天也搬走了。小猫在院子里徘徊。

一个空的院子，地下丢着一些破烂东西，四面便是空的房子，在昨天以前，这时四面早点起灯来了。荧荧的多么好看，但此刻是全黑着。什么地方找吃的呢？（小猫这时忽然想到要是那三个雌猫都住在这房子里就好了，他们可以随便地玩得天翻地覆，也不至于有人踩着脚，或拿着棍子赶出来。）

天是很黑的，就是大着胆子（因为他还是个小猫）爬到树头上去捉小鸟，也是什么都看不见的。小猫真有些悲哀了，他从厨房里走出来又走进去，一遍一遍地嘴里"喵喵"着，厨房则如一个哑巴，什么也不响。

听见不远的地方有晚风吹来咪咪的猫叫，小猫怀着悲哀的情绪，一溜烟由厨房小院里的一棵大槐树爬上房去。心里今天觉得事事不痛快。肚子还真有点饿起来，但这倒不要紧，小猫想假如明天一早主人就又搬回来的话，倒不妨畅快地玩这一晚。

到了邻院，果然来晚了！但那只小白猫不知怎么的竟会在大家不觉间，偷偷地跟着他溜出来，跑到一间煤屋里面。这地方再不会有别个猫来了，他们玩着，但他心中却似有件什么事忘了似的，他知道准是那空房子作怪！

小白猫惊讶地问着他难道还没吃饭吗！缘故是他肚子在这时忽然叫了一声，话被问得太不好意思了，连她说过后也觉有些后悔起来，但他还是年纪太小，没学会怎样说谎，怎样可以假托日来胃里有些不舒服，吃东西总不大消化而且会这样叫。只得羞红了脸说真是没吃。

说过后两个都觉得坦白了，于是这一对小猫打算到白猫家的厨房里去偷点肉吃。偷主人的东西吃在白猫也还是初次，因为那主人家里有一只忠心的狗，那狗对小白猫很像一个先生，而且忠心得使她觉得偷吃是一件坏事，但肉在厨房里摆着而有猫饿着肚子不是岂有此理吗？"非偷吃不可！"两个猫一路上快活地跑去，小白猫领着小邻猫，这小猫觉得今天什么都变得特别了。

到了白猫的家，远远听见厨房的房顶上却有几个雄猫大声地争吵着，小白猫不敢再走向前去，这小狮子猫并非缺少勇敢，却觉得冒险的目的不过一两块肉（最重要的还是带累了小白猫）殊不值得，并且事实上一顿不吃肚子也不见得便太饿，两个猫便都这样的不言语了。那边房顶上却越吵越厉害，渐渐的远处似乎又有两个猫声跑向这地方来，在一个房脊上这一对小黑影只得慢慢地退下去。

"到什么地方去呢？"两只小猫一同问着，远近都有雄猫的狂叫声。

小花猫此刻想起主人搬家的悲哀来，如果有现成的晚饭吃了，何至于在煤屋里玩时肚子叫那一声，多么不好意思的事，而且又鬼使神差地跑到这样进退两难的地方来！

"走吧！"白猫听见左面近处有一只猫似乎发现什么似的高叫了一声，两个连忙蹑手蹑脚地又偷偷逃开那危险圈。

"到我们家去吧？"花猫说。

"你家那张大姐厉害，有一回差点用扫帚把我脚打坏。"

"我的主人搬家了！"这小猫说时真的又似有无限的悲哀。

但他们因此快乐地回去了，这一夜小花猫为了想念主人留住白猫做伴，于是成了这座空房子的两个主人，房子黑魆魆的深沉，只见四只闪着黄光的眼睛，如深山中的老虎，不期然间却捉了两只耗子。这样的事，当然，别的猫这一夜是全然不会知道的。

坏猫咪咪

苏叔阳

我是猫，名字叫咪咪。怎么样？这名字够漂亮吧？有一回，我正躲在沙发后头啃一根娜娜小姐（它是一只自以为了不起的波斯猫，是主人家花了五百元买来的）吃剩下的鱼骨头，忽然听见有人唱歌："人们都叫我咪咪……"

吓了我一跳，抬头斜眼一瞧，原来是电视机里有位女人在唱歌，我还以为它在同我争夺名号呢。名字这东西，在人类世界里有时候挺重要的。我家的老主人原先叫李处长，后来，有人把"处长"的名字夺走，让他的名字改成了"老李"，他就在床上哼哼了俩礼拜，连我跳到他身边想跟他玩一会儿，他都不干，扯着嗓子叫我"滚蛋"。我不知道他哪儿来的这么大气。我不在乎名字，人们叫我"咪咪"，并不因为我有一只"冰凉的小手"，而是因为我当初只会"咪咪"地叫，人们懒得给我起名儿，顺嘴扔给我这么个名字。不过，我很满足。有名字总比没名字好。

　　我不记得谁是我的母亲。我只记得我一会走，就冻得直哆嗦。我觉得这世界一点儿也不可爱。后来，一位小姑娘把我抱起来，送给我一个温暖的大纸盒子，这就是我的摇篮。我后来知道，这盒子是装一种叫作鞋子的东西的，而鞋子是人们套在脚上的东西。我恨这种东西，除了它经常发出一种让我反胃的气味儿之外，还因为它常常粗野地踹在我身上，让我打心眼里觉得委屈、愤怒和不平。我生平，至少到现在，看见的最多的东西就是鞋这种玩意儿。甭管人类花多大心思，变换出千奇百怪的鞋的式样，都不能改变我对鞋子的恶感。这种气味儿难闻的东西，总是要踢疼我柔软的身子，踢疼我的心。我发誓，要是有朝一日能长大为虎，我先把鞋子这种东西咬烂。有一回，我偷偷抓破了我家小女主人的高跟鞋，她抓起我扔出老远，差点儿让我闭过气去。清醒了一阵儿，我才爬起来逃走。从此，我知道，人类可恶的东西里，除了套着鞋子的脚，还有手，而且手这种东西更加让我奇怪。有时候，它温柔地抚摸我，让我不由得要犯困，眯起眼来想舒舒服服地睡个小觉儿；有时候，这手又给我好吃的东西；可有时候（虽然不多，可的确真有）也会把我抓起来，有事儿没事儿地捏我揉我，也不管我是不是乐意享受这种快乐；有时候，则打我、扔我，甚至摔我。手这种东西，让我摸不准脾气，它大约是人类捉摸不定的天性最突出的代表，所以，逢到有人向我招手，我都抬起头来，细细地瞧瞧，非得闹清楚这手到底想干什么，才决定是亲近，还是躲开。有时候，我不愿费这脑筋，干脆就不理他们，凭他们怎么摇晃那手，我都不抬头，不睁眼。不是我狂妄，实在是我那点儿心眼，没能力琢磨人类各种各样的手势背后的心思。我不跟他们瞎耽误工夫儿，宁可装傻充愣，也不犯贱。犯贱招揍，这体会我有。

我有了纸盒子做摇篮，按说我应当知足。这总比在街上风吹雨打强很多。可看见娜娜小姐一来，就被小女主人请到床上去，睡在软软的被子里，心里就感到不平。不平这种想法是我从比较中产生的。倘或没有娜娜，或者娜娜也睡在纸盒子里，我心里绝不会有不平这怪念头。请你想一想，大家都是猫，凭什么娜娜睡软床，盖软被，与女主人亲近，而我却要睡纸盒，铺烂棉花，更何况，娜娜是破费了五百元买来的。而我，却一个小钱儿也没让主人破费。世界多么怪，花钱买来的贱货，却恩宠有加，而白捡来的有用的东西，却视若敝屣（xǐ）。这难道公平吗？

瞧，我不是没有文化。我是一只识文断字儿、有思想的猫。我知道"敝屣"即破鞋子的意思。我睡在鞋盒里，也就等于是活着的破鞋子。主人竟一点儿也不考虑我痛恨鞋子的心情，这样的主人，跟着她还有什么意思？

娜娜可没有我这么有文化。它从来不知道鞋子是什么，因为到现在没有人用鞋踢过它。它也不知道人类之手的两面性。手给它的只是温柔，它活得有滋有味儿。凭什么？就凭它是洋货？凭它的眼一只绿一只蓝？凭它那一身白长毛？凭它除了犯贱，什么也不会干？

人类真难以捉摸：一个除了吃、睡和犯贱的洋货，让他们没完没了地喜爱；而我这个不给他们惹一点儿麻烦，却会帮忙的好猫，倒常常受到非人——不，非猫的待遇。为什么？

　　我说我有用，不是瞎吹。我会逮老鼠。捕鼠并不是猫的天性。波斯国的娜娜小姐并不捕鼠。倘说是天性，为什么听见老鼠叫，它连头也不抬一下儿？遗传基因只给我，不给它？难道它不是猫？有一回，小女主人买来一只假老鼠。娜娜小姐见了，吓得一蹦老高，全身的长毛倒竖，蹿一下子上了床。难为它一身胖肉，从来没这么机灵过。

　　我自然是扑上去，撕烂了那灰不叽叽的臭东西。结果呢？我又招来一顿揍。公平？上哪儿去找？

　　然而，我有一个怪毛病，"受人一食一饮，当思报恩"。甭管主人怎么不好，毕竟还让我活着。虽然娜娜小姐每顿饭都要吃海鱼，而我只能躲到墙旮旯里去啃鱼骨头——就连这点鱼骨头都是硬从娜娜小姐嘴边抢下来的，不然，它就连一点儿残余都不给我留下——我毕竟还算吃上了荤腥儿。就凭这点恩德，我也得压下心头的不平，去努力为主人做些力所能及的事情。我不知道我这叫什么。有时候，我也歪起头来闷闷地想半天：为这点儿残羹剩饭，就贡献我全部的技能，是不是也算犯贱？可我始终没想明白过。也许，我是一只本地猫，有本地的未经开化的思想遗传。不过，我的努力的确常使我带有悲愤的心情。这时候，我要是遇见老鼠，我就毫不留情地扑上去，一嘴咬烂它的小脑袋儿，把心里那股憋闷，全集中到牙齿上。听见那小东西的脑骨在我齿间咯咯地响，我觉得自己的不平和悲愤都发泄出来了。

　　多么让人懊恼和气愤呐！那天，我捉住了溜进床底下的一只大耗子，咬碎了它的脑袋，把它的尸首叼出来，放到地上。一面是展览，让主人看看我没有白吃他们的剩饭；一面也是欣赏自己的战果，安慰一下自个儿的心，吃不吃这东西倒在其次。可是，小女主人却吓得惊叫起来："哎呀，脏死了，恶心死了，这个臭咪咪，搞的什么名堂！"她抬起她那美丽的脚，一下子把我踢出老远，然后，叫那位乡下来的阿姨，用簸箕撮走了我的猎物。又让阿姨用拖布把地板拖了三次，连一点足以证明我胜利的痕迹——那死老鼠的血印都不留下一点儿。

我躲在墙角里，闭起眼睛。我想哭，想嚎，可我压制住了那欲望。我知道，这没用。越叫，那个没良心的女主人越得骂我。我只翻来覆去地想一个问题：我如此卖力地为主人清除隐患和祸害，只不过有了一丁点儿炫耀的心，主人就如此待我，抓住那点儿可怜的自得心，没完没了地数叨，并且赐我以飞腿，这叫什么呢？这又是为什么呢？

看吧，娜娜可得意了。它扭着自己的胖身子，在小女主人腿肚子上蹭来蹭去，哼哼着，叫着。它的话我懂。它在说："我干净，我好。我才不跟那又臭又脏的耗子打交道呢！主人，抱抱我吧。"

果不其然，小女主人抱它了，还把脸贴在娜娜的脸上，涂了红指甲的手轻轻搔着娜娜的脖子。我要不是有点文化，我非得骂大街不可！这叫怎么回事呢，哼！

奇怪的是我。我竟然有踢不过来的坏毛病，骂不改的忠心。我对主人真是忠心耿耿，可鉴日月。甭管小女主人怎么骂与踢，我依旧以鼠为敌，恨鼠至死。而且，我连那点儿想自己安慰自己的心思也压下去了。我默默地捕鼠，默默地把那些家伙的尸体叼走，找小女主人看不见的地方，把老鼠吃下去，然后用舌头舔干净地上的血迹，舔顺舔净了自己因为逮老鼠弄乱弄脏的毛皮。然后，跟没事儿人一样，悄没声儿地、大气儿不出地顺着墙根儿溜到大纸盒子里。使劲儿干活，又不图表功，照旧忍受残羹冷饭。虽然每逢那时，躲在大纸盒子里，我鼻子老止不住发酸。不过，那一定是老鼠身上有股特殊的味儿，吃了让人鼻酸，与任何心情无关。因此，我斗胆奉劝人类，甭管报上怎么宣传鼠肉可以用各种办法制而食之，你们千万别吃。吃了一个个鼻子发酸流眼泪儿，整天跟受气包儿似的，犯不上。人类还没有穷到非吃老鼠不可的地步。听说，广东的厨师会做好鼠肉，吃了并不让人掉泪儿，我得问问他，讨教讨教。假如我能到得了广东，他也懂得我的心声的话。

不管怎么说，主人家的老鼠一天天减少了。因为我捕鼠颇为用功。我又没别的娱乐，不像娜娜，一会儿追毛线球儿，一会儿在主人怀里撒娇，一会儿又自个儿追自个儿的尾巴尖儿。我唯有工作，工作可以使我忘却一切不平。我也不打算留下几只小老鼠跟我逗着玩儿，开心解闷。所以，我逮老鼠没限制，多大以下的不逮，以利鼠类繁殖。我是连窝儿端，连没睁开眼儿的小老鼠崽儿都吞下去。我对鼠类采取彻底的绝育政策，务使其全体玩儿完。

我家的那位乡下来的阿姨，让我纳闷儿，分不清她是好是坏。我常常见她在厨房里，一边儿咒骂我家的小女主人，一边儿把糖啊、奶粉呀，装到另外的小塑料袋儿里。我知道，那塑料袋儿是她自己准备的，是准备带到她在城外的家里去的。她两礼拜回一趟家，临走的时候她总有好些个塑料袋带着走。

可是，她是全家唯一不踢我、不骂我的人。是她从娜娜嘴边为我抢下鱼骨头，是她称赞我的逮老鼠的本领，在全家面前为我请功的人，在人类中，她是我唯一的知音。虽然，她有点儿不大不小的毛病，但是，伟大的人说过："没有缺点的人是没有的。"这话用来说猫，也是放之四海而皆准的真理。没有缺点的猫是不存在的，包括娜娜。

受了她的鼓励，我愈加起劲地扑鼠。为了保持和发扬我的技能，得空儿我就练习。两只前爪抓住家具或沙发罩，伸展身体，以使筋骨舒展灵活，并且在硬物上磨砺我爪子上的尖指甲。或者弓起身子，突然一跃，抓住地上滚动的一颗豆粒儿或者乒乓球儿。谁知，这又给我招了打。小女主人愣说我的爪子把书橱、大衣柜挠出了印子，抓破了沙发套儿，按着我一顿臭揍，让我好几天胃口不舒服，什么也吃不下。娜娜呢，嘿，它会自个儿伸出小爪子，让小女主人用剪子剪去它细长弯曲的指甲。哦，它更温柔可爱了。

我可不干。这是我生而为猫，我会捕鼠的唯一的标志与本钱，倘或没了这指甲、这爪，我变成了不招人爱的玩物，我活着还有什么意思？用句文明词儿："生活对我还有什么意义和乐趣？"为了保卫我的这点儿属于我的可怜的东西，我和小女主人斗争了许久，直至我忍着内心的情感，被迫抓破了她的手背。小女主人，原谅我，我并不想伤害你，可你却在伤害我，伤害一只猫最起码的自尊和权利。请你记住，猫有生长和保存它指甲的权利。

当天晚上，小女主人对老主人哭诉：

"爸，我之所以养猫，是因为我恨透了男人，看透了男人。他们没有一个好东西，只会欺侮女人。只有猫，才懂得温顺，才懂得报恩。可咪咪这臭公猫，竟也敢犯坏，不让我剪指甲，还抓破我的东西。爸，把它扔了，它是一只调教不好的野猫。"

老主人可怜巴巴地盯着她，说：

"算了，留下它吧！听阿姨说，它很会逮老鼠。你没瞧见，咱们家的老鼠少了吗？何况，我心里烦，看着咪咪聚精会神地逮老鼠，我就想起先前我精气神儿十足地工作的情形。留着它吧！"

这么着，我才没有被扔走，也没有被剪去指甲。可待遇却每况愈下。我的大纸盒子由小女主人的床下，移到过厅的门后，每天享受从门缝儿中钻进的贼风。娜娜却格外受到宠爱，由小女主人抱着，面对一个小黑匣子美滋滋地"喵喵"叫了一阵，亮光一闪，小女主人又抱着娜娜蹭脸蛋玩儿。小女主人说，那叫照相。果然，我后来见到小女主人墙上挂出一张五颜六色的画片，上面是小女主人笑眯滋儿的脸和娜娜那傻乎乎地瞪着绿眼、蓝眼的大胖脸。瞧它和她那份得意劲儿。

我有点儿难受，说不出什么滋味。有一天，我趁阿姨去买菜的工夫儿，钻出大门，跑到街上。

哦，好洁白的世界，比娜娜的毛还白。天上正飘着一大块一大块棉花，可落在身上却有点儿凉。我后来知道，那叫雪。雪盖满了大地，到处都是耀眼的白色。冷风在吹，街上的人呀，车呀，都匆匆忙忙地在走动。这儿是活动的世界，处处都在跃动，不像我们家什么时候都是沉闷的，沉闷得好像什么都死了，都不会动了。世界多么好，有动、有热闹，才有力量和乐趣。我的心里充满激动，连叫也忘了，我高兴得四处跑，四处跳。爬到树上去，我看见树枝上的雪花儿轻轻落下来；在雪地上奔跑，我看见雪地上留下一串梅花一样的脚印。哦，那是我的脚印！我自己有自己的脚印！我不是笨蛋，不是废物猫，我是有爪子、有指甲，会留下脚印的猫！

而且，多好啊，我碰到了和我一样的同类，一共三只。我们鼻子碰鼻子，从气味儿上知道，我们都是逃出家庭的流浪儿，我们是一伙。于是，我们结伙游荡，一块儿撕咬着玩儿，一块儿在雪地上打滚儿，饿了，一块溜进饭馆儿，叼起客人吃剩下的肉骨头跑掉。为了这肉骨头我们争吵、打架。谁也不矫情，谁也不虚伪，谁也不假充斯文。我们大家都是猫，都像猫一样活着，贫穷而自由，寒酸而快乐。夜晚，我们挤在一起，在人家的楼门洞里蜷卧，彼此温暖对方。

我们这样过了七天。让我好愉快的七天，让我一想起来，连叫声都发颤的七天。

第八天，阿姨找到了我，把我抓住，放进她的篮子里把我提回家。我本来可以跑掉，可是提我的是她，是这个唯一夸赞我的人，是我的知己。士为知己者死，猫为知己者牺牲自由，可以说得过去，顺理成章。

我又回家了。老主人按住我，在洗脚盆里用温水和肥皂给我洗澡。这个人，整天没精打采，连看报都睁不开眼，干这事儿倒挺上心。溜溜儿洗了我一个钟头，还用一块又粗又硬的擦脚布擦我。完事儿，我还是直哆嗦，他又把我放在暖气片底下，过了一个钟头，我才算又找回了我自己。

可这个自己，真没劲，因为又要过同样的老日子。而且，肯定会一天不如一天。为什么？因为老鼠没了。不是让我逮完，就是让我吓跑了。所有的老鼠都失踪了，我闻也闻得出来。它们身上那特别的味儿再也没有了。

最令人别扭的是娜娜，它不仅依旧娇气，而且增添了霸气。当它一发现我，立刻长毛倒竖，龇着牙，向我呼噜呼噜地示威，说：

"这是我的家！"

我懒得理它，只告诉它："我来的时候，还没你！"就溜达到门边，去找我那旧日的大纸盒子。可惜，连那纸盒子也没了。送给我的是一个塑料盒。混账，连棉花也没了，只是铺了块又黑又烂的破毛巾。这么冷的天，这不是成心难为我吗？

我没心思去讲究吃和住。对于一只猫来说，假如没有老鼠和其他可恶的小东西捕捉，每天只是吃饱了睡，睡醒了吃，那活着也就实在没意思。我已经丧失了往昔战斗的欢乐，留下的只有回忆。可是，当一只猫只靠回忆过日子的时候，那就真的百无聊赖了。猫如此，人大概也这样。我家的老主人，自从由李处长改名为老李之后，整天整天地缩在沙发里眯着眼打盹儿。他下巴上的肉明显地多了，成了一块要滴答下来的猪油。下眼泡儿老是肿着，像永远没睡足一样。他的眼也开始混浊，还老是有一股飘飘忽忽的目光，弄不清他在瞅什么。好像什么都看，可又什么都看不准，眼神老是散着。我呢，每天由这个墙角儿溜达到那个墙角儿，由这根桌子腿儿绕到那根桌子腿儿，闻闻这儿，是闻惯了都不爱闻的味儿；看看那儿，是看惯了都懒得再看的东西。全家只有墙上的钟是活动的。可它活动得太整齐、太有规律了。隔了一会儿，那长针蹦一下儿，不早蹦，也不晚蹦；不多蹦，也舍不得少蹦。这有什么意思。每天我跟着老主人，人眼对猫眼，无聊人对无聊猫；他打瞌睡，我打哈欠。完了，我这日子算完了。可我不想这么完。这么过一生，就是变成猫鬼，都没脸见我父母、先祖的灵魂。至少，我是在野地里生的，大自然是我的世界，旷野是我的天地，我的生活应当是活跃、奋争。

这样，一天一天地混下去，春天居然被混到了。从楼窗朝外看出去，高高的杨树垂下毛毛虫一样的杨树狗子（我不知道人类怎么会给杨树的花起这么个名字。我以为那是杨花）。我闻见了它的清香，这是春天的气味儿。

到现在我也不明白这是怎么回事，我身体里突然有了一种奇怪的冲动，好像有个妖怪要撕开我的躯体，跑出来大闹一通。我烦躁，一辈子没这么烦过。而且最让我受不了的，是我竟然管不住自己要多看娜娜几眼，甚至于我还第一次觉得它比从前受看，止不住想和它碰碰鼻头儿。坏了，我背叛了自己，背叛了原则。我给自己定的原则是绝不和娜娜这种除了献媚不会干别的事的猫为友。我竟然觉得它可以亲近了，这不是背叛吗？而背叛，就意味着自找倒霉。不行，我得忍住，自己告诫自己，不许用眼梢去瞄那娇小姐。

更让我不理解的事，竟然出现了。天呐，娜娜居然向我献媚了。它老是在我面前晃来晃去，那一绿一蓝的眼睛，老是温情脉脉地向我瞄着，有时还软软地、贱不溜丢地向我哼几声，还拿胖身子碰我。坏了，我准没管住自己，准是也瞄它来着。不然，我怎么会看见它眼里的眼神儿？可我知道，我服了软儿，跟它交了朋友。过不了几天，它就会出卖

我，就会高傲地扬起头，甩了我；而我，那时就失去了可以同它争吵、
厮打的权利。因为，我曾经被它诱惑，被它臣服，心里头准保没有了底
气儿，它将永远地在我头上作威作福。不，不能！一只会捉老鼠、一只
可以凭本领吃饭的猫，不应当丧失了猫格，去屈尊俯就一只只会靠撒娇
过日子的懒猫。懒猫，大都是长舌妇、告密者，猫假人威的混蛋猫。与
它们为伍，就是自找苦吃。

可是，猫类的先哲们呐，告诉我，为什么我的心老跟我的理智拧着
劲儿，欲望老跟思想闹矛盾？老有股力量让我要亲近娜娜那个阴谋家？
我咬着牙、闭上眼，把头缩在身子下，把欲望咬碎。我浑身颤抖，止不
住想哭泣。

多么难熬的日子啊！

忽然，有一天夜里，我听见窗外有同类的呼喊。一声长、一声短，
一声高、一声低。凄厉而无奈，好像充满渴求又惧怕失望，好像是在寻
觅又怕没有回音。我觉得这是对我的呼唤，我浑身来了劲儿，支起耳
朵，抬起头，不由得也发出一声悠长的嗥叫："噢！我在这儿！"

可是，小女主人忽然醒了，在里屋道：

"张阿姨，快把咪咪弄走，它要犯坏。可别让它跟娜娜好上，生一
窝不值钱的赖猫，那就坏了。"接着，她又喊："臭咪咪，你想跟娜娜犯
坏呀，你也配？张阿姨，快把它弄走！"

我听了，无限悲愤，无限痛苦。我，一只捉尽了主人家老鼠的猫，
一只不挑食、不捣乱的猫，一只从来没有享受过一点过分的待遇，而只
享用残羹剩饭的猫，竟然被称为坏猫。而且，连和同类亲近的权利也被

剥夺、禁锢。更何况,这不是我要找它,是娜娜自个儿犯贱呐!真的,是可忍,孰不可忍!

张阿姨的脚步声近了。我不能等着人类把我抓住再扔走,那是对我的侮辱。一只刚强的猫,有自尊的猫,哪怕像我这样已经饿到皮包骨头,也不应当忍受这奇耻大辱。况且,外面还有同类的召唤。

呵,野外!有风、有雨、有斗争、有相聚、有饥饿、有危险的野外,却胜过没风雨、没饥饿、没有乐趣、只有无聊的家一千倍。

我猛地蹿起来,跳上窗台,用爪子、用头撞碎了玻璃。一声声粗野的同类的嗥叫在呼唤着我,一颗颗星星在夜晚的天空闪耀。

张阿姨大惊失色,喊起来:"咪咪,回来,这是五层楼,跳下去要摔死的!"

可是,野性的召唤比她的话更有力量,在这沉闷的家里所郁积起来的全部情感和精力,让我义无反顾地决意离开。我一弓身,像去捕捉一只狡猾的老鼠一样,长叫一声:"噢!"从破窗里冲出去,张开四肢,向地面滑下去,跌下去,飘下去……

兔和猫

鲁　迅

住在我们后进院子里的三太太，在夏间买了一对白兔，是给伊的孩子们看的。

这一对白兔，似乎离娘并不久，虽然是异类，也可以看出他们的天真烂漫来。但也竖直了小小的通红的长耳朵，动着鼻子，眼睛里颇现些惊疑的神色，大约究竟觉得人地生疏，没有在老家时候的安心了。这种东西，倘到庙会日期自己出去买，每个至多不过两吊钱，而三太太却花了一元，因为是叫小使上店买来的。

孩子们自然大得意了，嚷着围住了看；大人也都围着看；还有一匹小狗名叫S的也跑来，闯过去一嗅，打了一个喷嚏，退了几步。三太太吆喝道："S，听着，不准你咬他！"于是在他头上打了一拳，S便退开了，从此并不咬。

这一对兔总是关在后窗后面的小院子里的时候多，听说是因为太喜欢撕壁纸，也常常啃木器脚。这小院子里有一株野桑树，桑子落地，他们最爱吃，便连喂他们的菠菜也不吃了。乌鸦喜鹊想要下来时，他们便躬着身子用后脚在地上使劲地一弹，毫的一声直跳上来，像飞起了一团雪，鸦鹊吓得赶紧走，这样的几回，再也不敢近来了。三太太说，鸦鹊倒不打紧，至多也不过抢吃一点食料，可恶的是一匹大黑猫，常在矮墙上恶狠狠地看，这却要防的，幸而S和猫是对头，或者还不至于有什么罢。

孩子们时时捉他们来玩耍；他们很和气，竖起耳朵，动着鼻子，驯良地站在小手的圈子里，但一有空，却也就溜开去了。他们夜里的卧榻是一个小木箱，里面铺些稻草，就在后窗的房檐下。

这样的几个月之后，他们忽而自己掘土了，掘得非常快，前脚一抓，后脚一踢，不到半天，已经掘成一个深洞。大家都奇怪，后来仔细看时，原来一个的肚子比别一个的大得多了。他们第二天便将干草和树叶衔进洞里去，忙了大半天。

大家都高兴，说又有小兔可看了；三太太便对孩子们下了戒严令，从此不许再去捉。我的母亲也很喜欢他们家族的繁荣。还说待生下来的离了乳，也要去讨两匹来养在自己的窗外面。

他们从此便住在自造的洞府里，有时也出来吃些食，后来不见了，可不知道他们是预先运粮存在里面呢还是竟不吃。过了十多天，三太太对我说，那两匹又出来了，大约小兔是生下来又都死掉了，因为雌的一匹的奶非常多，却并不见有进去哺养孩子的形迹。伊言语之间颇气愤，然而也没有法。

有一天，太阳很温暖，也没有风，树叶都不动，我忽听得许多人在那里笑，寻声看时，却见许多人都靠着三太太的后窗看：原来有一个小兔，在院子里跳跃了。这比他的父母买来的时候还小得远，但也已经能用后脚一弹地，蹦跳起来了。孩子们争着告诉我说，还看见一个小兔到洞口来探一探头，但是即刻便缩回去了，那该是他的弟弟罢。

那小的也捡些草叶吃，然而大的似乎不许他，往往夹口地抢去了，而自己并不吃。孩子们笑得响，那小的终于吃惊了，便跳着钻进洞里去；大的也跟到洞门口，用前脚推着他的孩子的脊梁，推进之后，又爬开泥土来封了洞。

从此小院子里更热闹，窗口也时时有人窥探了。

然而竟又全不见了那小的和大的。这时是连日的阴天，三太太又虑到遭了那大黑猫的毒手的事去。我说不然，那是天气冷，当然都躲着，太阳一出，一定出来的。

太阳出来了，他们却都不见。于是大家就忘却了。

唯有三太太是常在那里喂他们菠菜的，所以常想到。伊有一回走进窗后的小院子去，忽然在墙角上发现了一个别的洞，再看旧洞口，却依稀地还见有许多爪痕。这爪痕倘说是大兔的，爪该不会有这样大，伊又疑心到那常在墙上的大黑猫去了，伊于是也就不能不定下发掘的决心了。伊终于出来取了锄子，一路掘下去，虽然疑心，却也希望着意外地见了小白兔的，但是待到底，却只见一堆烂草夹些兔毛，怕还是临蓐时候所铺的罢，此外是冷清清的，全没有什么雪白的小兔的踪迹，以及他那只一探头未出洞外的弟弟了。

气愤和失望和凄凉，使伊不能不再掘那墙角上的新洞了。一动手，那大的两匹便先窜出洞外面。伊以为他们搬了家了，很高兴，然而仍然掘，待见底，那里面也铺着草叶和兔毛，而上面却睡着七个很小的兔，遍身肉红色，细看时，眼睛全都没有开。

一切都明白了，三太太先前的预料果不错。伊为预防危险起见，便将七个小的都装在木箱中，搬进自己的房里，又将大的也捺进箱里面，勒令伊去哺乳。

三太太从此不但深恨黑猫，而且颇不以大兔为然了。据说当初那两个被害之先，死掉的该还有，因为他们生一回，绝不至于只两个，但为了哺乳不匀，不能争食的就先死了。这大概也不错的，现在七个之中，就有两个很瘦弱。所以三太太一有闲空，便捉住母兔，将小兔一个一个轮流地摆在肚子上来喝奶，不准有多少。

母亲对我说，那样麻烦的养兔法，伊历来连听也未曾听到过，恐怕是可以收入《无双谱》的。

白兔的家族更繁荣；大家也又都高兴了。

但自此之后，我总觉得凄凉。夜半在灯下坐着想，那两条小性命，竟是人不知鬼不觉地早在不知什么时候丧失了，生物史上不着一些痕迹，并S也不叫一声。我于是记起旧事来，先前我住在会馆里，清早起身，只见大槐树下一片散乱的鸽子毛，这明明是膏于鹰吻的了，上午长班来一打扫，便什么都不见，谁知道曾有一个生命断送在这里呢？我又曾路过西四牌楼，看见一匹小狗被马车轧得快死，待回来时，什么也不见了，搬掉了罢，过往行人憧憧地走着，谁知道曾有一个生命断送在这里呢？夏夜，窗外面，常听到苍蝇的悠长的吱吱的叫声，这一定是给蝇虎咬住了，然而我向来无所容心于其间，而别人并且不听到……

假使造物也可以责备，那么，我以为他实在将生命造得太滥了，毁得太滥了。

嗥的一声，又是两条猫在窗外打起架来。

"迅儿！你又在那里打猫了？"

"不，他们自己咬。他哪里会给我打呢。"

我的母亲是素来很不以我的虐待猫为然的，现在大约疑心我要替小兔抱不平，下什么辣手，便起来探问了。而我在全家的口碑上，却的确算一个猫敌。我曾经害过猫，平时也常打猫，尤其是在他们配合的时候。但我之所以打的原因并非因为他们配合，是因为他们嚷，嚷到使我睡不着，我以为配合是不必这样大嚷而特嚷的。

况且黑猫害了小兔，我更是"师出有名"的了。我觉得母亲实在太修善，于是不由得就说出模棱得近乎不以为然的答话来。

造物太胡闹，我不能不反抗他了，虽然也许是倒是帮他的忙……

那黑猫是不能久在矮墙上高视阔步的了，我决定地想，于是又不由得一瞥那藏在书箱里的一瓶青酸钾。

关于猫

[法] 莫泊桑

一

有一天，我坐在门外太阳下的一条长凳上，面对着一畦正在开花的秋牡丹，看一本新出的书。这是本正派的，也是少见而又极富趣味的书：佐治·杜瓦乐的《桶匠》。这时一只园丁喂养的大白猫跳到了我的膝头上，并且它这一冲，竟合拢了我为抚弄猫而搁在一旁的书。

天气炎热，新开的花散发出清新的香气，阵阵若有若无地在空气中飘荡；偶尔也有阵阵凉风从那些我看得见的远处洁白的高峰上吹过来，它们凉得叫人寒噤。

但是太阳炽热灼人。那是一种宜于翻耕大地并使之取得生命的阳光。它使种子裂缝，让沉睡的胚芽惊醒活跃；它使芽苞张开，让嫩叶舒展。那只猫仰面朝天躺着，张牙舞爪，在我的膝头上辗转反侧。它一会儿将爪子伸出来，一会儿又收回去，露出它嘴唇下的尖牙；它的绿色眼睛在眼窝里几乎完全让眼皮遮住了。

我抚摸着并且搬弄着这只柔软而过于敏锐的动物，它软得像是一段丝织品，随和，温存，愉快而又带危险性。它欣喜地咕噜咕噜，并且预备咬人，因为它固然爱人的奉承，而同样也爱抓人。它伸着脖子，扭着身子，后来，到了我不去逗它的时候，就重新爬起来，并且在我那只抬起了的手底下，伸长它的脑袋。

我挑逗它，它挑逗我，因为对于它们这些动人而刁顽的动物，我又爱又恨。我喜欢抚摸它们，喜欢让它们那种丝样的毛在我的手心下拂过，喜欢从它们的毛里，从它们细腻无比能噼噼作响的茸毛里感到温暖。对于皮肤来说再也没有比这更柔和的，再也没有别的什么能够比一只猫的温暖而敏感的毛皮给予人一种更微妙、更精致、更可贵的感觉了。不过这种有生命的毛片在我的手指头上，引起一番异样残酷的欲望：想扼死那只我抚弄着的畜生。我感到它有咬我和抓我的企图，我感到并领悟到这个企图，如同由猫传给我的一种流体，我从温暖的毛里用指头儿领悟到它，并且觉得它往上升，它沿着我的神经往上升，沿着我的四肢升到了我的心里，升到了我的脑袋里，它充满了我，沿着我的皮肤奔跑，使得我紧咬着牙齿。而且始终，始终，我在十个指头的尖儿上，感到一种有生命的，轻微而尖锐、轻盈的瘙痒。这种痒终于钻透了我全身并且占领了我。

来了，倘若这畜生开始动作，假使它咬我、抓我，我就会捉住它的脖子，叫它翻转过来，接着把它扔得远远的，如同从前的人投掷石弹一样迅速有力，使得它来不及报复。

　　我记得童年时代就爱猫了，也已经有了那种想突然用自己的小手去扼死猫儿的狂暴愿望。某一天，我在园子端头的树林进口处，忽然望见一个灰色东西在深草里打滚。我走过去一看，那是一头被活套套住了脖子的猫，它因脖子被扼而在气喘，它正在作死亡挣扎。它扭着身子，用爪子刨着泥土，蹦起来，又呆呆地倒下去，随后又重演一遍，接着，它那阵急促的干喘声，变成了一阵水泵运转时的噪声，这种噪声至今依然留在我的耳朵里。

　　当时我本来可以拿起一把铲子斩断那个脖套圈，或者去找一个用人或者去请父亲来。没有，我不动，后来，一边是心房在突突地跳，一边却带着一阵颤抖而残忍的快乐瞧着它死；那是一只猫呀！倘若是一条狗，那么我不会让它多痛苦一秒钟，我宁可用牙齿咬断那根铜线。

　　末了，等到它死了，完全死了，但还没有冷的时候，我又走过去摸摸它，拽了拽它的尾巴。

二

　　猫都是逗人喜欢的，特别逗人喜欢的。因为抚弄它们的时候，它们总靠近来蹭我们的皮肤。轻轻地呼噜呼噜地嗡，一边在我们身上打滚，一边用它们那双总像是没有看见过我们的黄眼睛瞧着我们。因此，它们的温存使人清楚地感到不安全，感到它们欢娱中的阴险、自私。

　　有些女人也会让我们有这种感觉，有些娇艳温柔并且有明媚弄姿的眼睛的女人，为了沾上点儿风流故事而选中了我们。当我们在她们身边，而她们展开了胳膊、伸出了嘴唇的时候，于是我们抱着她们，心房突突地跳了起来，品味到了由于她们妙曼的温存而起的醇美的官能快乐的时候，真感到像是拖着一只雌猫，一只有牙有爪的雌猫，一个不忠实的、狡猾的、多情的冤家，到了倦于接吻的时候她是一定要"咬人"的。

一切的诗人全是爱猫的。波德莱尔曾经出色地歌咏过猫。我们全知道他那首值得赞叹的十四行短诗：

炽热的情人和严谨的学者，

在他们的晚年岁月，同样爱好

威风而柔顺的猫，认作是家中的至宝，

因为猫和他们同样怕冷而又恋家。

猫既是科学又是肉欲的好友，

它们追求寂静，寻求黑暗中的恐怖，

黄泉界会用它们做悲伤的神骏，

倘若它们在服役中肯下心低首。

冥想时它们露出华贵的姿态，

俨然躺在旷野里的狮身女怪，

在无尽期的梦里安眠。

它们肥腴的腰里满是魔窟火星，

一幅细腻砂子样的黄金色小片，

闪灼地缀饰着它们神秘的瞳仁。

三

有一天，我曾得到一次异样的感受，感到我住的地方像是白猫的长乐宫，一座有魔术意味的别墅，那里面的主人是一头这类身躯起起伏伏、神秘而令人不安的动物。它们也许竟是仅有的、从不让人们听见它们步行声音的生命。

那是去年暑天，也在地中海的这一边。

当时尼斯的天气热得没法子熬受，于是我向当地居民打听，山上是否有什么清凉的峡谷，可以去透一口气。

有人给我指点了多朗峡谷，我决定去一次。

首先应当去喀拉司那座香水之城（以后我想要谈谈在这地方创造种种花露香精的情形，而这种香精每一立升要值到两千金法郎光景）。那天黄昏以后的光阴，我全消磨在那里的一家古老旅馆里，一家普普通通的小客店，店里饭菜的质量和房间的清洁同样可疑。次日清早，我又上路了。

路线完全在山里顺着深邃的山峡走，山峡上面尖尖耸立着光秃秃荒蛮的陡壁。我正在问着自己："旁人究竟为什么把这么古怪的避暑山庄介绍给我呢？"我几乎想当晚就赶回尼斯去了。这时候，我忽然望见了前面一座十分宏大并且值得赞美的残破建筑物，侧面对着天空露出许多高塔样的碉堡和坍倒了的墙，完全是一座废弃了的砦堡式古怪建筑。那是一座属于12世纪的圣堂骑士会的驻节之所，当年的多朗就是这骑士会的管辖区。

我绕着这小山头，后来忽然发现了一条很长的山峡，碧绿，清凉，并且令人舒适安静。在最靠里的那一段，有好几处草滩，一泓流水，棵棵重杨；山坡上漫坡参天杉树。

在圣堂骑士会驻节所对面，山峡另一岸较低的地方，有一座住着人的堡垒，一座建筑于1530年前后的四碉堡垒。然而在这座房屋上面还看不出任何文艺复兴时代的痕迹。

那是一种笨重坚固的方形建筑，具有一副威严的风格，名副其实地竖着四个作战碉堡。

我因带了一个给府第主人的介绍信，他没有让我再回旅馆。

那山峡真是幽雅，是一个梦想不到的最有意趣的避暑胜地。我在那儿散步度过了黄昏，随后吃了晚饭，我就上楼，进到那间为我留下的房间里。

开始，我穿过一个客厅样的地方，四周的墙上全蒙着西班牙产的旧牛皮，随后又是另外一间，我在蜡烛的微光里，迅速地望见墙上有几幅古老的妇人画像。对于这类画像，戈蒂埃曾经吟咏道：

我爱看你们嵌在椭圆框子内，

古代美人们的褪了色的写真；

手里握着许多淡淡的玫瑰，

那真适合于百年之花的丰神！

最后，我走到了安排我睡觉的房间。

等到只剩下我独自一人的时候，我就仔细地观察起屋内情形。到处挂着许多有画的古代布幅，图案是许多点缀在蓝色背景上的玫瑰色城楼，和许多栖在宝石树下的怪鸟。

我的盥洗室布置在一个碉楼里。碉楼的窗口，内宽外窄，穿过很厚的墙，这本应当是箭孔，从这些孔里射杀敌人。我关好门、上了床，后来就睡着了。

我做梦了，大凡梦里所见的，多少和白天的事有点关系。这次我梦见的是我在旅行。我先走进一家客店，店里火炉眼前，有个身穿礼服的仆人和一个泥瓦匠同桌吃饭，对这个离奇的配对，我并不感到吃惊。这些人正谈着新近去世的雨果，于是我加入他们的谈话。末了，我走进一间卧房睡觉，然而房门却简直关不上，后来，我忽然看见那个仆人和那个泥水匠拿着许多砖，从从容容朝我的床走过来。

我突然醒了，略费了一些时间才弄清楚自己的情况。我记起了白天的种种变化，我之到达多朗，我之接受别墅主人的友好款待……我正要闭上眼睛，这时候我看见了，对呀！我看见了，在晦暗中，在夜色里，在我的卧房中央，约莫一个人那样高矮的处所，有一双火一样的眼睛望着我。

我拿出一根火柴，正当我擦它的时候，听见了一种声音，一种轻巧的声音。接着，我的火柴着了，我只看见卧房中央有一张大桌子。

我起来了，视察了那两间房，床下和柜子里，可什么也没有。

我于是想：是我醒来之后，又继续做了一会儿梦吧？我又睡着了，不过是费了事的。

我又做梦了。这一次我仍旧在旅行，不过地方是欧洲东部，在我喜欢的地方，我走到一个住在大沙漠中的土耳其人家里。那是一个很高大的土耳其人而不是一个阿拉伯人，一个肥胖和蔼、谈笑风生并且身着土耳其服装的土耳其人，头上缠着头巾，背上一大堆丝织品，一个地道的法国大剧院里的土耳其人，他坐在一张沙发上与我寒暄，一面请我吃蜜饯。

随后一个小黑奴引我走入我的卧房——梦里的事每每如此结束的——一间蔚蓝而香气扑鼻的卧房，地下铺着兽皮，在一炉好火面前，——火炉的意识竟跟着我到了沙漠里——一个穿着整洁的女人坐在一把矮椅子上等着我。

她的品貌是个最典型的近东女人的品貌。面颊上，额头上和颌骨上，有几点漂亮的痣，一双大得异常的眼睛，一个值得赞美的身段，皮肤棕黄，不过是一种热烈而醉人的棕黄。

她看着我，我想："这叫我懂得了款待的意义。在我们北方那些愚昧的国家里，在我们那些装模作样的可笑的假正经、假酸涩羞怯的国家里，那些抱着愚笨人生观的国家里，都不会用这种款式接待一个陌生人。"

我走到她身边并和她谈话，不过她用手势答复我，不像那个土耳其人，她的主人很懂我的语言，她一个字也听不懂。

她缄默不语更使我满意，我抓着她的手，并且引着她朝我的床走，后来就躺在她的旁边……不过，在这种关头，梦总是会被惊醒的，因此我醒了，我觉得我手底下有一个被我像情人似的玩弄着的柔和温暖的东西，我并不过分惊异。

随后，我的思想明朗了，知道那是一只猫，一只蜷着身子靠着我的脸的肥猫，它正心安理得地睡得香甜。我听任它那么躺着，并且自己也像它那样，又睡了。

天明的时候，它已经走了，于是我真的相信我做了一个梦，因为我没法懂得它当初怎样到我的卧房来，又怎样从房里跑出去的，而房门是锁着的。

等到我概略地把梦境告诉那位和蔼的居室主人的时候，他开始笑了，并且对我说："它是从猫洞里来的。"接着，他掀开一幅帐幕指给我看，在墙上有个乌黑的圆窟窿。

末了，我才知道那地方的老房子，几乎全有那么一种在墙里穿过的长过道，从地下室通到屋顶的阁楼，从女佣的卧房通到爵爷的寝室，于是就使猫成为房屋的国王和主人。

它们随心所欲地到处周游，任意巡视它的领土，能够在所有的床上睡觉，看得见一切，听得见一切，知道房子里的一切秘密，一切习惯，一切丑事。随处都是它的窠巢，随处它都能去，这个不带声音就溜走的动物，静悄悄的徘徊者，在空心墙里的黑暗中的散步者。

末了，我又想到了波德莱尔的另外几句诗了：

那是本地常住的灵异，

它评价，它主持，它又鼓舞

它的帝国里的一切事物；

也许，它是神化，它是上帝！

（李青崖　译）

猫和警察

[意] 伊塔洛·卡尔维诺

在城里扫荡隐藏的武器已经有一段时间了。警察们爬上警车，头上戴着的皮质防护帽给人一种统一却非人的面貌，他们会去贫民区，拉响警报器，直奔小工或工人家里，把抽屉里的内衣弄乱，拆掉炉子里的管道。在那些日子里，警察巴拉维诺的心里正经受着一种折磨人的苦痛。

巴拉维诺失业不久就去当了警察。因此，他知道在这个貌似平静而繁忙的城市底层存在着一个秘密也就没多久；在沿街的水泥墙后面，在僻静的围栏中，在漆黑的地下室里，闪闪发光的可怕武器如森林般茂密地静候着，就像豪猪刺那样。人们谈论着矿层般的冲锋枪，宝藏般的子弹；此外，据说有人在封死的房间里藏着一整架大炮。就像金属物质的痕迹指示着矿区的存在，在城市的房间里，缝进床垫里的手枪，钉在地板下的步枪都被查了出来。警察巴拉维诺在他的人民中间感到非常不适，他感觉，一块下水道盖子，一垛废物，似乎都在看守着什么难以名状的威胁；他时刻想着那架被藏匿的大炮，想象着它可能就藏在自己童年住过的一套房子的高雅客厅里，成年累月紧闭着的那样一个房间里。他在一个装饰着花边的褪色天鹅绒长沙发间看见了大炮，在地毯上，大炮的轮胎上满是泥浆，炮架则直顶着吊灯；大得把整个大厅都撑满了，还把钢琴上的漆给蹭掉了。

一天晚上，警察跑到工人聚居区，包围了一整座房子。那是一幢外观腐坏的大型建筑，似乎因为太多拥挤的住户，使这房子的楼层和墙体都走样了，甚至也把这些人化为一摊结了硬壳与老茧的多孔老肉。

他们围着塞满垃圾桶的院子，沿着楼层走廊里生锈歪斜的栏杆跑着；在栏杆上，在栏杆和栏杆之间拉成的细绳上，挂着衣服和碎布，而走廊里门不是用玻璃，而是用木头做的；走廊被黑色的暖气管道穿过，每层楼的走廊尽头都是厕所的棚屋，整座房子都是这样。从外面看，一个厕所架在另一个之上，活像脱了皮的塔楼，走廊被半楼上房间的小窗户隔开，窗户里响彻缝纫机的声音，弥漫着汤汁的雾气，声音和雾气一直涌到顶楼，涌到阁楼里的铁栅栏上，涌到歪斜的屋檐下，涌到像烤箱一样大开着的破旧天窗前。

破旧楼梯的迷宫从地下室一直延伸到屋顶，穿过这幢老房子的身体，像有着无数分支的黑色血管。楼梯上，半楼上房间的门和混杂套房的门大开着，像是随意散落在那里似的。警察们上去了，无法改变自己脚步发出来的凄凉声响，尽量去辨别门上被标出来的名字，他们排着印度队形在那些轰隆作响的走廊里转了又转，旁边尽是些探出脑袋来的孩子，还有头发散乱的女人。

　　巴拉维诺在他们中间，戴着难以看清面容的机器人头盔，那头盔在他云状的天蓝色眼睛里投下了生冷的阴影；但他仍然感到莫名的心烦意乱。他们被告知，敌人，他们警察的敌人，也就是奉令行事人的敌人，就藏在那座房子里。巴拉维诺从那些半掩着的门缝里，带着惊愕地检查着房间里的情况：在每一座衣橱里，在任何一个门窗后面，都有可能藏匿着可怕的武器；为什么所有房客，所有女人，都带着混杂了焦虑的痛苦望着他们？如果他们中的某个人是敌人，为什么他们不可能都是敌人？在楼梯墙后面，被扔到垂直管道里的垃圾扑通扑通地掉了下去；这难道不可能是他们正在加紧清除的武器吗？

　　他们下到一个低矮的房间里，一小户人正围着铺着红格子布的餐桌吃晚饭。孩子们大喊大叫着，只有坐在爸爸膝盖上吃饭的最小的家伙，正用黑色而充满敌意的眼睛，一声不吭地望着他们。"我们有搜查房子的命令。"队长说道，稍稍做了个立正的姿势，他胸前的彩色绶带就跟着蹦了一下。"圣母玛利亚！帮帮我们这些可怜人！帮帮我们这些一辈子老实的人！"一个上了年纪的女人说道，双手捂住心口。爸爸穿着T恤衫，他浅肤色的宽脸被难剃的硬胡子缀得星星点点，正在给小孩一勺勺地喂食。他先是斜着看了他们一眼，可能还有点讽刺的意思，然后就耸了耸肩，继续照料着孩子。

　　房间里满是警察，多得都转不了身。队长发布着无意义的命令，不是在指挥，而是在添乱。巴拉维诺惊愕地望着房间里每一件家具、橱柜。那个穿T恤的男人，是了，他就是敌人：如果那以前他还不是，现在肯定也已经变成了敌人，他看着抽屉被打翻，圣母和他们去世亲人的画被从墙上撕了个干净。如果他是他们的敌人，那么，他的家里的五斗柜的每一层抽屉里，都可能规规整整地藏着拆卸掉的冲锋枪；如果打开碗橱的小窗户，挂在里面的步枪刺刀可能会直戳进他的胸前；挂衣架上的外套下面，可能就吊着金光闪闪的送弹带；每一口平底锅都可能孵着一个小心翼翼的手榴弹。

巴拉维诺笨手笨脚地活动着自己修长而纤细的臂膀。把一个抽屉弄得叮咚作响：匕首？不：餐具。又把一个书包摇得轰鸣不止：炸弹？书。卧室里拥挤得无法穿行：两张双人床，三张小床垫，两块草褥摊在地上。而在房间的另一头，一个小孩正坐在一张小床上，因为牙痛啼哭了起来。巴拉维诺早就想在那些床中间开出一条通道来安抚他了，但如果他是在给一座伪装的军火库放哨怎么办，如果在每张床铺下都藏着一架迫击炮的炮筒呢？

巴拉维诺转了又转，不放过任何一个可疑之处。他尝试打开一扇门，却怎么也打不开。也许是大炮！他把大炮想象成孩童时住的套房里的高雅客厅里，那里有一束假玫瑰从炮口冒出来，在机枪护板上还有花边饰带，陶土做的小雕像被无辜地搁在高低机上。门突然打开了：那不是一个大厅，而是一个储藏间，里面有些脱了座垫的椅子，还有些箱子。都是达那炸药吗？是了！巴拉维诺在地上看到了两道轮胎的痕迹，像是通过逼仄的过道，有东西被拖出过房间。巴拉维诺跟着车痕走。那是一位老爷爷，正尽可能快地推着轮椅走开。这个小老头为什么要逃？也许他腿上盖着的被子是用来藏住一把斧子的。我经过他身边时老头就会一刀把我的头劈成两半！于是他去了卫生间。那里会有什么秘密呢？

巴拉维诺跑到走廊里，那小笼子的门打开了，从里面出来一个扎红蝴蝶结的小女孩，怀中抱着一只猫。巴拉维诺觉得应该跟小孩做朋友，问他们话。他举起一只手要来抚摸猫。"漂亮的小家伙，咪咪，"他说。那猫几乎是冲着他跳开了。那是一只灰色的瘦猫，短毛，精瘦精瘦的。它龇着牙，像狗一样跳动着。"漂亮的小家伙，咪咪，"巴拉维诺尝试着抚摸它，仿佛对他来说，所有的问题都归结到要和那只猫交个朋友。那猫却突然斜着偏离了方向，逃掉了，还不时转过身来，怀有敌意地看上几眼。

巴拉维诺在走廊里大跨步地跳开了，追着那猫。"咪咪，漂亮的小家伙，咪咪，"他说。他来到一个房间，那里两个姑娘正伏在缝纫机上干活。地上有着成堆的碎布头。"是武器？"巴拉维诺问道，还用脚拨开布料，却走不动路了，他的脚给缠上了玫瑰色和淡紫色的布料。姑娘们笑了。

他转过一个过道和一段楼梯。那猫有时好像是在等他，然后等他靠过去了，它又会双爪僵直地跳走。他出去来到另一条走廊上，那里堵着一辆轮子悬空的自行车，一个穿着工作服的小个子男人正把轮胎浸到一盆水里找洞。那猫已经跑到另一头去了。"借过，"警察说。"有了！"小个子男人说着，也请他来看从水里的轮胎中升起了上千个小泡泡。"请允许？"也许这完全是为了拦住他的去路，或是为了把他从栏杆上扔下去？

他过去了。在一个房间里，只有一张小床垫，还有一个仰卧着的小年轻，他上半身赤裸着，一头鬈发下，他正用双手抽着烟。神情可疑。

"抱歉，您看见一只猫没有？"这是一个搜查床底的好借口。巴拉维诺伸出一只手去摸，却被啄了一下。跳出来一只母鸡，它是主人不顾政府法令藏在家里饲养的。光着上身的年轻人睫毛都没动继续躺着抽烟。

警察穿过一个楼梯平台，来到一个戴眼镜的制帽人的实验室里。"搜查……命令……"巴拉维诺说，那里有一叠帽子：礼帽，草帽，大礼帽，掉下来并撒了一地。那猫从一面窗帘中跳出来，迅速地玩了一下帽子，逃开了。巴拉维诺搞不清自己是生那只猫的气了，还是只想成为它的朋友。

在一个厨房里，有一个戴邮差帽的小老头，他的裤子是卷着的，正在洗脚。他刚看见警察，就奸笑着向他示意了一下另一个房间。巴拉维诺探了探头。"救命！"一个几乎是裸体的肥太太大叫道。一向贞洁的巴拉维诺赶紧说了句："对不起。"邮差还在奸笑，双手撑在双膝上。巴拉维诺穿过厨房，去了阳台上。

整个阳台都被晾着的衣服挂满了，就像飘着旗子一样。警察巴拉维诺在封闭的白色过道里，在那个床单的迷宫中走着。那猫不时擦过床单的边角，现出身来，然后又贴在另一张床单下隐去了。巴拉维诺突然害怕自己会迷路，也许他已经与外界隔离，他的战友已经撤离了这座建筑，而他则正好被那些受冒犯的人囚禁起来，被那些展开的白色衣物囚禁起来了。最后，他找到了一个突破口，从一堵小墙上露出了头。底下，打开了那个院子的天井，在铁制的走廊周围，已经点起了灯火。沿着栏杆，上上下下的楼梯上，巴拉维诺不知是怀着宽慰还是带着焦虑地看见像蚂蚁一样攒动的警察，还能听到命令声，受惊的叫喊声，抗议声。

那猫就坐在他身边的小墙头上，晃着尾巴，漠然地朝下望着。但他一动，它就跳开了，一小段楼梯通往一间阁楼，那猫就在那里消失了。警察跟着它上去，他不再怕了。阁楼里几乎是空的，外面的月亮已经在黑色的房子上呈出了光泽。巴拉维诺脱下了头盔，他的脸又人性化起来，那是一个金发小伙子消瘦的脸庞。

"一步也不要走。"一个声音说，"你在我手枪的射程之内。"

在一扇大窗户前的台阶上，蹲着一个长发垂肩的姑娘，她化了妆，穿着丝袜，没有鞋子，正在夜晚前的最后几道光下，在一份完全由插图和很少的印刷体句子做成的杂志上，用感冒的声调吃劲地读着。

"手枪？"巴拉维诺说。他抓住她的手腕，就像要把她的拳头打开。她刚动了一下胳膊，她的胸膛就像一小口港湾一样展了开来，蜷成了一个球般的猫从里面跳到空中，龇着牙冲着警察巴拉维诺而来。但警察早已明白，这只是场游戏。那猫逃到屋顶上，而巴拉维诺就在矮栏杆上伸出头去，注视着它自由稳健地跑在屋瓦上。

"玛丽看见在她的床上，"那姑娘继续读道，"穿着燕尾服的男爵对准了武器。"

周围，在那些像塔楼一样高耸而孤僻的工人房间里，亮起了光。警察巴拉维诺看着身下的巨大城市，几何形的铁建筑在工厂的围墙里矗起，一簇簇的云朵在烟囱上游移着，穿过天空。

"您想要我的珍珠吗，恩里科先生？"那个鼻子不通气的声音仍在固执而吃劲地念着，"不，我要你，玛丽。"

起了一阵风，巴拉维诺看见，面对着自己的，是一大片错综复杂的水泥和钢铁，豪猪从成千上万的藏身处里竖起它的刺。他在敌人的土地上已是只身一人。

"我既有钱又有风度，住在一座豪华的房子里，我有佣人也有珠宝，对生活还能有什么要求呢？"那个姑娘继续读着，她的黑头发像雨帘一般垂落在带着插图的页面上，那上面有着蛇一般的女人和笑容光亮的男人。

巴拉维诺听见了口哨声，还有发动机的隆隆声——警队正在离开这建筑。他真想逃在天空中的朵朵云彩下，在地上挖出一个大洞，把他的手枪埋在里面。

雨中的猫

[美] 海明威

留宿旅馆的美国客人只有两个人了。他们在房间里进进出出、上下楼梯时，碰到的人一个也不认识。他们的房间就在面海的二楼。房间还面对着公园和战争纪念碑。公园里有些大棕榈树和绿色长椅。天气好的时候，常常可以看到一个支着画架的画家。画家们都喜欢棕榈树那种长势，喜欢面对着公园和海的那几家旅馆的鲜艳色彩。意大利人老远赶来瞻仰战争纪念碑。纪念碑是用青铜铸造的，在雨中闪闪发亮。正在下雨，雨水从棕榈树上滴下。砾石小路上有一潭潭的积水。雨中的海水冲上长长的海岸，又顺着海滩溜了回去，然后再冲上长长的海岸。停在战争纪念碑一侧广场上的汽车都开走了。广场对面，有一位侍者正站在咖啡馆的门洞子里，望着空荡荡的广场。

那位美国太太站在窗边眺望。就在他们外边的窗子下，有只猫蜷缩在一张淌着雨水的绿色桌子下。猫儿使劲儿把自己的身子缩紧，好不让雨水滴着。

"我要下去捉那只小猫。"美国太太说。

"我去捉吧。"她丈夫从床上说。

"不，我去捉。这可怜的小猫在外边拼尽全力地躲在桌子下，不让自己淋湿。"

做丈夫的继续看书，他肩后垫着两只枕头，躺在床脚那一头。

"别淋湿了。"他说。

太太下了楼，穿过办公室时，旅馆主人站起身，向她哈哈腰。他的写字台在办公室的另一端。这是个老头，个子很高。

"下雨啦。"太太说。她喜欢这个旅馆老板。

"是，是，太太，坏天气。天气很不好。"

他站在昏暗房间里的写字台后面。这个太太喜欢他。她喜欢他听到任何怨言时那种特认真的态度。她喜欢他那份庄重。她喜欢他愿意为她效劳的态度。她喜欢他那感觉到自己是个旅馆老板的态度。她喜欢他苍老厚实的脸和那双大手。

她一面觉得喜欢他，一面打开门，向外张望。雨下得更大了。有个披着胶布披肩的男人正穿过空荡荡的广场，向咖啡馆走去。那只猫应该就在这一带的右方。也许她可以沿着屋檐从下面走过去。她站定在门洞子里，一把伞在她背后张开了。原来是那个负责他们房间的侍女。

"不能让你淋湿啊。"她面带笑容，操着意大利语说。当然啦，是那旅馆老板差她来的。

她由侍女撑着伞遮住她，沿着砾石小路走到他们的窗下。桌子就在那儿，在雨里给淋成鲜绿色，可是那只猫不见了。她突然感到大失所望。侍女抬头望着她。

"您丢了什么东西啦，太太？"

"有一只猫。"年轻的美国太太说。

"一只猫？"

"是，猫。"

"一只猫？"侍女哈哈一笑。"雨中有一只猫？"

"是呀，"她说，"就在这桌子下。"接着，"啊，我多么想要它。我要一只小猫。"

她说英语的时候，侍女的脸顿时绷紧起来。

"来，太太，"她说。"我们该到里面去了。你会淋湿的。"

"确实如此。"年轻的美国太太说。

她们沿着砾石小路走回去，进了门。侍女在门外逗留了一会儿，把伞收拢。美国太太经过办公室时，老板从写字台边向她哈哈腰。太太心里感到有点儿无聊和尴尬。这个老板使她觉得自己十分无聊，同时也觉得确实很了不起。她刹那间觉得自己极其了不起。她朝前走，登上楼梯。她打开房门。乔治正躺在床上看书。

"猫捉到啦？"他放下书本问。

"跑啦。"

"不知跑到哪里去了。"他说，不看书了，好休息一下眼睛。

她在床沿上坐下。

"我太想要那只猫了。"她说。"我不知道为什么那么想要它。我要那只可怜的小猫。做一只待在雨中的可怜的小猫，可不是什么有趣的事儿。"

乔治又在看书了。

她走过去，在梳妆台镜子前坐下，拿起手镜瞧自己的样子。她端详着自己的侧影，先看看这一边，又看看另一边。接着她端详起自己的后脑勺和脖子来。

"要是我把头发留起来，你觉得是个好主意吗？"她问，又看着自己的侧影。

乔治抬眼望去，看见她的脖颈，像男孩子那样，头发剪得很短。

"我喜欢现在这个样子。"

"我可对它厌腻透了，"她说，"看上去像个男孩子，叫我厌腻透了。"

乔治在床上换了个姿势。她开口说话以来，他眼睛一直没有离开过她。

"你真漂亮极了！"他说。

她把手镜放在梳妆台上，走到窗前，向外张望。天逐渐黑了。

"我要把头发往后梳得又紧又光滑，在后脑勺扎个大结，可以用手摸摸。"她说。"我要有只小猫来坐在我膝头上，我一抚摩它，它就呜呜叫。"

"是吗？"乔治在床上说。

"我还要用自己的银器来吃饭，我要点上蜡烛。我还要现在是春天，我要对着镜子把头发梳理，我要一只小猫，我要几件新衣服。"

"唉，住口，找点书报看看吧。"乔治说。他又在看书了。

他妻子正往窗外望着。这会儿天很黑了，棕榈树间雨仍下个不停。

"反正我要一只猫，"她说，"我要一只猫。我现在就要一只猫。要是我不能留长头发，也没有乐子，我总可以有只猫吧。"

乔治不再听她说话，他在看他的书。妻子望着窗外，广场上已经上灯了。

有人在敲门。

"请进。"乔治说。他从书上抬起眼来。

那侍女站在门洞里。她抱着一只大玳瑁猫，它紧贴在她身上，正朝下扭动着想脱身。

"请原谅，"她说，"老板要我把这只猫送来给太太。"

（曹庸　译）

猫

[俄] 契诃夫

瓦尔瓦拉·彼得罗芙娜一醒来就侧耳细听。当她意识到不是在做梦时，她的脸色变得苍白，黑黑的大眼睛睁得更大了，而且露出了恐惧的神色。她吓得用手蒙住脸，半侧着身子叫醒丈夫。丈夫蜷曲着身子，轻轻发出鼾声，对着妻子的肩膀哈气。

"阿廖沙，宝贝！……你醒醒！亲爱的！哎呀……这太可怕了！"

阿廖沙不打鼾了，伸直了身子。瓦尔瓦拉·彼得罗夫娜拧了下他的脸颊。他伸了个懒腰，深深吸了口气就醒了。

"阿廖沙，宝贝……你醒醒……有人在哭……"

"谁在哭？你胡说些什么呀？"

"你仔细听听。听见了吗？有人在哼哼唧唧……一定是什么人偷偷地把孩子丢到我们这里了……啊，我实在无法听下去了！"

阿廖沙欠起身子仔细听着。从敞开的窗子往外看去，外面是灰蒙蒙的黑夜。微风把这奇特的声音，连同丁香花的香气和椴树发出的轻微的沙沙声一起送到了床前。你无法立即分辨出这是什么声音：是儿童的哭声，是拉扎里的歌声还是什么东西的叫声……简直弄不清楚！但只有一点很清楚：这声音是从窗户下面传来的，而且不是出自一个嗓子，是好几个嗓子发出的……在这些嗓音中有童声、女中音、男高音……

"是猫，瓦丽娅！"阿廖沙说，"你这个小傻瓜！"

"是猫？不可能！那谁在唱男低音呢？"

"这是猪在哼哼叫。你别忘了，我们这儿是别墅……听见了吗？我敢肯定，就是猫……行了，放心吧，放心睡吧！"

瓦丽娅和阿廖沙又躺了下来，盖上被子。清晨的凉爽空气透过窗户，让人感到有点凉意。夫妇俩蜷着身子侧躺着，闭上了眼睛。过了五分钟，阿廖沙翻过身，朝另一侧躺着。

"吵得让人睡不了，见鬼去吧！……这些鬼哭狼嚎的……"

但是猫还是叫个不停，而且声音crescendo[1]。显然，有新的歌手加入，而且更加声嘶力竭。于是，窗子下面本来轻微的声音逐渐变成了嘈杂声、吵嚷声、喧闹声……像肉冻一样柔和的piano[2]逐渐发展为fortissimo[3]，而且空中很快就充满了恶狠狠的叫声。一些猫发出断断续续的叫声，另一些猫发出热情奔放的颤音，仿佛按照乐谱似的，有八分音符的，还有十六分音符的；还有一些猫拉着长长的、单调的声音。其中

---

[1]crescendo，意大利语，音乐用语"渐强"。

[2]piano，意大利语，音乐用语"渐弱"。

[3]fortissimo，意大利语，音乐用语"很强"。

有一只猫，可能是只老公猫，简直过分热情，它用一种不正常的不像是一般猫发出的那种喵呜喵呜——声音叫着，时而低音，时而高音：

"嗷呜……嗷呜……呼……呼……呼"

如果不是这种嗷呜嗷呜的叫声，谁也想不到那是一群猫在叫……瓦丽娅翻了个身，嘴里嘟嘟哝哝……阿廖沙跳下了床，朝窗外大骂几声，然后关上窗子。但窗子并不密实，所以声音、光线和电都可以透进来。

"我上午八点还得起床去上班，"阿廖沙骂开了，"可它们叫个不停，不让人睡个好觉，这些鬼东西！……喂，娘子！你也别再叽叽咕咕好不好！直贴着你耳朵根子，嘟嘟哝哝的！还唠唠叨叨的！我有什么错啦？它们又不是我养的！"

"你去把它们赶走，我亲爱的！"

丈夫又骂了一句，跳下床走到窗前……黑夜马上就要过去，天快亮了。

阿廖沙瞧了一眼天空，只见一颗星星闪闪烁烁，像在雾中，依稀可见……开窗的声音把几只麻雀吓了一跳，它们在椴树上叽叽喳喳叫了起来。阿廖沙往下朝地面一看，看见有十来只猫。它们竖起尾巴，弓着背，围着一只好看的母猫，发出呼呼声。这只小母猫蹲在一个底朝上的大盆上面，低声叫着。很难断定，这些公猫表现出的动作是以什么为主：是对小母猫的爱呢还是显示自己的优越？它们是为爱情而来呢还是仅仅为了表现一下自己的优越而来？这些公猫彼此之间表现出明显的敌意……一只带着猪崽的母猪在拱房子前小花园的栅栏，它们要钻进花园里来。

"走开！"阿廖沙发出嘘声，"嘘嘘！你们这班鬼东西！嘘！快走开！"

但那些公猫对他毫不理睬，只有那只小母猫朝他这边看了看，只是瞟了一眼，而且很不情愿。它正沉浸在幸福之中，哪还顾得上你阿廖沙……

"嘘……嘘……该死的！……呸！让你们通通见鬼去吧！瓦丽娅，把水瓶拿来，我们来浇它们！这些鬼东西！"

瓦丽娅跳下床来，她没有拿水瓶，而是送来一只带把的大水罐。阿廖沙扑在窗台上，拿着水罐往下倒水……

"哎呀呀，先生们，先生们！"阿廖沙听见头顶上方有人在喊，"哎呀呀，年轻人，年轻人！怎么能这样干呢？啊？哎呀呀呀……啊呀呀呀……"

接着是一声长叹。阿廖沙抬起头，看见肩上披着一件印花长衫、戴着睡帽的头发灰白的小脑袋，还有他那干瘦的手指。他用手指威吓地指着……老头儿坐在窗子边，两眼紧盯着猫群。他的眼睛色眯眯的，仿佛看芭蕾舞似的流露出一股邪火。

阿廖沙张着嘴，脸色发白，微微一笑。

"很不好啊，先生！您在违背自然界的规律，年轻人！您在破坏……呃呃呃……这么说吧……破坏自然法则！太糟糕了！关您什么事？这不正是……呃呃呃……一种生理上的需要吗？您怎样看呢？是生理需要吗？你该懂得！我并不赞赏你那种做法，先生！"

阿廖沙心虚了，踮着脚走到床前，然后不声不响地躺下。瓦丽娅紧靠在他身边，屏息静气，也不吭声。

"那是我们机关的头儿……"阿廖沙悄悄地说，"他自己不睡觉，欣赏那些猫。真是个老色鬼！跟顶头上司住在一块儿真让人倒霉。"

"年——年轻人！"过了一会儿阿廖沙再次听到那苍老的声音，"您在哪儿？请出来！"

阿廖沙走到窗前，望着老头儿。

"您瞧见那只白公猫吗？您看它怎样？是我家养的！您瞧那风度！那派头！瞧它那身段，那脚步！……您好好看看吧！喵、喵……瓦西卡！瓦秀什卡，机灵鬼！这调皮鬼的胡子多长啊！是西伯利亚种，这机灵鬼！来自远方……嘿嘿嘿……瞧吧，够那个小母猫……受的！嘿嘿嘿……我家这只猫总是占上风。您马上就会看到！瞧它多有派头，多气派！"

阿廖沙说，他很喜欢这只猫的全身毛色。于是老头儿就说开了这只猫的生活习性。他讲得有声有色，一直讲到太阳升起。他一边详详细细地讲，一边吧嗒着嘴，舔着他那干瘦的手指。就这样，阿廖沙夫妇竟连睡一小会儿也办不到了！

第二天深夜十二点多，那些猫又在扯着嗓子喵呜喵呜地叫起来了。它们又一次吵醒了瓦丽娅。阿廖沙再也不敢驱赶这些猫了。因为在这些公猫里有一只他顶头上司的猫。阿廖沙和瓦丽娅聆听着猫的叫春声，直听到第二天早晨。

（左少兴　译）

猫的天堂

[法] 左 拉

　　我的一位姑妈留给我一只安哥拉猫，这是我见过的最笨一只猫。下面就是那只猫在一个冬天的晚上，坐在炉火前对我讲的一个故事。

一

　　当时我只有两岁，是人们所能看到的最肥胖、最幼稚的猫。在我这个幼小的年龄上，我像所有不把家庭温暖放在眼中的动物一样，简直是目空一切。那时，我一点也不懂得应该感谢上帝，使我有幸生活在你姑妈家中。你姑妈是个大好人，非常喜欢我。那时，我在一只大柜橱里有一间真正的卧室，卧室有羽绒垫子，三层的毯子。伙食和卧具一样精致，我从来不吃面包和汤，只吃肉，只吃带血的鲜肉。

　　咳！生活太舒适了，我当时只有一个愿望，那就是从半开的窗户中偷偷溜出去，逃到房顶上去。人们的抚摸使我感到乏味，柔软的床使我感到发腻，肥胖的身躯使我自己都感到恶心。整天无所事事，生活太幸福，反而使我感到烦得慌。

我应该告诉您，我曾经伸长脖子，从窗户上望着对面的房顶。一天，我看见四只猫在太阳底下打架，只见它们全身的毛倒竖着，尾巴翘得老高，在青瓦上翻滚着，嘴里还撒欢似的不停咒骂着。我从来没见过这么动人的场面。从此以后，我的信念形成了。真正的幸福是在房顶上，在这扇关得严严的窗户外面。证据就是柜橱的门都关得很严，门后面藏着肉。

我制定了逃跑计划。生活中除了鲜肉，还应该有别的东西，那就是不可知和理想。一天，厨房的窗户忘记关了……我一下子便跳到窗子下面的小屋顶上。

二

屋顶上的景致真是美极了！屋顶周围是宽宽的檐槽，檐槽中散发出诱人的香味。我美滋滋地走在檐槽中，爪子陷在烂泥中，感到有一种说不出的湿润温暖，那种感觉就像走在天鹅绒上一样。太阳照在身上暖洋洋的，暖得我好像要把身上的肥膘都化了。

不瞒您说，当时我的腿直打颤。快乐之中混杂着某种恐惧。过分的激动差点儿使我一个跟斗栽在当街的石板上，这事我至今还记忆犹新。在房脊上打滚的三只猫一看见我走过来，就喵喵地叫，向着我冲过来。

他们看我差点儿吓昏过去，知道我是个大笨蛋，就对我说，他们喵喵叫着闹着玩的。我也开始和他们一起喵喵叫起来了。真好玩！这些家伙可不像我一样长着一身肥膘。看到我像个大圆球似的，在太阳晒得滚烫的锌板上直往下出溜，他们便笑我。这群猫中，有一只老雄猫对我特别好。他自告奋勇担负起对我的教育任务，我非常感激地接受了。

啊！您姑妈喂我的那些肝肺已是那么遥远。我在檐槽中喝水，我觉得加糖牛奶都从来没有这么好喝过。一切的一切，我都觉得是那么香，那么美。一只雌猫走过来，这只雌猫长得特别漂亮，我一看见她，浑身上下顿时产生了一种说不出的亢奋，她的腰身是那么柔软，到目前为止，我还只有在梦中见过这等尤物。我和我的三个伙伴一起向这个新来的美人冲了过去，我跑到其他人的头里，刚要向这迷人的雌猫献殷勤，我的一个同伙却上来狠狠地咬我的脖子。痛得我大叫一声。

"算了！"老雄猫拉开我，对我说，"这种猫你以后会见到很多的。"

三

跑了一个小时，我感到饿得要命。

"在房顶上有什么可吃的？"我问我的朋友老雄猫。

"找到什么吃什么。"老雄猫温和地对我说。

这种回答使我大大地为难，因为我找了半天，什么也没找到。最后，我终于发现，在一个阁楼里，有一个年轻女工正在准备午饭。窗台下的桌子上摆着一块漂亮的排骨，鲜红鲜红的，馋得人直流口水。

"我就吃它吧。"我傻乎乎地想。

我跳到桌子上，叼住了排骨。但是那女工看见了，用笤帚狠狠地在我的脊梁上抽了一下。我放下排骨，一边可怕地咒骂着，一边赶快逃之夭夭。

"你是不是从乡下来的？"老雄猫对我说，"桌子上的肉是让你从远处闻闻的。要想吃，应该到檐槽上去找。"我永远搞不明白，厨房里的肉为什么不是给猫准备的。我的肚子当真开始闹气了。老雄猫对我说需要等到夜里才有办法搞到吃的，这句话使我彻底绝望了。只有到半夜我们才能溜到街上，到垃圾堆里去找吃的。要等到夜里！他说这句话时非常冷静，倒像个一丝不苟的哲学家。而我，一想到还要饿这么长时间，我都快要晕倒了。

四

夜幕缓缓降临了，这是个浓雾弥漫的夜晚，我都冻僵了。接着又下起了雨，一阵阵的冷风夹着细雨抽打在身上，一会儿工夫，我们身上全湿透了。我们从楼道的玻璃窗口溜到街上。我觉得街上那副样子丑极了！没有温暖，没有太阳，没有我们可以在上面撒欢打滚的、被阳光照成一片白色的房顶。我的爪子在油腻腻的石子路上打着滑。我不由得想起了我那件三层厚的毯子和羽绒垫子，心中真是苦涩不堪。我们一到街上，我的朋友老雄猫就发起抖来。只见他缩成一团，越缩越小，沿着墙根偷偷地溜，并告诉我跟紧点。他来到一个走车的门洞里，赶忙藏身其中，并发出一阵满意的呼噜呼噜的声音。我问他为什么要逃，他对我说：

"你没看见那个背着背篓，拿着铁钎子的人吗？"

"看见了。"

"看见了，还不快躲！要是被他发现，他会把我们打死，把我们穿在铁钎上烤熟了吃掉的。"

"穿在铁钎上烤了吃！"我不由得叫起来，"难道街道不是我们的吗？没有饭吃，还要被人吃掉！"

五

不过，门口还是有人倒垃圾的。我在一大堆垃圾里翻来翻去，结果却大失所望。只在灰堆里找到两三块没有肉的骨头。只有这时候我才感到新鲜的肺头是多么美味可口。我的朋友老雄猫扒拉起垃圾来颇有艺术家的风度。他带着我一直跑到清晨，不慌不忙地跑遍了所有的街道。在近十个小时中，我都被雨浇透了，浑身直发抖。可恶的街道，可恶的自由，我是多么怀念我的监狱呀！

天亮了，老雄猫看我摇摇晃晃的样子，就用一种奇怪的神态问我说：

"够了吗？"

"噢！是的。"我回答说。

"你想回去？"

"当然了，可是怎么才能找到家？"

"过来。今天早上，我一看见你出来，我就明白，一只像你这样肥胖的猫不可能享受自由之中充满艰辛的乐趣。我认识你住的地方，我把你带到门口去。"

这番话是那只可敬的老猫直截了当地对我说的。我们到了门口，他冷冷地、毫无感情地对我说：

"再见了。"

"不！"我高声说，"我们不能就这样分手。您跟我一起回家。我们睡在一张床上，有肉我们一起吃。我的主人是个心地善良的女人……"

他连话也没让我说完。

"别说了，"他突然打断我的话说道，"您是个笨蛋。在您那种舒适、温暖的环境中我非死去不可。那种优越的地方只适合杂种猫。自由的猫决不会像您那样用监狱去换肝肺吃，换羽绒垫子睡……再见了。"

他一下子跳上了房顶。我见他那消瘦的影子在晨光的抚摸下舒展地抖动了一下。

当我回来时，您的姑妈拿起掸衣鞭，打了我一顿以示惩罚。这顿打，我挨得是心甘情愿。虽说挨一顿打，但不再挨饿受冻，何乐而不为呢。当您姑妈打我时，我想到的是她一会儿就要给我一顿美味可口的肉吃了。

六

您瞧见了吧，——我的猫在炭火前伸了伸懒腰，下了结论——我的主人，真正的幸福，真正的天堂，是被关在屋子里，挨打，但是有肉吃。

我是在为猫说话。

（刘半农　译）

虔诚的猫

［波］斐莱兹

房间里有过三只鸣禽，他们先后被那只猫结束了生命……

她并非普通的猫，而是很虔诚的灵魂，她有的是真正的犹太的美丽，长着反映出天空的眼睛……她很虔诚，很遵守礼节，那只猫！在白天她要洗十次脸……她在屋角悄悄地吃着……她整天吃着牛奶什么的，在黄昏之后不久，她才吃肉，很像样的老鼠肉……

但是她从来不匆匆忙忙，也不像老虎那样狼吞虎咽；她总是慢慢地、愉快地吃着……让小老鼠再活一会儿……让它再跳舞、发抖、忏悔一会儿……虔诚的猫吃起东西来一点儿也不匆忙……

当他们把第一只鸣禽带到房间里来的时候，这只猫立刻就同情它；这只猫立刻感动了……"那么美，"她舔着嘴唇道，"那么小，那么好，没有在'第二世界'享福！"

"它到不了'第二世界'的，"这只猫断定说，"第一，因为它用的是全身都浸在水盆里的先进洗澡法……"

"第二，如果有人放了它，它就成了野鸟；虽然它很年轻、可爱、善良，然而小鸟是与其爱礼节，宁可爱炸药的！"

"况且，还有那歌声！那无耻的歌唱和吹啸，而且胆大妄为地向天空仰视！而且渴望逃出笼子——向着罪恶的世界，自由的空气，向着打开的窗户……"

"猫曾经关在笼子里吗？虔诚的猫曾经这样无法无天地吹啸吗？——真可惜，"这虔诚的猫的纯洁的心感到难受，"小鸟正是生物，贵重的灵魂，高天的星火！"

这只猫哭了：这整个的不幸都是由于肉体的美丽而来的；"这世界"也因此而那么可爱，诱惑天使也因此而那么动人……

这样可爱的小鸟怎么能抵抗可怕的诱惑天使？它活得愈久，它犯的罪就愈多，而应得到的惩罚也就愈大……唉！

神圣的复仇之火在这只猫的内心燃烧着……她突然跳上搁着鸟笼的桌子，于是——羽毛就在房间里飞着。

他们打这只猫……但是她一点儿也不抱怨……这只猫虔诚地咪呜着恐怖的忏悔……她不再犯罪了……这聪明的猫知道，他们为什么打她。她不会再挨打了……

他们打她，因为房间里满是羽毛；他们打她，因为她把绣花的桌子沾上了血迹。我们应该适当地、虔诚地、安静地执行那样的判决，不要让羽毛飞着，也不要让血滴下……等到他们把第二只鸣禽带来的时候，这只猫就扼死了它，连羽毛也都吞下去……

他们打猫……到这时候，这只猫才明白，她的挨打并非因了羽毛，也并非因了桌布上的血迹……主要是不准杀！大家应该相爱，应该宽容……因为屠杀不能改善这罪恶的世界！大家应该非难和同情犯罪的人们！

一只悔过自新的金丝雀能够达到最虔诚的猫所不能达到的境界！这只猫很快乐！糟糕的时代已经过去了！大家可以避免流血了……

同情、同情和同情……她同情地靠近了第三只金丝雀！

"不要怕，"这只猫咪呜地叫着，用了最温柔的声音，"你常常犯罪，可是我一点儿不会损害你的，因为我同情你！我连笼子也不打开，我碰也不碰你一下！"

"你摇着自己，摇吧，当然不是对我，是为了那位造物主。你一声不响？好极了！与其无耻地歌唱，不如……我更喜欢沉默！安静点，纯洁点，你摇着吧……我要帮你摇！我要呼吸着，用我的虔诚的灵魂使你安静、可爱和虔诚……让我的呼吸用信仰充实你的身体，而且——用悔悟充实你的心！"

这只猫因为改善和宽容，觉得很快乐……最虔诚的猫的最虔诚的心因为快乐而生长着，但是那只金丝雀却不能呼吸这虔诚的猫的空气。它闷死了。

（席孜　译）

猫禅

[美] 吉姆·韦利士

男人非常伤心。他心爱的猫没有几天活头儿了。

男人把猫放在腿上，叹了口气。猫"呼噜呼噜"地叫着，也抬眼看了看男人。一滴眼泪从男人的面颊滑落，滴在猫的额头上。猫有点不高兴。

"你哭什么啊，伙计？"猫问道，"你无法承受我的离去吗？难道没有另外的猫代替我吗？"

"是啊。"男人点头道。

"你认为我离开你以后，会到什么地方去呢？"猫问。

男人无奈地耸耸肩。

"闭上眼睛吧，伙计！"猫说。

尽管男人不知它葫芦里卖的什么药，还是照做了。

"我的眼睛和毛发是什么颜色的？"猫问。

"你的眼睛是金色的，你的毛发是温柔的褐色。"

"那你最常在哪见到我呢？"猫问。

"你经常……在厨房窗台上看鸟……在我最喜欢的椅子上……躺在桌子上的文件夹上……睡在我的枕头上。"

猫点头认可。

"即使你闭着眼睛，还能想象出我的身影吗？"猫问。

"当然了。"男人说。

"那么，无论什么时候你想见我，只要闭上眼睛就可以。"猫说。

"但是你并不是真的在这里啊。"男人伤感地叹息一声。

"噢，真的吗？"猫说，"把地上的那段绳子捡起来。"

男人睁开眼睛，伸手捡起了绳子。

"它是什么做的？"猫问。

"看起来好像是棉花做的。"男人说。

"一种植物？"猫问。

"是的。"男人说。

"是来自一株棉花，还是许多棵？"

"当然许多棵啦。"

"在棉花生长的那片土地上，还有其他植物或花朵吗？比如玫瑰。"猫问。

"完全有可能。"男人说。

"所有的植物都可以生长于同一片土地，吸收同样的甘露，对吗？因此一切植物，玫瑰和棉花，本质是相同，只不过外表看起来很不一样。"猫说道。

男人点了点头，但是他仍然不明白这同目前的情况有什么关系。

"假如一段棉线落在地上，它最终会变成什么呢？"猫问。

"嗯……它最终会被掩埋，被微生物分解。"

"那么可能会有更多的棉花，或一株玫瑰在它上面长出来吗？"猫问。

"有可能。"男人说。

"那么，你窗台上的玫瑰，也许同你拿着的这段绳子以及所有你所不知道的绳子有着某种联系，对吧？"猫说。

男人陷入了沉思。

"现在用两只手捏住绳子两端。"猫命令道。

男人照做了。

"你左手捏的那端就是我的出生，右手捏的那端就是我的死亡。现在把两端拧在一起。"猫说道。

"你做出了一个连贯的圆圈，"猫说，"这个绳子上的任意一点同其他点有什么不同吗？"

男人看了看那根绳子，然后摇摇头："没有。"

"再次闭上你的眼睛，"猫说，"舔舔你的手，想象着我正处在所有你熟的地方，想想绳子，再想想棉花和玫瑰。"

他终于发现了猫的秘密——舔手能让人平静下来，思维也更加清晰。舔手同时，他的嘴角开始上翘，这么多天来，他第一次露出了微笑。他等待着猫停，可是猫再也没有发出命令。于是他睁开眼睛，原来，猫的眼睛已经闭上。猫已经去了。

　　男人再次闭上眼睛，泪如泉涌。他看到猫蹲在窗台上，猫趴在他的床上，站在他的文件夹上，猫睡在他的枕头边，他看到猫金黄色的眼睛以及深褐色毛发。他睁开泪水模糊的眼睛，望向窗台上的玫瑰，然后捏了捏手里的绳圈。

　　不久后的某天，他的膝上有了另外一只猫——一只可爱的白色花斑猫——与之前那只猫是那么的不同，又是那么的相同。

（冯国川　译）

放猫

[泰] 马　凡

陈慧琳和杨采妮，旁人认为她俩像是一对亲姐妹。两人都是大学毕业生，有相似的嗜好：对于旅游、看戏、听歌，有机会绝少放过。她俩同住一个楼房，又同在一个公司里办事，早出晚归，形影不分，永远结伴在一起。

她俩在念大学时，都曾与同校同窗搞过恋爱，后来不知怎么都分手了。芳心只留一段破碎的倩影。那一段情结，似是一股郁闷的火种，日夜暗暗地燃烧着，使她们青春的年华变得憔悴和黯淡无光。因此，心灵中对于爱的需求，就由热衷转向冷淡，甚至冰冻了。

"男人没有一个好东西的！"她们在心里下了个结论。由此，对男人的态度就格外的冷漠了。日久天长，除了外出工作之外，便是在家里深藏不露，好像与世隔绝了。

她们养了一只年轻的母猫做伴，它常围绕在她俩身旁，让她们抚摸逗玩着，驱除寂寞感。

说到母猫的事儿，有时的确给她俩平添不少麻烦。那是每遇着猫儿叫春的夜晚，几只雄猫跳到屋脊上，对着她们窗口"咪咪"叫着，长夜不停。雄猫频频传来的叫声，似一块磁铁般吸引着母猫，促使它春心荡漾，神魂颠倒，坐立不安，东跳西蹿，老是想冲出屋子的牢门。但她们对母猫管得紧，不让它外出。因它还是一只处女猫哪！

"那群浪荡猫，都不是好东西！"她俩对这只处女猫说。

于是，母猫烦死了，而她俩更是烦上添烦。

爱情这东西，是一种捉不牢抓不住的东西。说容易寻求，那的确容易不过；说难呢，那也千真万确是一件难事。有一些人，在人生旅途中，走完了一生，还没有碰上一个心爱的人。但有的人，却一生与爱情离不了缘，一波三折的，永远在爱情的漩涡中打滚，没完没了，老是纠缠在一起，演一生爱情的坎坷戏路。

久旱逢甘霖。新年初，她俩任职的公司忽聘请来一位高级职员。头一天来到公司上班，在电梯中就与杨采妮一见钟情，两人火热打在一起，不到一年半载，就谈婚论嫁。这可苦了陈慧琳，她为此哭闹了好几夜，却挽留不了杨采妮出嫁的心意。在出嫁那天，他们举行婚礼喜宴后，即赶到机场搭乘午夜班机，出国度蜜月。陈慧琳还舍不了，到机场送行。临分手，幽幽地对杨采妮说：

"你别忘记给我来信，告诉我结婚究竟是甜是苦。"

陈慧琳送走了一对新人后，每日挂心等着杨采妮的信。一直到第七天，才收到来信。拆开，信上只写了一句话：赶快把母猫放出去！

猫城

［日］村上春树

那位青年背着一只包，独自游历山水。

他没有特定的目的地。坐上火车出游，有哪个地方引起他的兴趣，他便在哪里下车。

车窗外出现了一座玲珑的小镇，给人静谧的感觉。这幅景致诱惑着他的心。列车刚在车站停下，青年便背着包跳下车。没有别的旅客在此处下车。

他刚下车，火车便扬长而去。

小镇一片静寂，看不见一个人影。所有的店铺都紧闭着卷帘门，镇公所里也空无一人。唯一的宾馆里，服务台也没有人。他按响电铃，却没有一个人出来。看来完全是个无人小镇。要不然就是大家都躲起来睡午觉了。

然而，这里其实是一座猫儿的小城。黄昏降临时，许多猫儿便走过石桥，来到镇子里。各色花纹、各个品种的猫儿。它们要比普通猫儿大得多，可终究还是猫儿。青年看见这光景，心中一惊，慌忙爬到小镇中央的钟楼上躲起来。猫儿们轻车熟路，或是打开卷帘门，或是坐在镇公所的办公桌前，开始了各自的工作。没过多久，更多的猫儿来到镇里，它们在小酒馆里喝啤酒，唱着快活的猫歌。将近天亮时，猫儿们成群结队地走过石桥，回到原来的地方去了。

天亮了，猫儿们都走了，小镇又回到了无人状态。青年爬下钟楼，走进宾馆。火车在上午和傍晚之前开来，停在站台上。只要愿意，他完全可以坐上火车，离开这座令人战栗的猫城。然而他没有这么做。他年轻，好奇心旺盛，又富有野心和冒险精神。他还想多看一看这座猫城奇异的景象。

第三天夜里，钟楼下的广场上发生了一场小小的骚动。

"你不觉得好像有人的气味吗？"一只猫儿说。

"这么一说，我真觉得这几天有一股怪味。"有猫儿扭动着鼻头赞同。

"可是很奇怪呀，人是不可能到这儿来的啊。"有猫儿说。

猫儿们分成几队，开始搜索小城的每个角落。认真起来，猫儿们的鼻子灵敏极了。没用多少时间，它们便发现钟楼就是那股气味的来源。猫儿们似乎因为人的气味极度兴奋，怒火中烧。它们个头很大，拥有锋锐的爪子和尖利的白牙。这座小镇是个人类不可涉足的场所，如果被抓住，不知会受到怎样的对待。

三只猫儿爬上了钟楼，使劲闻着气味。

"好怪啊。"其中一只微微抖动着长胡须说，"明明有气味，却没人。"

"的确奇怪。"另一只说，"这儿一个人也没有，再去别的地方找找。"

于是，它们百思不解地离去了。青年松了一口气，也莫名其妙。要知道，猫儿们和他差不多是鼻尖碰着鼻尖，但不知为何，猫儿们似乎看不见他的身影。他把自己的手竖在眼前，看得清清楚楚，并没有变成透明的。不可思议。不管怎样，明早就去车站，得坐上午那趟火车离开小镇。

然而第二天上午那趟列车没在小站停留，甚至没有减速，就那样从他的眼前呼啸而过。他看见司机座上坐着司机，车窗里还有乘客们的脸，但火车丝毫没有表现出要停车的意思。下午那趟车的踪影消失后，周围陷入前所未有的寂静。黄昏开始降临，很快就要到猫儿们来临的时刻了。

他明白他丧失了自己。

他终于醒悟了：这里根本不是什么猫城。这里是他注定该消失的地方，是为他准备的，不在这个世界上的地方。而且，火车永远不会再在这个小站停车，把他带回原来的世界了。

（施小炜　译）

画猫的男孩

[希] 赫　恩

很久很久以前，在日本一个荒僻的小村庄，住着一家穷苦的农户。他们为人善良，但由于孩子多，日子过得连糊口都很困难。儿子们十几岁就得跟父亲下地干活，女孩们几乎刚会走路就得帮助母亲料理家务了。

最小的是一个男孩，由于先天不足，长得身单力薄，看样子日后难以胜任农活。但他却很聪明，比哥哥姐姐都伶俐。双亲认为他将来当一个和尚要比做农民更合适些。一天，父母领他到村中的寺院去见方丈，请求他收儿子入庙落发为僧，并希望他能传授给他僧人应当掌握的全部知识。

方丈和颜悦色地向孩子提了一些不易回答的问题，没料到他竟对答如流。方丈喜在心间，立刻应允收他为徒，并准备把他培养成为一名高僧。

这孩子的接受能力很强，而且非常听话。美中不足的是，他喜欢画猫，甚至在一些绝对不该画的地方也画。

没有人的时候，他就画猫。在经书的空白边页上画，在祭坛的屏锦上画，在墙壁上画，在柱子上画，总之无处不画。为此方丈训斥过他几次，但他都未能幡然悔改，因为他控制不住自己。人们说他有绘画天才，也正是因为如此，他才不适合当和尚的，一个虔诚的僧人是应该苦读经书的。

一天，当他又在一扇屏风上画了一些栩栩如生的猫以后，方丈郑重其事地对他说："徒儿，你得马上离开寺院了，你是绝无希望成为高僧的，不过你也许能成为一位伟大的画家。临别前我向你进忠告，你要发誓永世不忘，即：夜间要躲避大的地方，栖身小的地方。"

孩子不明白"躲避大的地方，栖身小的地方"这句话的含义，他一面收拾小包裹，一面琢磨，百思不得其解，但又不敢动问。他向师父道了别，便默默地离开了寺院。

出了庙门，他就犯起愁来。不知自己该投身何处，也不知该做些什么好。要是直接回家，准会由于不守寺规遭到父亲的惩罚，所以他不敢回家。正在犹豫不决之间，他突然想起距此十二英里远还有一个村庄，那村里也有一座庙，比这座庙还大，他听说那庙里有不少和尚，于是便下定决心到那里落脚。

谁知那座寺院已经关闭，原因是那里出现了一个妖怪，它把和尚们都给吓跑了，自己独占了那个大地方。过后也有过几个胆大的武士夜间到庙中去杀那个妖怪，但却有去无回。这些事从没人对这个孩子讲过，当然他心中毫无疑虑，甚至是满怀着能被收容接纳的心情勇往直前的。

当他到达那个村子时，已经是夜间了，村中一片漆黑，人们都在酣睡之中。那座庙在大街另一端的半山坡上，里面点着灯。据说，那个妖怪点灯是为了招徕过往行人去投宿的。孩子走到庙门前敲了几下，里面没有回音，他又敲了几下，仍不见有人出来开门。最后他试着轻轻地推了推门，出乎意料，门并没有闩，一时高兴，他就推开门走了进去。他看见殿上点着一盏灯，但没有见和尚。

他想，一会儿就会有和尚来的，便坐下来等候。当他四下张望时，发现寺内积满了灰尘，到处都是蜘蛛网。他心中反倒暗自高兴起来，他想这里一定是人手不足，肯定会愿意收一个徒弟打扫殿堂的。不过他心中也有些疑虑：和尚们怎么能忍受得了让这神圣的地方落上这么厚的尘土呢？他虽然这样想，但有一处地方却使他高兴起来，那就是殿堂上有一些白色的大屏风，那正是作画的好地方。他一时兴起，竟然不顾一路劳累，立即寻觅起能够充当画笔的东西来，找来找去总算找到了一件合适的东西，便蘸上墨水画起猫来。

他一连在屏风上画了许多猫，渐渐困得坚持不下去了，他刚要在一扇屏风前躺下睡觉，不由得想起了临行前师父的告诫：躲避大的地方，栖身小的地方。

庙堂又高又大，里面就他一个人。他心里嘀咕着这句告诫的话，尽管还不能十分明白其含义，但恐惧之感不禁油然而生。他还是第一次有这种恐惧的感觉。他决定找一个小地方睡觉。他发现旁边有一个小室，拨开拉门便进去了，然后回手把门拉严，就躺下睡了。

深夜，他被一阵极其可怕的声音惊醒了，那是一种厮打掺杂着尖叫的声音。吓得他连扒门缝往外瞧一瞧都没敢，只顾屏住呼吸，缩成一团一动不动地躺在那里。

殿上的那盏灯已经熄灭了，但是那种令人心肺俱碎的可怕声音并没有停止，甚至越来越大，把整个庙宇都震得颤动起来。过了好长一段时间那声音才平息下来，可孩子还是不敢动弹，他一直躺到朝阳的光辉通过小室的门缝照射进来。

这时他才小心翼翼地从藏身的地方走出来，他第一眼看到的是：堂前满地血迹斑斑，然后又看见一只比牛还要大的妖怪耗子的死尸，躺在地中央。

是什么人或什么东西杀死它的呢？看不见有人，也看不见有什么动物。蓦地，孩子看见了他昨晚画的那些猫的嘴都是血淋淋的。

这时他恍然大悟，原来这只妖怪耗子是被他画的这些猫给咬死的。也只有这时，他才悟出为什么那位智慧的老方丈告诉他"夜间要躲避大的地方，栖身小的地方"的奥妙。

后来，这个孩子果然成为一位著名的画家，他画的猫名扬海内外。

（宋韵声 施雪 译）

猫士兵

[波] 扬·格拉鲍夫斯基

公猫穆尔雷卡的到来

谁都不知道这只神秘的公猫是从哪里来的。

它出人意料地出现在我们的院子里。看来是通过花园的便门进来的。刚走几步路即可证实，它是一只极有教养的猫，是文雅风度的典范，生来就懂得分寸。

那就请您评判吧。我们的母猫伊姆卡这时正在板棚顶上打瞌睡。公猫穆尔雷卡进院后，伊姆卡微微睁一只眼睛，不太客气地看了看这位不速之客。正如你们所知，我们的母猫性格特别乖僻，不喜欢随便与人结交。它待在原地不动，甚至不愿睁开另一只眼睛，只是观望这陌生猫如何表现。

发现伊姆卡后，穆尔雷卡弓着腰，显得彬彬有礼，几次优雅地翘起尾巴，向这位女主人喵呜了几句很有礼貌的话。显然这些恭维性的猫语非常有效，因为伊姆卡站起身来，伸个懒腰，温情地叫道："喵呜！喵呜！"将毛茸茸的尾巴自左而右地摆动一下，然后就开始努力清洗自己的左后爪。

它正是用这种方法向穆尔雷卡清楚地表白，它完全把它视为自己人，它的到来没给它带来任何烦恼。

我们的巴尔博斯狗图皮向穆尔雷卡走去。若是别的不太有教养的公猫，很可能立刻把身体弯成马蹄状，竖起尾巴——让狗瞧瞧它在准备自卫。

而穆尔雷卡却一动不动。

"我是只正派猫！"它镇定自若地告诉图皮，"我没有什么可隐瞒。请吧！"

接着就让狗嗅它，从鼻尖一直嗅到尾梢。

现在一切都要取决孤狗恰帕的态度。它正在晒着太阳睡觉。但是，一见到公猫，它就微微睁开一只眼睛。

如果恰帕现在一下子扑向穆尔雷卡——那就再见啦，公猫！要知道，图皮也会不由自主地冲向它，这纯粹是出于狗共有的责任心，对吗？

然而，恰帕因为吃得很饱，所以懒洋洋的，不想动。

"这算什么公猫？"它只是睡眼惺忪地问图皮一声。

"公猫就是公猫，还能像什么……可能是伊姆卡的客人！"图皮向它汇报。

恰帕防御性地稍微抬了一下上嘴唇，露露它的巨齿。

穆尔雷卡确信，做出害怕的姿态才能显得有礼貌。于是它假装做出随时准备跳墙的姿势。

"表现不错！"恰帕放心地翻过身去。

就这样，穆尔雷卡解决了院子里所有的问题。它还需要处理屋内的问题，即处理我们人的问题。

公猫彬彬有礼地翘起半截尾巴，步履稳健、镇定自若地走进厨房。那里空无一人。它继续向前，走进房间。

它在门口停顿一下，很有礼貌地喵呜一声："中午好！您好！"还没得到邀请，它就果敢地走向安乐椅。

但是，请别以为穆尔雷卡会厚着脸皮往坐垫上一躺就睡着了。完全不是这么回事！公猫像做客一样，循规蹈矩地坐下，卷起半截尾巴，看看我，看看克里西娅，再开始说话：

"尊敬的主人们，请允许我占用你们一点时间介绍一下我自己的情况。我来自……"

于是就一桩桩、一件件地讲了起来。我完全相信，它是对我们讲述生活中所发生的事情，毫无疑问，它的生活一定丰富多彩。

我经常为自己不懂猫语而感到遗憾。如果我能把我们从穆尔雷卡处听到的话都逐词逐句地转达给你们，那该多好啊！唉！我无能为力，尽管我很想这样做。唉，我也无法向穆尔雷卡表白，我对它深表同情。诚然，我不时地点头，但无法确定，是否都点在必要之处。

显然，穆尔雷卡也发现这种点头有些不对劲儿，所以有时中断自己的谈话，凝视着我们，仿佛在问：

"您对此有何见解？不寻常，对吗？"

于是我和克里西娅就装成很吃惊和很感兴趣的样子。

这才使公猫得到了安慰。因此它又继续讲下去，而且对我们十分满意。

但是，尽管对穆尔雷卡的叙述只听懂只言片语，但我们还是发现，这只公猫的生活既不幸福，也不安定。穆尔雷卡身上的毛一块块地被扯去，露出了皮肤，耳朵被抓伤……而尾巴！最好还是别提尾巴！这可怜的一截尾巴，比火柴长不了多少。回忆往日那条美丽的猫尾巴，显然是件痛苦的事！

看来，穆尔雷卡确实认为，我们是一群相当好的听众，富有同情心，反应灵敏，非他人可比，因为从此以后它每天都来拜访我们，有时甚至一天拜访几次。最奇怪的是，它根本不想吃我们这里的任何东西！诚然，它也喝些牛奶，但没有一点胃口，纯粹是出于礼节，为了不使我们感到难受。

"请你们别为我担心！"它请求道，"我仅仅是因你们而来，而不是为了什么好吃的东西，懂吗？我想和你们聊聊天，与可爱的人交谈往往感到很愉快。"

聊聊天，说说话。猫一般都爱说话。而我们的穆尔雷卡是我从未见过的特别爱说话的猫！

但是，请别以为穆尔雷卡令人讨厌。不，它很有分寸，风度极佳。它很快就明白：我在写作时，是不愿意说话的。于是，它就一言不发。

它待在离我写字台不远的地方，假装打瞌睡。但是，只要向它看一眼——它就立刻起身，打着哈欠，伸伸懒腰，坐下来，卷起尾巴，开始说话："我正好想对你说……"

然后就一直讲到它确实认为我在忙于其他事务为止，因为我对它的故事不作任何反应。这时，它往往会到克里西娅那里去。她会和它一起做各种各样稀奇古怪的事。给它穿上小连衣裙，让它坐在小车上在各个房间里拉来拉去，把它像婴儿一样裹在褓褓里，再放在小车上。穆尔雷卡任凭她对自己做一切只要能使她满意的动作。

有一次，公猫跳进字纸篓。字纸篓翻了过来，罩在它身上，于是穆尔雷卡急得满屋子乱跑，逗得我们开心了好一阵子。穆尔雷卡记住了这件事。当它想逗我们开心时，它就把字纸篓翻盖在自己身上，带着它在屋子里蹦蹦跳跳，做着滑稽可笑的动作。

"笑，笑啊！"它号召我们，"我把字纸篓套在自己身上就是要逗你们开心！"

蹦了一阵以后，它跳出篓子，坐到自己十分喜爱的安乐椅上，开始梳洗。这时我们当中就会有人装出无动于衷的样子问：

"怎么，就这么一点，穆尔雷卡？"

公猫赶快结束梳洗，端端正正地坐好，转动一下尾巴，开始说："如果你们真正对此感兴趣，我就说给你们听。请听！"

于是它就打开了话匣子。

您瞧，我们神秘的穆尔雷卡是多么奇怪的一只大公猫啊！

秋天、冬天、春天都已过去……夏天有位女士来我家做客。她既不年轻，也不美丽。但是有一颗金子般的心。她热爱整个世界，而且写过一些有关热爱动物的学术性小册子。她用华丽的辞藻劝说自己的读者，要他们像爱亲兄弟一样爱所有的动物，这还不够，还要爱全体活物。

好，很好！对吗？

但是，我们的图皮，这条世上最善良的狗，却对这位热爱全体活物的亲姐妹经常露牙齿！而孤狗恰帕不知何故竟咬伤了她的腿！为什么？因为这位伟大的动物爱好者像害怕鼠疫一样害怕狗！

显然，她确实想爱动物。所以她才用美丽和深奥的辞藻来论述热爱所有活物的必要性。可叹的是，她自己则不善于用朴实、真诚的方式，即真正用对待人的方式对待动物。所以狗会咬她这可怜的人。

正因为这个原因，她和穆尔雷卡发生了一件很不愉快的事，使我们很长时间中断了友好往来。

这位女士整天弹钢琴。这对我们无妨。就让她自己去弹吧！但是，穆尔雷卡意见完全相左。因为这长时间的喧闹有碍于它说话！

起初它跟在我们身后走来走去，竭力说服我们：这种音乐毫无用处。当然，它没有得到我们的支持。

于是它就试图凭自己的能力向我们的女客人解释清楚：谁都不喜欢乱弹琴。

它待在钢琴上，使劲叫喊。

那位动物爱好者也不赞许猫的演唱。

这样，她与它们之间就出现了问题。总之，穆尔雷卡抓痛了她的手。

这是件大事！似乎猫之所以长爪子，就是为了抓人。搽点碘酒不就结啦！但是，能向她解释清楚吗？来历不明的猫！流浪猫！疯猫！

这一切说的都是我们穆尔雷卡！

女士认为，穆尔雷卡必须就医，必须送检！

我们只好答应她这样做。我有什么法子？但是，答应容易，执行难，因为穆尔雷卡失踪了，消失得无影无踪！我们谁都不知道到哪里去找它。

一个月过了。钢琴鸦雀无声。一天白天，我们和克里西娅坐在露台上，突然听到：

"喵呜！这是我！"

我回头一看——穆尔雷卡！它不慌不忙地向我们走来，神情庄重地翘起尾巴，在克里西娅身边坐下，挺直身子，开始讲话："这令人讨厌的嗓音终于停息，又可以安静地交谈了！我们分手以来发生了许多事情，简直不知从何说起。是这样的……"

接着就给我们讲述自己孤身一人长途旅行的故事。它在哪里，我们后来才打听到。但是，很遗憾，并非从我们穆尔雷卡口中得知。

正如我已经给你们说过的，我掌握的猫语有限。我永远为之而惋惜！这严重阻碍了我与最可爱的公猫及母猫的交往。

学有所成的猫士兵

不记得因为什么原因我需要到兵营去。到了那里，一进院子就听见："喵呜，喵呜！你好吗？"

我以自己的脑袋担保，这是我们穆尔雷卡的叫声！我环顾四周，发现有几条狗在院子里无事闲逛，有大的、小的，有毛茸茸的，也有光溜溜的，但连猫的气味也没有。

突然又传来温柔而亲切的叫声："喵呜！喵呜！"

这次的叫声显然来自上面的某处。我向树上看了看——一只猫也没有。再看看屋顶，那还用说？是它，我们的穆尔雷卡！它正待在屋檐上！它看着我，向我发出亲切的微笑：

"在这里，我在这里！你来看望我们，太好啦！"

"走，老伙伴，我们谈谈！"我邀请它。

但是，穆尔雷卡还是不想从房上下地。它沿着屋檐向前走，不停地回头看我，边走边说："我们院子里闲逛的狗太多啦。你明白吗？须知，其中还有纯种的巴尔博斯狗呐！遇上它们什么事都可能发生。我们在屋顶上就安全多啦。但是，请你笔直走！我马上就下去找你。"

果真如此，过了一会儿，穆尔雷卡就跳到地上。它用身体蹭了我一下，又一下。半截尾巴翘得像支蜡烛。它以优雅的步态蜿蜒前进，时而向右，时而向左，然后借助后腿身体向上一蹿，蹿到我的前面。我明白，这是对我最隆重的接待。

它走进敞开着的厨房门，用猫语叫了一声，就跳上桌去。桌旁坐着克列普卡。

克列普卡的鼻尖上戴着一副眼镜，他的一只手指在他面前摊开的一本大书上来回移动。不难猜出，他正在从事某项会计工作。不该打扰他。

他对公猫厉声喝道：

"住嘴！"

但是，穆尔雷卡不听指挥。它再次用一种特殊的、我们从未听过的嗓音叫了一声。

克列普卡立刻回头，这才发现了我。

"如果不是拜布克向我报告，说您来了，还没发现您呐！我现在是一心一意——连大炮也轰不醒！"他伸过手来对我说。

我与克列普卡很久没见面了，显然我们有很多话要说。

我们交谈的时候，穆尔雷卡在桌上散步，满意地摆动着尾巴。

"你们谈谈，谈谈！"它劝道，"我喜欢愉快的社交活动！"

突然，克列普卡用颇具威胁性的目光透过镜片看了看公猫。看上去他有点不高兴。

"拜布克！立正！"他命令道。

那还能有什么好说的？穆尔雷卡突然显得目瞪口呆，瞪着双眼看着自己的主人，站在那里一动不动。

"敬礼！"克列普卡叫了一声口令。

穆尔雷卡立刻用后腿站立起来——直立不动，就像狗抬起前腿要东西一样，但它用右前爪触接前额，敬个军礼。

"稍息！"一声令下。

公猫四肢着地，但目光仍然不离克列普卡。

"向后转，起步走！"老厨师命令道。

我的穆尔雷卡原地转过身去，向前走了几步，停在桌边，朝我看看。真的，只见它狡猾地向我递了个眼色。

"怎么样，还有什么说的？这样的猫你是否多见？"它明明是在问我。

我兴奋得无言以对。我以崇敬的目光看着我们可爱、温柔的穆尔雷卡。

这就是说，它不是属于世上不可胜数的那种普通的、一般的、多嘴多舌的公猫。这是一位猫士兵！是啊，这样学有所成的猫，我一生中从未见过！

我把这些想法告诉克列普卡。他露出满意的微笑，摘下眼镜，放在桌上，继续和我闲聊。突然他叫了一声：

"拜布克，我的眼镜在哪里？"

穆尔雷卡应声而至。

"在这里！在这里！"它回答道。

"拿来！"克列普卡说。

你们想想看，公猫用牙齿叼着连接两块镜片的镜弓，小心翼翼地爬到克列普卡膝盖上，轻轻放下眼镜！

老头拿起眼镜，抚摩一下公猫的脑袋。

"聪明的猫，"他说，"只是在家里待不住，喜欢到处串门。是啊，说实话，我也不感到奇怪。我忙的时候，它太寂寞啦！"

我向克列普卡通报了我们和穆尔雷卡相识的过程。还谈到它是怎样在我们那里消失了整整一个月。克列普卡笑了。

"这正是我无法解开的谜，"他说，"我们的拜布克忽然想到跟着军乐团出去大演习！它从来没这样做过。"

"看来，它比较喜欢吹奏乐，而不喜欢钢琴！"我说。

穆尔雷卡突然在桌子的另一端应答：

"喵呜！喵呜！"

"嗯！又多嘴啦？"克列普卡阻止公猫发言，"在队伍里不许

讲话！"

穆尔雷卡立刻沉默下来，像嘴里吸了一口水，一直到我访问结束

时，它还没说一句话。

不难猜想，为什么穆尔雷卡要到我们那里去作客。"住嘴！"——

这对这样爱讲话的猫来说，实在是一种折磨，对吗？

我当然想叫拜布克给克里西娅表演一下。当穆尔雷卡第一次惠临我

家时，我就装出一副严肃的样子，命令道：

"拜布克，立正！"

我一下子就名誉扫地！公猫以惊奇的目光看看我，似乎想说：

"什么？连你也这样？亏你想得出来！看在上帝份上，让我安静

一下！"

它根本不听从我的指挥，十分沉着地躺到克里西娅的膝上。

"对你们来说，我是穆尔雷卡。请记住这一点。拜布克在放假。最

好还是聊聊天。与好人交谈是这样的愉快……"

于是它就开始讲述自己的故事。其实我们可爱的多嘴朋友做得完

全对。

须知，它有权仅仅以穆尔雷卡的身份待在我们这里，对吗？

但是，克里西娅一定想看猫的表演。于是，有一天我们就到兵营去。

在那里嘛，拜布克是真正的拜布克！又是敬礼，又是起步走。按口令叫喊，按口令沉默。向右转，向左转，甚至还敲鼓！用爪子在克列普卡放在它面前的铅皮桶底上敲打。

我敢保证，如果能让你们看到这种学有所长的猫，你们准会惊奇得目瞪口呆！克里西娅兴奋得尖声叫喊。

"但是，我会永远把穆尔雷卡叫作穆尔雷卡，"看完猫表演之后，克里西娅对我说。"这样好吗，穆尔雷卡？"她问猫。

而穆尔雷卡以"喵呜"作答，显得非常高兴。从此以后，对我们来说，这只公猫永远是穆尔雷卡，而且只有这个名字，并且我们也不要求它给我们表演它在服兵役时学会的那些把戏。

只是请别以为，拜布克不喜欢做拜布克。只要看到它脸上流露出自豪和满意的神情，它一定是受到了表扬！

"你们喜欢吗？那还用说！奇迹，是吗？"

情绪好的时候，它自己会主动请求克列普卡给它发出一个又一个的命令，或者无缘无故地跳起来敬礼。绝妙的一只公猫！

我盘问克列普卡用什么方法把拜布克变成了世界上的第九大奇迹。不是吗，教一只公猫学会做动作，而且难度又是这样大——这非常、非常不简单。大家知道，猫总喜欢做它自己喜欢做的事，对别人喜欢的东西漠不关心。

"这只公猫很聪明，仅此而已！"克列普卡回答我，"我每天只在吃东西的时候和它交谈，它就这样学会了理解我的话。此外，用善良和温柔就能教会兔子抽烟！……"老厨师笑了笑，用十分严肃的口气问穆尔雷卡："拜布克！你将来会抽烟吗？"

"喵呜！喵呜！"公猫表示同意。

这个话题到此为止。但是，我相信，只要克列普卡想做，就能发生这样的事：我们可爱的穆尔雷卡总有一天会突然中断自己的叙述，对我说：

"顺便问一下，你没有香烟，是吗？否则，我乐意吸上一大口！"

要知道，克列普卡不是普普通通的人，而是克列普卡！很少有人像他那样了解动物。此外，他的眼睛有点斜视，因此他一下子就能看清事物的两个方面：好的一面和坏的一面，所以他从不发脾气。

他性格开朗，笑容可掬，亲切待人。微笑与诚挚的交谈则可带来许许多多的收获。

是啊，克列普卡有一颗纯洁的、金子般的心。这就是我要对你们说的！因为我非常了解克列普卡！

神秘智慧的克列普卡

克列普卡作为自愿兵入伍时，他已经蓄着浓浓的胡须。他从前干什么工作？关于这一点，他从未提起过。仅凭猜想便可得知，他到过世界各地，走过许多弯路。

他到过哪里？我不知。克列普卡从来不说自己的事，不像有些人，还没问他，就一五一十地全盘托出：出生在哪里呀，在哪里求过学呀，在哪座城市工作过呀。而且就怕在自己的叙述中漏掉一个细节。

是的，克列普卡不是这样的人。譬如，他发现有个新兵架子十足，狂妄自大，似乎在战争中度过了一生，于是就对他说：

"嗨，你呀，野鸡，野鸡！要注意，可别让自己像红额金翅雀那样，把自己想象为一只大象！"说着，就哈哈大笑起来。

"这是怎么回事，克列普卡？"有人问他。

克列普卡用自己的短烟斗吸了一口烟，吐口吐沫，然后擦干嘴唇说：

"是这么回事。有一次，大象请红额金翅雀吃饭。大象备足了各种各样的菜，它把砂锅从火炉上端下来，等着。"

"啊，好大一口砂锅，是吗？"

"这对大象来说，正合适。但是，砂锅没装满：大象怕烧开后溢出来。红额金翅雀飞来了。它向大象问了声好，眼睛看着砂锅，叫个不停。大象请它入座。红额金翅雀围着砂锅飞来飞去，飞来飞去，不敢闯入砂锅——对它来说，太深了，懂吗？大象发现了这点，摇了摇头，想了想，把一只脚伸进砂锅，熬好的汤菜就溢到了地面。红额金翅雀就啄起食来。吃饱以后，按规矩，表示了感谢，然后它对大象说：'请您明天到我那里吃午饭，我想答谢您的款待。'大象接受了邀请。

"红额金翅雀飞回家，对妻子说明天大象来家吃午饭。雌红额金翅雀哭了起来。'我用什么来招待它？'它问。红额金翅雀叫它别作声。它说：'我在大象那里学会了招待客人的方法。你有多少东西，就准备多少，然后就端上桌，别的事都由我来张罗。'就这样说定了。雌红额金翅雀煮好一核桃壳的蠕虫，等着客人来。大象来了。它看着这只核桃壳，不知如何进食。而红额金翅雀使出了全身的力气，把一只脚伸进壳内，对大象说：'吃吧，兄弟，别客气！'大象吹起自己的长鼻子回家去了。

"从此以后，所有的野生动物都讥笑红额金翅雀。瞧，还想和大象比呐！明白吗？"克列普卡问道，并用温和的目光看看大家。

"您是从哪儿知道这个故事的？"我问他。

而克列普卡则不动声色地回答：

"我曾经乘坐一艘轮船在一条小河行走，那里每个小孩都知道这个故事！"

"这是在什么地方？"我追问。

克列普卡对我讲了一个地方：这个地方最好别到学校的地图里去寻找。我只知道一点：这是在非洲某处的密林中。

记得，还有一次，在前线，战士们议论纷纷，说在土洞附近开辟一处小菜园倒不错。但是他们都不立即行动，都在争论该种什么，总是无法确定。有一次我问克列普卡，菜园的事怎么样啦。

"就像猴屋一样。"他笑嘻嘻地回答。

"还有什么猴屋？"

克列普卡微微一笑说：

"中尉先生，如果您允许的话，我就说啦，这是一只小的猴子。可以说，是猴崽。它独自待在树枝上打喷嚏。它感到头痛。阿嚏，阿嚏，它自认为世界上一切事都乱七八糟，无论如何也弄不清它的来龙去脉。譬如，如果水在下面，在里面洗澡倒是件好事。头也不会痛，一个喷嚏也不会打。而如果水从上面落下来，那就一点也不开心啦。那就又会头痛，又会打喷嚏！您听明白了吗，中尉先生？这只小猴子从一根树枝跃上另一根树枝，躲躲藏藏。雨还是不想停，周围的一切变得越来越潮湿。但是世上的一切都会有个尽头，暴雨终于停息。小猴子出去玩耍，看见一只乌龟在爬行。

"小猴问它：'水为什么从上面流下来？'乌龟解释说，这是雨。猴子说：'有什么办法可以使这个雨不落下来，因此不打喷嚏，头也不痛？''给自己造间房子。'乌龟回答。它问什么叫房子，于是乌龟就给它讲解得清清楚楚。猴子非常高兴。它说：'你的确比所有的动物都聪明！我把从你这里听到的都讲给我的亲人们听，大概我们也会有房子的！'它们分开后猴子回到亲人身边，把从乌龟那里听来的事告诉大家。猴子们大叫起来：'明天就开始造房子！'第二天，它们集合在一起，开始商议。一只猴子想造在这里，另一只想造在那里！一个说用树枝造，另一个说用树叶造。它们争论来争论去，不知不觉旱季已经过去，雨又重新下起来。它们的后脖颈又被淋湿，它们又在打喷嚏，头又痛了。雨刚过去，猴子们就出去游玩。它们遇上了乌龟。乌龟问它们：'怎么样，你们有房子啦？'

"一年前遇见它的那只猴子突然打了个喷嚏！乌龟立即猜出，猴子们还是没有房子。'你们争争吵吵闹了整整一年，'它说，'但是却没有开始工作！你们不但还会吵上一两年，而且还会吵上两千年，到那时房子还是造不起来！猴子们，你们只适合争吵，不适合工作！'说完，它就走自己的路去了。乌龟是对的，因为猴子到现在还没有房子！"

我问克列普卡，他是从哪里知道的这个故事。而克列普卡慢慢地吸着自己的烟斗，一只手捋着胡子说：

"是和我一起在亚马逊河上漂游的一个人对我讲的。"

我还是没能从克列普卡那里得知更多的东西。

在我的一再追问下，他只是挥挥手，微微一笑，慢吞吞地说：

"是啊，我漫游过全世界……人到垂暮之年应当把波兰给的东西——生命奉献给她。我想把自己的骨头留在这里，留在祖国。中尉先生，我坦白地对您说，对这流浪生活，我厌倦透啦！"

我非常喜欢听克列普卡讲故事。他自己也欢喜讲，只是不谈论自己。

他是个非常爱讲话的人，这无须隐瞒！我甚至这样认为，他和公猫是镰刀碰上石头，针锋相对。穆尔雷卡不就是因为要说出所有的心里话才东跑西跑到处串门吗？因为当两个爱讲话的人聚在一块时，总有一个要保持沉默——另一个不让它开口，对吗？

穆尔雷卡的失踪

穆尔雷卡有一段时间没在我们院子里露面。我并未感到特别伤心。但是克里西娅则感到非常不安。她断定，抑或公猫因某种原因生我们的气，抑或找到了另一个家，在那里受到的待遇比我们这里好。

有一次，我在市场上遇见克列普卡，问起关于拜布克的事。

"我的野鸡不知道飞到哪里去了！"他说，"就怕它有不测。拜布克确实很熟悉军事知识。从未发生过早点名缺席的事！……"

我不该把这次谈话的内容告诉克里西娅。当时，她立刻泪如泉涌！不得了！

从那以后她一天要跑几次兵营。她在那里和克列普卡谈论公猫可能会发生什么事。

每次从那里回来，克里西娅总是悲悲切切。眼睛哭肿了，鼻子上亮晶晶的，就像个小灯笼。她说这是感冒的缘故。其实天气很热，就像在浴室里一样，阳光火辣辣的。显然，这叫作"穆尔雷卡感冒症"……

大约过了两周，可能还长一些。

一次，我和克里西娅坐在露台上，突然有样东西落在我们桌上。穆尔雷卡！

但是，克里西娅刚要碰到它，公猫就用嘶哑的嗓音叫了一声，接着又消失了。穆尔雷卡的半截尾巴在我们眼前一闪，就蹿过了爬满葡萄藤的围墙。

克里西娅手捧帽子，紧追公猫而去。我跟在她的后面，我们一直跑到兵营。我们走进大门，只见猫尾巴尖在屋顶上闪了一下。我们赶快来到厨房。我们进去的时候，正逢拜布克跳上克列普卡的膝盖。

我无法保证，但我感觉到，老厨师也无法忍受炎热，并于这一天也患了感冒。不知何故，他的眼睛在异样地闪动。当他以严厉的，甚至可以说非常严厉的语气叫公猫时，他的声音叫起来非常陌生：

"你到哪儿去啦，野鸡？"

而"野鸡"用两条后腿站立起来，用鼻子碰了几下克列普卡胡子拉碴的下巴。

可想而知，它这是站起来立正，敬礼。从未见过它做得如此认真！

克列普卡笑得前俯后仰。他没有下达"向后转开步走"的命令，而是抱起公猫，把它揣在自己的怀里，揣得很深，只能看见穆尔雷卡的脑袋。

"是这么回事……"穆尔雷卡开始陈述。它很快就讲完了，讲得很急，所以显得结结巴巴。

我已说过多次，我因不懂猫语而感到难过。

它的话，我一点也听不懂。然而，看来，克列普卡比我懂。否则他为什么笑得那样开心，而且在最意外的地方点头呢？

我问克列普卡：

"您听懂猫讲的内容吗？"

"无需听懂，"老头回答我，"一切都会不言而喻！"

不言而喻！

公猫把所有的事都向我全盘托出。它认为，我们既然了解了一切，那就该行动了。

它从克列普卡怀中爬出来，跳到地板上，对我们叫了一声：

"请别为我担心！我一会儿就回来！"然后它就不知道到哪里去了。

大约过了十五分钟。

传来了猫叫声。

穆尔雷卡走了进来。

而跟在它后面战战兢兢地走着一只棕色母猫以及三只黑孩子般的小不点儿——黑猫崽。

我们大家都笑得合不拢嘴！克列普卡双手一摊说：

"野鸡，谁允许你结婚啦？"

拜布卡重新跳上桌子。它敬了个礼，就开始表演各种令人高兴的把戏，于是克列普卡毫不保留地款待了母猫一家子。

从此，兵团的厨房成了猫的天下。

不用说，小穆尔雷卡们也成了我们家的常客。这些黑色小魔鬼对我们为所欲为。其中一只最终永远留在我们家里。

我想，这是很自然的。

附带说一说：我本人从来就不相信这些黑色猫崽是我们穆尔雷卡的后代。我相信，它在某处发现了这孤苦伶仃的一窝猫，并把已怀孕的、不幸的猫寡妇带进兵团厨房。拜布克知道，克列普卡有一颗金子般的心，而且坚信，他不会让这些可怜的猫饿死！

（傅俊英　吴文智　译）

小猫欧罗巴

[波] 扬·格拉鲍夫斯基

雨中降临的欧罗巴

欧罗巴? 这是世界的一部分? 这谈的是地理问题, 是吗? 此欧罗巴与彼欧罗巴风马牛不相及。欧罗巴——这是一只猫, 确切地说, 是只母猫。

它像雪一样降落在我们头上, 确切地说, 像雨。这是早春时节, 倾盆大雨连绵不断, 下了很久。天气很冷。我们已有数日不想在街上露面, 狗也赶不出门。

你们见过这种怪天气吗? 见过? 那么请别见怪。虽然, 我的侄女克里西娅想方设法排忧解闷, 尽管如此, 还是感到寂寞。这一点, 我是根据她向我提出的各种问题才发现的。这些问题未必特别深奥:

"如果柞树上长出梨来, 会怎么样? 如果水不是潮湿的, 又会怎么样?"

你们听到过这类问题吗？请允许我不再一一赘述。我喜欢克里西娅。请相信我，她是个既可爱又聪明的小女孩。但是遇上持续不断的坏天气，谁都会感到心绪不宁。

克里西娅最终拿出自己心爱的玩具娃娃罗索奇卡。她不太喜欢娃娃的裙子，于是就开始量布料，裁剪，缝制。剪刀"咔嚓咔嚓"地响，但她的舌头却遭了殃，因为克里西娅无论做什么事情，都要折磨自己的舌头，似乎她要责怪的正是自己的舌头。她一会儿咬舌头这边，一会儿咬那边。如果只有舌头在运动，可以肯定克里西娅在认真地干活。

"你听见了吗？"

"什么？"

"你听！"

克里西娅放下零头布。我俩都竖起耳朵。窗外传来明显的啼哭声。

"是婴儿在啼哭。"克里西娅说。

"那可能是很小的孩子。"

"大概是婴儿，"克里西娅重复道，"外面很暗，他可能迷路了，不能回家。而他妈妈在那儿着急！"

"那么为什么她让这样小的孩子出来？"

"为什么不能和他一起走？可能她还有孩子病啦？噢，天哪，看他哭的！我们去看看！应当帮帮他。把他带进来，让他暖暖身子，还可以打听到他住在哪里……"

克里西娅已经准备出去了。

"让我们打开小窗，"我对她说，"窗外还有哭声，我们看看那里有什么人。"

"不，不，在那里看有什么用！应当把小孩带进房间。"克里西娅坚持道。

她已经走向门口。

"你看，"我一边开窗，一边对她说，"可能这个小孩自己会走向我们。"

我们听到可怜的抽噎声、哭泣声。但是，是谁在哭，我们却看不清楚。克里西娅把头探出小窗。我用灯照了照。

"是它！是它！天哪，湿透了！"

窗台上坐着一只小猫。它全身被水浸透，看来已经冻僵了。我们把它抱进房间时，水还从它身上往下滴。

它看上去很可怜，张开绯红色的小嘴，不停地哭泣。

"卡捷琳娜大婶，卡捷琳娜大婶！我们厨房里有火吗？亲爱的大婶，请生火！"克里西娅叫道。

她把小猫抱进厨房，和卡捷琳娜一起把猫身上擦干净，烘干，给它喂食、喂水。

你们见过落汤猫吗？噢，真难看！它已不能称作是猫了，而是一根长着四条腿的、溜光的羊肠，一点绒毛都看不见！真肮脏！

起初，我以为我们的客人很难看，所以决定等它梳妆打扮之后再去认识它。

我来到厨房，只见温暖的铁板上放着一个破布包。

"睡了，"克里西娅细声细气地对我说，"别弄醒它，叔叔！"

"等一等，让小猫睡睡够，"卡捷琳娜见我向破布包探过身去，就嘟哝道，"等小可怜休息好了以后，让你看个够！"

"哎呀。"我想，克里西娅把卡捷琳娜拉到小猫一边去啦！

想提醒你们注意的是：我们的卡捷琳娜经常声称，所有的猫都是虚伪的生灵。她说她好像知道有一户人家的猫害死一个婴儿。她还经常说，一见到猫，她就会遭殃。

"如果狗欺负它，我们该怎么办？"我问。

"只要有哪一条敢碰它，我就给狗厉害瞧瞧！"卡捷琳娜说，"你在这里干什么？谁叫你啦？"她对被厨房的谈话声吸引过来的图皮喝道。图皮想过来看看发生了什么事情，同时希望能让它顺便再舔舔狗食钵。

图皮像闪电一样消失了，何况卡捷琳娜还拿着打狗棒。这种打狗棒令所有的狗都害怕，就像怕火一样。不知何故，其中的任何一条狗都没受到过打狗棒的伤害。

"大婶，你吵醒了小猫！"克里西娅看到布包动了一下，就以责备的口气大声说。

她跑近铁板。卡捷琳娜也向破布包弯下腰去。两人试图哄小猫入睡，但不起作用。

小破布包里伸出一个白脑袋，东张张西望望，懒洋洋地打了个哈欠，然后整个身体爬了出来。它向右看看，向左看看，再向我们看看。

"笑啦！笑啦！"克里西娅惊叫起来，想把小猫抱在手上。

"得了吧，猫还笑呢！"卡捷琳娜打断她的话，"别动它，克里西娅。看看它要干什么！"

小家伙抖了抖身子。

"叔叔，你看，多好啊！多美啊！是吗？"克里西娅称赞说。

"你们看，"我说，"它背上的花纹真有趣，好像那里画着一幅地图——欧洲地图。"

"对，对！欧洲！"克里西娅高兴地叫起来，"就这样叫它吧——欧罗巴。叔叔，就叫它欧罗巴！与众不同！"

"好，欧罗巴就欧罗巴。"我表示同意。

卡捷琳娜可生气了，把锅子弄得叮当作响：

"从未听说过有谁这样称呼猫的！怎么可以这样戏弄上帝的生灵？我们这里所有的动物都与众不同！一只狗叫图皮，另一只叫恰帕，多可笑！"

"是啊，大婶……"克里西娅刚开口就被打断了。

"我不想听这些蠢话！去你的！"她对在铁板上滚动瓶塞的小猫吆喝了一声。

"卡捷琳娜。"我说，"欧罗巴——这是世界的一部分，我们就住在这里。"

"我可不住在欧罗巴，我住在拉瓦！"

"还有一个漂亮女人的名字也叫欧罗巴，她很美丽。有一次她想出游，希腊的最高神宙斯就化为一头公牛，亲自驮着她游玩，你懂吗？"

"我不想知道什么希腊丑八怪！好啦，你们就叫它欧罗巴，我就叫它小可爱。小可爱，这不结了。给，小可爱，喝牛奶！"

于是，我们的草原斑猫就有了两个名字：我和克里西娅叫它欧罗巴，卡捷琳娜称它为小可爱。结果它好像既有了名字，又有了姓。事态的发展证明，应当叫它欧罗巴·小可爱，而不是小可爱·欧罗巴。为什么？你们很快就会知道的。

麻烦制造家

你们当然都熟悉小猫，而且知道这是多么快活的造物。

"而我们的欧罗巴是世界上最快活的小猫。"克里西娅经常深信不疑地说。

"对，像我们小可爱这样顽皮的小家伙，我从未见过！"卡捷琳娜随声附和。

雨下了整整三天。很难想象，在这段时间里我们这里发生了什么事。小猫使整个屋子充满了生机。它刚刚还在文件上跳跃，现在已经到了橱上。一跳就到了窗帘上，又从窗帘跳到餐柜上，接着又漫步于茶杯和高脚杯之上。有一次，它向点燃的煤油灯上一跳，结果爪子被烫伤了。但是，它既不想哭，也不想抱怨。它竖起全身的毛，气呼呼地看了看爪子，鼻子里发出"呼哧呼哧"的响声："扑！扑！"——气流如此强烈，以致玻璃灯罩因受不了小猫的蔑视而破裂，进而炸得粉碎。

小猫把纸篓当车乘，赶着线圈满屋滚，把所有的线团都扯开。有一次，卡捷琳娜为了一团线圈找了整整一天，原来小猫把它拖到客厅里的沙发床下面去了。

"小可爱，你给我当心点！"她威胁说。

而这只小猫对所有的责备作出的反应是：用调皮的目光对您斜目而视并扯着嗓子大笑。您能拿它怎么办？然后，它就伸了伸懒腰，把背弯成弓形，尾巴一竖，一下子就跳到您的肩上，一面打着亲昵的呼噜，一面蹭着您的面颊，一下，两下——然后就不见了！您看，它像炸弹一样掉进几口煎锅中间，一会儿又来到炉子上，又过了一会儿，它已经在立橱下面赶起线轴。

但是，请别以为小猫只会玩耍。它还会探索、研究周围的世界。有三样东西，它特别感兴趣。

首先是挂钟的钟摆。

小猫待在橱上的时候，发现了钟摆。它屏住气，一动不动地观察它，看了很久。

"它会闪光，会跳舞！有趣的玩意儿。我还是第一次见到！"

它小心翼翼地靠近挂钟。这是一座老式钟，有钟锤。小猫试图用爪子抓住钟摆，但是够不着。伸长一些，再次挥动一下爪子。

"咪咪，从橱上跳下来！"我对小猫说。

我不太喜欢这种诡计，何况这已发生在油灯事件之后。

小猫用轻视的目光看了看我，好像在说：

"我在干这样有趣的事，你不要来干扰我！"

它从这个角度仔细看看钟，又换个角度看看，再试试用爪子去够。

"不，这样不会有结果的！从地板上试试！"

它一下子跳到地板上，靠近墙壁，向上看：

"从地面向上跳，怎么样？"

它像蜡烛一样竖直，向上跳！差一点把钟拽下来。

"好啦，小朋友，到这儿来，"我对小猫说，"你要把我的钟搞坏的。我了解你们这种猫！"

我把它抱在手上。它又是挣扎，又是抓人，又是恶狠狠地叫喊。我把它交给克里西娅。猫很听她的话，所以一直到傍晚都保持安静。

卡捷琳娜拿来晚餐，已经过点了。她不喜欢别人对她说这些，而总是自己先开口：

"啊，我的爷儿们，已经七点啦！这是因为我在忙着洗内衣……"

"已经七点半啦。"我说。

"怎么会七点半？！钟已经敲了很多下了！"

的确，在敲钟。"当！当！当！"我们数着。怎么回事？七下，八下……十二下，十三下……二十下……

"主啊！这是怎么啦？"卡捷琳娜一面叫，一面"扑通"一声，连食钵都掉到了桌上。

而钟还在敲啊，敲啊……这是小猫用爪子抓住重锤在敲打，并把它向地板上拉。钟哪能不敲！

我把小猫从钟摆上拉开，它匆匆逃入床下。但是，您认为它害怕啦？一点也不！

第二天清晨，百叶窗还关着，突然听到"轰隆"一声，同时传来猫的叫声。我跳下床。

钟在地板上"走动"，实际上是欧罗巴在拖着它走——欧罗巴被挂钟的链条缠住了，吓得哇哇大叫。

"别了，挂钟！"

挂钟事件后，欧罗巴开始研究浴缸。一听到龙头里流出的水声，它就会从相距很远的房间飞奔过来，跳到浴缸边缘，聚精会神地看着水流，然后尽量靠近——用一只爪子挠一下！

"是一根发出声响的透明的棍子！还很潮湿！呸！"它撇撇嘴，抖抖爪子。

它沿着浴缸边绕过去，试图从另一边靠近水流，又是一爪子！再次抖抖身子。

"奇怪，奇怪！这根棍子的头在哪里？"它思索着，弯下腰，看看浴缸的深处，"我知道了！"

它爬到浴缸的下面去寻找水源，找了很久。然后又跳出来，再从头开始重找一遍。

"这就怪啦！"欧罗巴想。

有一次，它差点被水淹死。它决定用两只爪子一起抓水流，结果滑了一下，"扑通"一声掉进几乎放满水的浴缸里。正巧，克里西娅打算洗澡。

它在这里流了许多泪，诉过无数苦！欧罗巴吓得拼命叫喊，仿佛水流要活剥它的皮。

你们以为经历这次沐浴，小猫就对这种旅游失去了兴致？才不是呢！

第二天，它重新来到浴缸里，研究浴缸的底部。它在那里走来走去，注意观察，喉咙里"呼呼"作响，好像电炉灶上快要开的水壶。

显然，它是在想，揭开秘密的关键不在于浴缸，也不在于水龙头，而在于加热器。于是，未经深思熟虑，它就直接跳到烧得滚烫的加热器上去。

"喵呜！噢……"这已不像猫的叫声了。

后来，小可怜像发疯似的在屋里东奔西跑，折腾了好一阵子。从那以后，它见到浴缸就避开。但是，这时它已找到了另一项差事。

克里西娅的窗台上放着一只大玻璃缸，其中养着金鱼。欧罗巴能在这鱼缸前坐上几个小时。

令它感到不安的是，它能看见透明鱼缸中的鱼，却无法得到鱼。

你看，有条小鱼直接向它游去。欧罗巴躲在一旁，目不转睛地看着它。马上就能抓住了，马上，马上！突然一跳——无所获！小猫紧张地等待着。接着又跳——像一只球被玻璃弹飞了，脑袋在鱼缸上撞了一下——空欢喜一场！

"怎么，没成功？再试试！"欧罗巴喃喃自语，并从另一边靠近鱼缸。

又"啪"的一声，头撞上了玻璃！尽管每一次都遭受打击，但它还是兴致不减。

不幸的是，小猫脑子里产生了爬进鱼缸的念头。它像马戏团里走钢丝的演员，一面保持平衡，一面沿着鱼缸边向前走，同时目不转睛地看着鱼，盘算着如何才能得手。伸进一只爪子——湿了，它赶忙缩回来，厌恶地把水抖掉。而鱼就像故意要与它作对，就在它的鼻子底下游来游去。你瞧瞧，你瞧瞧它们！它只好再次伸出爪子。又湿了！而受惊的鱼都潜入了缸底。

欧罗巴果断地留在鱼缸边上。

"好啦，管它三七二十一！只要能抓住，湿就让它湿吧！"决定后，它就弯下腰去……

结果如何？

结果是，鱼缸"咕咚"一声掉在地板上，而欧罗巴一个跳跃，蹿上了橱顶！

而幸免于难的金鱼不得不被养入另一只鱼缸，而且被锁进了仓库……

"克里西娅，"我说，"这个欧罗巴惹的麻烦是不是太多啦？鱼缸嘛也就罢了，你看看那挂钟！不知还能不能修好。"

"小可爱不是故意的，"卡捷琳娜在插话，"难道它在厨房里动过一次东西吗？挂钟掉下来，是因为小钩子松了。"

"那么鱼缸呢？"

"如果欧罗巴知道鱼缸会掉下来，可能就不会碰它，对吗？大婶！"克里西娅说，"瞧您，叔叔，昨天您自己就打破了一只杯子。大家都知道，您这是无意的。每个人都可能偶然打破杯子。这是众所周知的！"

顺便提一下，大家都知道，我把杯子从手中掉下去是因为欧罗巴突然跳上我的肩膀。

但是，我不想与卡捷琳娜和克里西娅争吵！我再也不介入欧罗巴的事务了。

猫与狗和睦相处

欧罗巴与我们的狗是在第一个晴天相识的。

欧罗巴跨出门槛，只见阳光普照，春光明媚，气候温暖。小猫兴奋地伸伸腰，东张张西望望。在狗食钵旁的墙头上，有几只麻雀在"唧唧喳喳"地叫。猫伏在地上，开始捕猎行动。

"请原谅，小姐，您在这里干什么？"

欧罗巴回头看了一眼，只见恰帕彬彬有礼地摇着尾巴向它靠近，而小猫则气呼呼地说："滚开，滚开！"

"不该啐狗，这不好，"恰帕向它指出后，便向后退了退，"请多多原谅，但我还是想弄清楚，小姐，您从哪儿来？"

"我从家里来，从家里来！"欧罗巴向它说明。

"您要知道，我们狗在亲自查实您的身份之前是不会轻信任何人的。请允许……"恰帕低声说着，把鼻子伸向猫。它嗅了嗅，还是不信。

"好像有我们女主人的气味……还有厨房的气味……请原谅……"
再凑近一些，把猫从头到脚闻了一遍。

"对对对！虽然很怪，但这是事实！毫无疑问，毫无疑问！"它感到奇怪，又把鼻子直接凑到猫脸上，"牛奶，牛奶最容易闻出来。怎么样，牛奶也不错，虽然我更喜欢肉。"

它舔了一下猫耳朵。

"对不起。脸，我自己会洗！"欧罗巴说。

但狗并没有离开。恰帕是条既活泼又有礼貌的狗，它决定既然现在已经相识，那就一起玩玩。

"那么，您是在猎捕麻雀？您做得完全正确！这些游手好闲的家伙永远只会偷走我们食钵里的东西！捉它们去！"

小狗就这样准备扑向麻雀，仿佛没有比这更愉快的游戏啦。它跳啊，跑啊，左顾右盼，而欧罗巴却原地不动。

"您厌倦啦，小姐？那我们就玩别的游戏。我也不大喜欢抓鸟。我从未抓到过一只鸟。"它坦白地承认，"那我们玩什么？我最喜欢法式摔跤。谁能使对方双肩着地，谁就获胜。我们玩吧，好吗？开始！注意！"恰帕跳向欧罗巴。

它一下子就把欧罗巴按倒在地，欧罗巴痛苦地尖叫起来。

"你怎么啦？自卫呀！"恰帕一面劝说欧罗巴，一面装作准备咬它的样子，但欧罗巴越哭越伤心。

"放开，放开我！"欧罗巴叫道，"真讨厌，走开！"

恰帕跳开。欧罗巴站起身来，真的在放声大哭。

"从没想到你是这样爱哭鼻子，"恰帕感到奇怪，"你痛吗？为什么不作声？你真是只怪猫！"

院子里出现了其余的狗，恰帕急忙向它们通报这则新闻："你们知道吗？这里有样东西，身上带有克里西娅和卡捷琳娜的气味，只喝牛奶，而且会无缘无故地哭鼻子！"

"在哪里？在哪里？"

"在那边的土台上。听见它哭了吗？"

"是只猫。"图皮说。它是一条魁梧的狗，所以不把恰帕放在眼里。

"猫？猫！"恰帕气愤地重复道，"你瞧瞧它散发的气味！"所有的狗都走向号啕大哭的欧罗巴，先从远处闻起，然后用鼻子在它的毛上闻了很久。

"怎么样？怎么样？"恰帕追问。

"嗯，嗯！散发着我们家的气味，这千真万确。"

"这意味着什么？"

"这就是说，这是我们的猫。"最强壮、最年长的狗图皮坚定地回答。

"很显然，是我们的猫。"其他狗表示赞同。

"怎么和它玩耍？"恰帕追问。

"我从不和猫一起玩。"图皮郑重其事地回答，说完就离去了。

其他的狗都随它而去。

欧罗巴就这样在院子里得到了认可。大家对它以礼相待，然而仅此而已。

唯独恰帕与其建立了友谊。它是一条贪吃的狗。只要盘子"叮当"一响，它就会扔掉一切，迅速奔上我们在好天气里就餐的露台。在这方面，欧罗巴并不向它让步。

在三餐饭前，它俩早早地就坐等在露台的凳子上。

"哟，客人已经来了！应当快些。"卡捷琳娜发现这一对之后，就会这样说。

应当承认，它们之间从不相互争夺食物。只是恰帕总要检查一下欧罗巴得到了什么东西：欧罗巴吃完东西后，恰帕总是闻闻它的嘴巴。

"嗯，我知道，是白面包！带奶油的！也给我一点！给点吧！"它请求道，两只眼睛盯着我们看，激动得坐立不安。

只有邻居家的狗洛尔德有时对欧罗巴发牢骚。这条狗既愚蠢又粗鲁，总想从早吃到晚。它不允许小猫靠近狗食钵。

它以不友善的目光看着渐渐走近的欧罗巴：

"你干什么？别动！走开！"

有一次，洛尔德甚至咬了欧罗巴一口。欧罗巴叫起来，图皮立刻为它打抱不平。

"我们的猫，"它对洛尔德说，"难道不是我们的？"

"是你们的，但是它用不着在这里转来转去！"

"食钵是你的？'

"我的！"

"啊，是吗？"图皮大叫一声。顷刻间，洛尔德四肢朝天躺倒在地。

"哎哟，哎哟，再也不敢啦！"它哀怨地尖声吠叫。

而欧罗巴却待在板棚顶上，认认真真地洗着脸。

从此以后，小猫在院子里想做什么就做什么，而且与狗们在一起生活得非常和睦，甚至常常别出心裁地睡在狗窝里。

只是有一次，它差一点和狗吵架。为了什么？为了一只老鼠。

是这么回事：

板棚的地板上烂了一个洞。欧罗巴经常在这洞口坐等数小时，因为它嗅到了老鼠的气味。但是，有时它不是安静而耐心地等待老鼠出洞，而是亲自爬进洞内，仅露出它的尾巴。

有一次，我们家的狗朋友库齐走进板棚，看见欧罗巴的尾巴在洞口闪动。

"小猫，你在那儿干什么？"

欧罗巴钻出洞来责备道："你把我的老鼠吓跑了！这都是你的过错！"

库齐朝洞里看了看，闻了闻。"还在，"它说，"老鼠还在那里，毫无疑问。"

"我当然知道，"欧罗巴说，"我在这洞口已经等了两天多啦。"

"是吗？"库齐微微一笑，"到现在还没逮住？"

"你自己试试！"欧罗巴嘟哝着。

库齐没有回答，转身离去。等欧罗巴刚从板棚来到院内，它一下子就钻进棚中，往洞前一坐。

库齐等啊，等啊。小老鼠向外面瞧了瞧，库齐一动不动。当壮大了胆子的老鼠开始悄悄走近狗食钵时，狗一下子就抓住它，把它紧紧咬住！

库齐嘴里叼着老鼠，连蹦带跳地来到院中。所有的狗都围过来。库齐宽宏大度地让它们闻着老鼠。洛尔德想把它夺走，但这多半是开玩笑，而不是当真要抢走，因为狗不喜欢吃老鼠。

全院性的追逐活动就此开始。

欧罗巴突然出现在板棚顶上。

"放下老鼠！这是我的老鼠！"它对库齐喊道。

库齐并没有注意，继续在院子里奔跑。为了逃避图皮，它正好来到板棚下面……

欧罗巴正是等待这一时刻。它像一块石头一样砸到狗身上。库齐扔掉老鼠，准备逃走，但是猫咬住了它的后脑勺。库齐拔腿就跑。但欧罗巴坐在它的颈上，乱抓它的脸！

"哎哟，哎哟！"库齐哀号着。它先是猛力一冲，然后向上一蹿，把小猫从自己身上甩掉，溜走了！

欧罗巴在后面追赶，一直把它追到大门口。

"你看，你看！"图皮说，"它把库齐训斥了一顿！我亲眼见库齐鼻子在流血。对小猫要小心点！"

欧罗巴回来时已经气喘吁吁。它走近狗食钵，开始舔食稀粥。

"这样小，又是这样天不怕地不怕！"图皮惊讶地注视着小猫。

虽然它看着另一条狗吃东西心中无法平静，但它只是伸出舌头舔舔嘴唇，不敢靠近食钵。

欧罗巴在长大。它不再是一只猫崽，而是变成了一只美丽的雌猫。

它与狗们可以完全和睦相处，并从它们那里学会了许多东西。它是那么温柔，任何一只猫都无法与之相比。它不仅会用自己的身体蹭人，发出"呼噜呼噜"的响声，还会跳猫舞——弓着腰，一步一步慢慢地蜿蜒前进。当然，每只猫都会这样做，对吗？但是，欧罗巴还会做别的猫都不会做的事。它会用自己粉红色的舌头舔人的双手、双颊！你们见过这样的猫吗？

门口一出现外人，它就学狗的样子奔向门口。不仅如此，它还像狗那样在主人的脚旁绕来绕去；我们有人回家时，它就会跳到你的怀里。

总之，它是一只非比寻常的猫。难怪我们的狗都喜欢它。

那么，它和别人家的狗如何相处？什么情况都可能有。对到我们院子里来做客的狗，它态度友好。因为它们都是非常体面的狗，譬如阿穆尔，它是一条出身名门的狗。它的脸像它的舅舅猎犬，毛色像另一个舅舅捕狼的大猎犬，躯干特别长，显然，达克斯犬也属于它的近亲。由于人们砍断了它的尾巴，所以它又与狐狗相似。

除阿穆尔外，来访者还有一条不知为什么名为马琳娜的棕红色看家犬。它的毛像鬃一样坚硬，尾巴优美地卷曲起来，像一个双层小面包圈。但是，在交际场上使人倾倒的人物库齐也是狐狗、捕狼的大猎犬、撵山犬以及警犬的亲戚，这是一条极其聪明的、少有的滑头狗。它经常会这样来组织游戏：让所有的狗都叫喊着在院子里到处奔跑，而它自己则总是单独留在目标旁，也就是留在装满食物的狗食钵旁。它处处受欢迎，因为它很活跃、很和善，是个会出点子的能手。

院子里的游戏如果没有库齐指挥，就永远不会成功。

此时，欧罗巴像往常一样待在板棚顶上。它不和其他狗一起玩耍，只是观看它们做游戏。也没有任何一条狗想惹它生气，或者哪怕是对它说一些使它不快的话。

其他的狗惹它吗？当然，狗群就像人群一样，也有各种各样的个性。在我们隔壁邻居家有一条狗，叫雷克斯。正如你们所知，"雷克斯"在拉丁语中意为"国王"。应当承认，这个名字正巧完全适合于我们的雷克斯。它是一条很大、很美、很强壮的捕狼猎犬。它多次在狗展上获得过奖状、奖章。总而言之，它是位国王。

但是……它自高自大吗？也许是。它经常破坏游戏。大家在相互追逐时，它就站在马路当中，不知对谁狂吠；大家玩打仗游戏时，它却一本正经地龇牙咧嘴——接着拔腿就逃！胆小如鼠。

头一两次，它不请自来，欧罗巴都没露面。第三次，当我们的狗及其客人们在玩捉迷藏游戏时，它突然出现了。它问也不问，就直接跳上欧罗巴通常睡觉的板棚。

"猫！猫！"它叫起来，"捉啊，抓住它！"

阿穆尔停止游戏，用自己的罗圈腿一瘸一拐地走近板棚。它说："雷克斯，别打扰它！这是它们的猫！'

"和我有什么关系！猫！猫！抓猫！"雷克斯一边叫，一边使劲向屋顶上跳。

欧罗巴处于戒备状态，竖起全身的毛，恶狠狠地说：

"滚，滚！这是什么东西？"

图皮侧着身子靠近雷克斯。"雷克斯，离开我们的猫！"它对捕狼大猎犬建议道。

口齿伶俐、说话不愁找不到词儿、像女小贩一样会骂街的库齐，也飞快地奔向雷克斯：

"哎呀，你这个没出息的！你是怎么做客的？"

换作其他任何一条狗都会马上醒悟过来，退出现场，但雷克斯却想也没想过。它张开大嘴跳上前去，差一点就要用自己的大牙咬住欧罗巴了。

你瞧，这太过分啦！图皮咬住它的喉部，阿穆尔咬它的肋部，而个子不大的库齐在这种情况下显得特别小心，全神贯注地对付国王的肚子。

战斗达到白热化程度，其他的狗也蜂拥而至。会战的细节恕不详述。从此以后，雷克斯至少再也无法在任何狗展上显示自己的美丽了，这是一个事实。它回家的时候，耳朵少了一大块！

"哎哟，哎哟，哎哟！"它尖叫着穿过马路。

"还敢碰我们的小猫吗？"我们的狗在它后面喊。

"下流坯！下流坯！"库齐用爪子抓着地皮，叫道，"不能进大雅之堂！它举止不端！"

欧罗巴当妈妈了

欧罗巴喜欢狗吗？我想是的，尽管我要指出，狗的友谊使它相当难堪。为什么？因为，由于狗，它失去了更适合于自己的社交活动。它感到寂寞，整天打瞌睡、打呵欠。您想象得出，您这是处于一个既不理解您，又不明白您的烦恼与兴趣的生物群体之中。您对它们说粮仓里的老鼠，而它们却回答您："让我们去捕捉兔子！"您自己却认为，这并不十分开心。有时候，欧罗巴也可以从屋顶看到别的猫。我们邻居家有一只白色的公猫。它们偶尔交谈，但相距甚远。几乎足不出户的欧罗巴从它那儿知道有关泔水池的新闻，有关邻居的流言蜚语。如果它能与白色公猫面对面地交谈，天南地北地聊聊，那就开心啦。但是，这不可能。

但愿能有一只公猫在院子里出现！

"公猫！公猫！"首先发现它的狗叫道，"外来猫！外来猫！"

接着出现一场混乱！所有的狗全都出动，冲向外来者。食钵、水桶全部飞起来。追捕者们闯入花园，花坛、苗床——全都遭殃。

"包围它！从左边超过去！"图皮对恰帕叫道。恰帕跟在公猫后面，像子弹一样飞奔。

"就好，就好，就好！"狐狗叫着回答，眼看就要逮住外来猫，但是，公猫一跳——已经到了树上。

立即出现一片叫骂声：

"啊，你这没出息的家伙！为什么到这里来？我们又不是没有自己的猫？谁叫你来的？下来，马上下来，明白吗？"

公猫当然不想从树上下来。它在那里待了半个小时，一个小时……狗儿们喊哑了喉咙。图皮跑到我跟前，把我拉进花园，叫我看那只已被吓破胆的公猫。

"拿下它！拿下！"图皮一面请求，一面围着我跳来跳去，舔着我的手，"它马上还要到我们欧罗巴那里去的！欧罗巴需要它！拿下它！我们要给它点颜色看看！"

我把狗引向另一棵树，假装在那棵树上发现了另一只公猫。受骗的狗群跳向那棵树，企图找到根本就不存在的猫。不幸的囚徒渐渐消失了。

欧罗巴因此而孤孤单单。我预感到，这将产生不良的后果。

果然发生了这样的事。

一天早晨，欧罗巴像石沉大海一样——失踪了。牛奶留在那里，没喝过。午饭没回来吃，直到吃晚饭的时候，它仍未出现。坏事啦！

克里西娅在哭泣，卡捷琳娜恶狠狠地来回走动，弄得锅子"叮当"作响：

"是雷克斯咬死了小可爱！它是个恶棍，不是狗！"

从此爆发了卡捷琳娜大婶与捕狼大猎犬之间的战争。它不敢出现在她的眼前。等待它的是刷子，甚至是铁铲。崭新的打狗棒打在它背上被折成数段。

几周过去了，欧罗巴还是杳无音信。克里西娅万分悲痛。我们的院子里发生了一些变化：库齐将永远住在我家——它的主人们走了，无法将它随身带走。

克里西娅的命名日已到，通常是要隆重庆祝一番，而这一次，卡捷琳娜决定要把庆祝活动办得特别隆重。

"要做巧克力奶油蛋糕和樱桃馅饼——克里西娅很喜欢吃。而你——扬，别让克里西娅到厨房里去，否则就算不上意外礼物啦。"她在前一天晚上就预先向我告知。

客人们济济一堂，到处洋溢着欢乐的气氛。晚饭时间已到，一切准备就绪。再过一分钟生日蛋糕就要出现。

"天哪，守点规矩！走开！走开，该死的！"这是厨房里传出的声音。

我们大家奔进厨房，蛋糕好像从未有过一样。

当然，库齐是拿了自己的一份，但整只蛋糕却不翼而飞了。大家只好不吃蛋糕，光喝茶。即使这样也很高兴，一直到很晚，客人们才散去。

库齐一整天没露过面。但是，因为它喜欢睡在厨房里的炉子下面，所以当一切安静下来之后，它终于忍耐不住，一头钻进了角落。它从那里皱着眉头看着卡捷琳娜，从它的面部表情看出，它显然受了很大的委屈。

"这样吵闹！为什么？为这件小事。我也不喜欢这种甜甜的、黏糊糊的东西！直到现在我还感到恶心。"

卡捷琳娜大婶开灯的时候发现了库齐。

"啊，你爬进来啦！"她以威胁的口气说了一句，就拿起一根很粗的木柴向库齐走去。

库齐跳了起来，但它没有逃到院子里去，而是伸了伸鼻子，沿着楼梯向上爬，然后向上面的阶梯上一坐，"汪汪汪"地叫着，同时盯住卡捷琳娜看：

"别打扰我！我知道自己在干什么！请打开顶层的门。我是说，请拉开！"

卡捷琳娜跑在我的后面：

"小偷！当然有小偷！库齐这样拼命地叫！"

"在哪里？"

"在顶层。爬到那无人走动的地方去，以便在夜里对我们行窃、抢劫、杀人……"

"你就别说这些蠢话啦，卡捷琳娜！"我试图安慰她。

"蠢话！"她生气了，"难道我没有梦到过李子？我一梦见李子，就一定会有灾难。"

"他们怎么能爬到那里去，那里只有一个连猫也无法爬进去的小天窗！"

"而李子呢？我是说，我梦见过李子！"卡捷琳娜大婶回答。

"请你去向她解释吧！"我拿起一支蜡烛就走。库齐叫得有些反常。我打开顶层的门，库齐一头钻进去，立即消失在那里的干草中。我跟在它的后面。

"卡捷琳娜！卡捷琳娜，快叫克里西娅！你自己也来！"

"我又要给婴儿起名字啦！"

"克里西娅，克里西娅，快来！……"

共有三只小猫：一只是白的，另外两只都是棕色的。

谁见了它们，都会立即赞同：欧罗巴，小可爱，对这只母猫来说是最恰当的名字！它就是这样一位可爱的小妈妈。

"多美呀！"克里西娅赞美道。

"已经能看见东西了！它们的小眼睛蓝莹莹的，像蓝色的宝石！罗巴，你的孩子太美啦！就像画上的一样！"卡捷琳娜随声附和。

你们看看，连卡捷琳娜也赞同了母猫的名字。只是她按自己的方式把"欧罗巴"缩短为"罗巴"而已。

"扬，扬，你怎么不夸奖小猫？如果别人不夸奖它们，母猫就会抛弃它们的！"她提醒我。

我又是夸奖，又是称赞。而最高兴的还是库齐，它高兴得只顾叫唤，又舔母猫，又闻小猫。

"它们很可爱，是吗？"欧罗巴"呼噜呼噜"地说，一会儿看看我们，一会儿瞧瞧库齐。

"而你说的那些小偷在哪里？"我问卡捷琳娜。

"我之所以梦见李子，大概是因为库齐吃了我的蛋糕……"

"但是它找到了欧罗巴！"克里西娅为狗打抱不平。

"那就算啦，库齐，过来。"卡捷琳娜表示同意并摸摸小狗。

"呜！欧罗巴找到啦！欧罗巴找到啦！"这是库齐对她的回答。它弯曲着尾巴，一会儿跑向母猫，一会儿跑向卡捷琳娜，然后就跑回厨房。

欧罗巴和它的孩子们留在顶层。

显然，卡捷琳娜大婶对猫很了解，可能我们的欧罗巴是个非常爱面子的小妈妈：只要我一天不去顶层探望，欧罗巴就会出现在我的身旁。它会把一只小猫叼到桌上，放在我的面前。

"你看，很美吧？"它"呼噜呼噜"地说。

"咪咪，小咪咪！小猫太美啦！"我回答。

欧罗巴自豪地看着我，叼着"吱吱"叫唤的孩子，回到顶层。

一天清晨，我们都坐在厨房里，欧罗巴走了进来。它发出"呼噜呼噜"的声音，一面叫喊，一面四处张望。

"叔叔，叔叔，你看！"克里西娅叫我。

"它把孩子都带到厨房里来啦！"卡捷琳娜说完，就好奇地摊开双手。

第一个出现的是白猫，其余两只跟在它的后面。欧罗巴用自己的身子蹭蹭卡捷琳娜大婶的脚，不断地对她拍马屁。

"请给我的孩子们一些牛奶。它们已经这样大啦，我自己已无法养活它们了！"

欧罗巴的孩子们就这样来到了我们的家庭中。

我们的狗都非常亲热地对待小猫。关怀备至的恰帕甚至耐心地给它们洗澡。当然，有一次，它和小猫之间也产生过一个不大不小的误会。两只棕色的小猫占领了放马铃薯皮的篮子——这是恰帕午休时最爱待的地方。

恰帕先尝试向小猫说明，它们爬进了别人的领地。

"对不起，这是我的篮子！"它卷着尾巴劝说小猫。

劝说无效——猫崽们在篮子里跑来跑去，玩捉迷藏的游戏，高兴极啦！

"那么，请原谅！"恰帕重复了一遍，然后不管三七二十一就试着爬进篮子。

它坐在篮子的边上，小猫也无所谓，然后坐进去一些，再进去，再进去……把整个篮子都占据了。猫崽"呼哧"一声，一下子跳到箱子上。

恰帕根本就没有兴致躺在篮子里。它嘟哝着：

"不管世上有多少趣事，我就是要躺在这里！"

说来也巧，这时库齐不知从哪儿扒来一根陈旧得发白的骨头，正啃着它解闷。

"库齐，库齐，把骨头给我吧！"恰帕请求道。它睁大双眼，这块骨头实在让它喜欢。突然有样东西弄得它前额痒兮兮的。它抖动一下身子，没发现什么。又有一样东西在刺激它，使它发痒。

"可能是讨厌的苍蝇！"恰帕想，随即又抖动一下，眼睛还是盯着骨头看，何况库齐已开始在院子里滚动骨头，并把它扔到附近，显然是在邀请它参与这场游戏。

突然恰帕被抓了一下，感到一阵疼痛，于是就跳了起来。箱子开始摇动。有一样很尖的东西刺入恰帕的头部。

恰帕痛得哇哇乱叫。

"哎哟，哎哟！好痛啊！猫崽！别掐我！"它一面叫，一面拼命逃跑。

"别靠近欧罗巴的孩子！"库齐对它挑逗道。

从此，猫崽就完全控制了恰帕的篮子。

有一次，欧罗巴一家在院子里玩耍。欧罗巴像往常一样，躺在板棚顶上。天气温暖。它在打瞌睡，只是偶尔睁开一只眼看看周围的情况。狗都在睡觉。恰帕伸伸四肢，突然急剧抖动，断断续续地说着梦话。

它梦见自己在捕捉一只野兔。

忽然门口出现一条狗，一条完全陌生的狗。它向院内瞥了一眼，马上又藏到围墙外。然后它从角落里探出头来，还是不敢向前迈步。

来做客的正派狗从不如此表现。

陌生狗终于像小偷一样，偷偷摸摸地溜进院子。它踮着脚趾以狼的步态行走。它夹着尾巴东张西望，看见一只装有鸭饲料的桶，喝了一口，回头看了看，又喝了一口。它又伸长鼻子，嗅了好一阵子。

它皱着眉头左顾右盼，然后开始偷偷地靠近狗食钵，来到最小的一只跟前。正好遇上白猫崽去喝牛奶。

眼看外来狗张开血盆大口，再过一秒钟它就会扑到小猫身上！

忽然，一个跳跃，欧罗巴就骑到了它的脖子上。但是这条狗很大、很强壮，而且饥肠辘辘，所以它准备拼命了。

它感到已被欧罗巴的脚趾抓住，双眼因受重击而发花，于是它就向上一蹿，四肢朝天跌倒在地，猫被压在下面。接着，它翻过身来，用它那可怕的牙齿咬了欧罗巴一口。

欧罗巴惨叫一声。

所有的狗都前来营救。外来狗当然放了猫，进行自卫，因为图皮已经骑在它的头上，库齐撕咬它的肚子，恰帕咬住它的腰部不放，而阿穆尔掐住了它的脖子。

欧罗巴艰难地从地上爬起来，用凄惨的叫声呼唤自己的孩子们。

"天哪！那里发生了什么？"卡捷琳娜叫了一声。

我们大家都跑进院内。

"咪咪，罗巴！你怎么啦？"卡捷林娜大婶问着欧罗巴。

我把猫崽拿过来，欧罗巴用自己的身子护住它们。它艰难而沉重地抬起头来舔着自己的孩子们，然后它的头就垂了下去……

但是，请别以为欧罗巴为自己的勇敢行为而付出了生命。它病了很久。不过，现在，已和以前一样，又睡在板棚上啦。

（傅俊荣、吴文智　译）

大山猫的故事

[俄] 比安基

一

俄国沙皇时代。在高加索的一片大森林里，长着几百棵高大的云杉。

一年冬天，在这些云杉的阴影里，还铺满着积雪，雪上面深深印着四对细小的蹄痕。这是两只狍子：一只是公的，一只是母的。它们安详地在啃吃脚边的枯草，有时则抬起头向四面眺望一会。

老守林人安德烈依奇正躲在树丛里，注视着它们。

陡然间，仿佛有一块深色的石头忽地从树上落下来，打在母狍的背上。母狍的脊梁骨断了，倒了下来。

公狍没命地跳开去，瞬息之间消失在密林之中。

"砰！砰！"双筒枪接连发了两枪。

扑在母狍身上的大山猫高高地蹦起来，号叫着跌到地上。

老人从树丛里蹿出来，沿小道全力跑去。他担心这难得的猎物会得而复失，竟忘记了谨慎。老人还没有跑到大山猫身边，那只野兽已突然蹦了起来，并冷不防地朝他扑来。老人的胸脯上受到猛烈的一击，他仰天一跤，跌倒在地，猎枪已甩到一边。他连忙用左手护住自己的喉结。就在这一刹那间，山猫尖利的牙齿咬穿了他的手，一直咬得见了骨头。老人从皮靴筒里拔出短刀，一下捅进了大山猫的腰部。这一下是致命的，大山猫的牙齿松开了，翻倒在地。

老猎人从地上跳了起来，摘下帽子，擦了擦额头上的汗，然后包扎了伤口，再给两头野兽剥皮开膛。

正当老猎人小心地把两张兽皮毛向里卷起来，一用带子扎好，甩到背后，准备在天黑前赶回家去时，忽然听到密林里有凄厉的"呜咪"声在轻轻地叫。

老猎人把兽皮扔在地上，走进密林里。他看见一棵树根上，一只山猫崽坐在它的两只爪子上，张开粉红色的小嘴无力地叫着。

老人好奇地打量着它，自言自语道："跟猫简直一模一样！"

饥饿的小山猫用粗糙的舌头舔舔老人伸向它的一个指头。

老人愉快地笑了起来："你饿了吗？到我的草棚里去住吧！来，爬进我的怀里来！"

老人将小山猫塞进怀里，把兽皮甩到背上，急忙起步回家了。

二

老人单身一人住在一间茅屋里，他的家业就一头奶牛、一匹马、十只母鸡，还有一条老态龙钟的猎狗。

老人回到家里已经黄昏了，猎狗急切地吠叫着迎了出来。

老人从怀里掏摸出那只小山猫来，将它放在一只小篓子里，一面对猎狗发话："嗤，不许动它！我们要住在一起，你得学会和它相好。"一面他端来一只盛满牛奶的瓦罐，用指头伸进去蘸了蘸牛奶，凑到小山猫嘴边。饥饿的小山猫马上将牛奶舔了个干净。

老人拿布头卷成一根管状的长条，往上面浇了点牛奶，塞进小山猫的嘴里。十分钟后，小山猫已吃得饱饱的，于是蜷缩成一团，在自己的新床上睡熟了。

一个星期后，小山猫学会了在盘子里舔牛奶吃，并时不时溜到老猎狗的胸口去睡觉，它们相处得非常和睦，甚至还在同一只盘子里吃食。老人看着它们，心里想：这就好了！狗会把好习惯教给山猫的。

真的，小山猫明显地把老猎狗的习惯学了过来。它很信任自己的主人，同样也很听从他的每一个命令。有一次，它将牛奶罐打碎了，舔光了牛奶；它也曾追赶母鸡，干种种淘气事儿。可是只要主人一声吆喝，它就会趴在地上认错。它还学会了帮着猎狗管理家畜。

秋天时，老猎狗死了，小山猫就代替了它的职务。山猫力气大、机灵，又极其驯服。它能根据主人的命令用爪子一下打断一根粗树枝、用牙齿扯断生皮带、从草丛里寻找黄莺，在它起飞时将它一把抓住，待主人一声令下，又将它放掉。

许多人建议老人拿它去换大钱，可老人说什么也不肯。

三

一晃，三年过去了。

这时的山猫已长到有一米多长，站起来又高又大，身板挺结实。一脸浓浓的鬃毛、威风凛凛地撇开的两撮胡子和耳朵上那一撮黑毛，使它的一副尊容特别吓人。

这年夏天的一个傍晚，太阳早已下山了，天气仍然那么闷热。在通向守林老人住的小屋的路上，出现了一辆双驾马车。这时，从茅屋上无声无息地跳下一只巨大的大山猫来，它轻松地跳到车夫面前，吓得马没命地转起圈子来。

老人喊："回来，好伙计！干吗去吓唬客人？去，上屋！"

大山猫回来了，舔了舔主人的手，然后伶俐地顺着木头上屋去了。

马匹定下心来，抖颤颤地走进了院子。一个乘客跳下车，走到老人跟前，用刺耳的声音自我介绍道："我叫杰谷斯。你的大山猫很了不起。我受一家私人动物园的委托要买它，你要多少钱？"

老人惶惑地喃喃说："它不是卖钱的。"

杰谷斯先生迫不及待地说："我出五十卢布！"

老人不回答，呆呆地望着他。

杰谷斯又是请求，又是威胁，又是抬高价格，他花了整整一个小时来说服老人出卖大山猫，可是都无济于事。

杰谷斯终于蹙紧了眉头，问："这样说来，你是不卖了？"

老守林人斩钉截铁地说："不卖，杀了我也不卖！它是我的朋友，我的亲生儿子，不是野兽！"

这天，杰谷斯先生就在老人的茅屋里过夜。老人为了让他睡得舒服点，就好心地将那张母狍皮拿给他，让他当了枕头。

四

原来杰谷斯是个好跟人打赌的美国人。他长期住在俄国，在一家动物园工作。这天，当他听说有人养着一只大山猫时，他与园主打赌，说他一定能把这只大山猫弄到手。现在，看来他要失败了。

这天夜里，他辗转反侧，睡不着觉。老人的固执伤了他的自尊心。他在想有没有其他办法可以将这只大山猫搞到手。突然，他觉得头下的这卷皮柔软异常，出于好奇，他摊开来看。这一看，使他有了主意："OK，打赌赢了！这只狍子是母的！"

当时的法律规定，谁打死了母兽，谁就要被罚二十五个卢布，而且还要受到指控。如果是守林人打了母兽，还会丢掉差使——而这，正可以拿来威胁老人。

第二天一早，他以此事和守林老头儿既是谈判，又是威胁。

这一招果然厉害。老人被吓住了。母狍先被山猫咬死的证据不足，而打山猫的霰弹倒确实曾经有击中母狍的。守林人年事已高，要他抛弃这间茅屋是太难了。他考虑再三，只好忍痛割爱，将这只大山猫交给了这个美国人。

他走进茅屋拿出猎枪，朝天放了一枪。

杰谷斯对老人说："喂，主人，这是收据。我不想白拿你的野兽，给你三十个卢布。在这儿签字吧。"

老人闷闷不乐地说："我不要你的钱。"

这时，一群鸟儿惊叫着飞起来，大山猫老远听到了主人召唤他的枪声就回来了。它轻捷地跑到老人跟前，扑到他的胸口。

老人将大山猫的头抱过来贴紧胸口，老泪纵横地亲切抚爱了一番，然后走到美国人带来的铁笼子面前，说："进去吧，孩子！"

大山猫愉快地跳到笼子前，从窄小的门里钻了进去。老人随即关上小门，扭过头去。

他轻声央求这个美国人："你……你要好好待它！"

杰谷斯肯定地说："你放心好了，我们会喜欢它的。你自己也可以来看它。"他把动物园的地址告诉了老人。

马车走了。在屋子里，老人将母狍皮扔进了火堆，自己在炉前坐下，痛苦地沉思起来。

五

十六个小时过去了，火车到了城里。喧闹声，轰隆声，人们吆五喝六的叫喊声将大山猫弄得呆若木鸡。

美国人雇了车，顺利地将大山猫运到了动物园。

大山猫被关进了一只牢固的大铁笼里，它经久不息地、可怕地叫着。起初很尖，随即变成了疯狂的哀号和怒吼，最后嘶哑地轻声呻吟着停了下来。

看守人用一根长长的杆子挑了块马肉，塞进大山猫的笼子，可是它没去动它——忧愁压倒了饥饿。

周围的野兽在拥挤的笼子里吼叫、厮打、踱来踱去。再远一点，用密密麻麻的铁丝网拦起来的地方，鸟儿在拍打翅膀，在鸣叫。

夜幕终于降临了。大山猫本能地产生了强烈的逃跑愿望，与此同时产生的是饥饿的感觉。

隔壁笼里养着的是一只金钱豹，它见山猫笼里的那块马肉够得着，就将爪子一点一点伸进来。利爪扎进了肉里。就在这时，大山猫飞快地扑了过去，金钱豹疼得大吼一声，将爪子缩了回去。大山猫将肉拖到笼中央，吃了起来。可是，马肉已经坏了。大山猫咬了一口，又扔下了。饥饿开始令它倍感煎熬。

突然，地上幽暗的一个小洞里，闪出一对小动物的眼睛来，又过了一分钟，一只大老鼠跳了出来，朝肉块跑去。大山猫只一下就抓住了它。很快，地底下"窸窸窣窣"在响，第二只老鼠又从地下钻了出来，马上，又落进了它的利爪。

捕猎活动继续了一个多小时，大山猫的周围已经躺下了八只死老鼠。第九只老鼠从地底下看见了这只猛兽，逃了回去。于是，大山猫才开始吃起老鼠来。

当阳光射到地面的时候，大山猫还在用牙齿咬住一根铁条在摇晃。这根铁条已经有些松动了……从此，白天它只是忍耐着，任人们参观，而一到夜间就狠命地摇那根铁条……两个月后的一天拂晓，铁条已完全松动了。

这天，动物园里又运来了一只母黑猩猩。黑猩猩一进笼子就发狂了。它狂怒地撞到墙上，在铁栅栏上咬着、扯着，狂呼大叫，用拳捶自己的胸脯……其他的动物被它引动了：胡狼像小孩一样呜咽起来；鬣狗"呵呵哈哈"嗥叫起来；熊和狼在自己的笼子里打转转，狮子雷鸣般的吼声也汇入了野兽共同的呼啸之中……

来动物园的游客吓得奔向出口处。杰谷斯一见这情景，忙派了一个看守去拿枪，又派人去叫消防队。正当看守将枪递到他手中时，突然，一只白熊"砰"的一声打开了自己笼子的小门，它那庞大的身躯沉重地跌出笼外来。

白熊吼叫着用后腿站了起来，向杰谷斯跑来了。杰谷斯急忙举起了步枪。

他胡乱地将枪里的五颗子弹都打了出去。白熊陡然间停止了吼声，开始摇晃起来，然后倒在地上，死了。

他看也不看，又往枪里重新装上子弹。

几乎与此同时，大山猫猛然一扑，一根铁条弯了。看守惊叫起来，大山猫的脑袋已经伸到外面来了。就在这时，一股强烈的水流对准它冲了过来。

它睁不开眼睛，大吃一惊，只一下，又缩了进去。人们用一只空笼子迅速顶住了这些空当。

自从有了这番惊险的搏斗，动物园顿时热闹起来，到这儿来的游客比往常多了三倍。动物园的收入增加了，杰谷斯也赚了不少外快。

六

自从失去了大山猫，老守林人的精神完全垮了。现在，时间已经过去了三个月，北方凛冽的冬季又到了。

老人心里想："看来，我的死期是不远了。死之前，哪怕与老朋友去见上一面也是好的。"

他决定去看望他的大山猫。

老人请了假，上路了。

进了动物园，老人好不容易找到了他的大山猫。这个长着浓浓鬃毛的家伙正在铁笼子里焦躁不安地来回走动呢。

老人激动起来，他试图从人群中穿过去，但是被挤了出来。于是，他只好从一个隔开观众和兽笼的不高的木栏杆上爬了过去。

有人惊慌地冲他叫了一声："老爷爷，你得小心呀！"

可已经晚了，老人的脸孔已经钻到了笼子里。观众惊叫起来。大山猫大步向老头跳过来。这时，发生了谁也意想不到的事：大山猫直接舔了舔老人的嘴唇，高兴地"呜呜"叫了起来。

老人老泪纵横，已不知自己身在何处。他喃喃地说："还认得我啊，好孩子……它还认得我，这个小亲亲！"

他把手伸进栅栏，抚摸着被折磨得瘦骨伶仃的兽背。

观众们都兴奋起来。有人大声说："哎哟，这位老爷爷，真了不起！大概以前是他一手把它养大的！瞧这野兽，像狗一般聪明，还认得主人哪！"

观众背后突然传来一个严厉的声音："请让开！听着，请你马上到栏杆外去！"

大山猫吼叫起来，老人回过头来一看，是杰谷斯，正怒气冲冲地站在他跟前。

老人怯生生地请求："先生，请允许我与它告个别吧！"

杰谷斯毫不留情，大声叫道："我对你说过了，出去！栏杆里严禁游客入内！喂，看守，马上将这个老头儿撵出去！"

老人忙说："我走，我走！"

说罢，他再抚摸了一下大山猫的两肋，然后气喘吁吁地打栏杆上爬了出去。

大山猫在身后扑着，号叫着。

为了避开好奇的观众的盘问，老人躲进了夹在笼背之间的一条臭气冲天的狭窄通道。通道阴暗而寂静，他忽然听到了大山猫如怨似诉的低声呜咽。

老人的眼睛发现了墙上的一扇铁门和门口的一根铁闩。他的心突然一动，伸手将这根铁闩拔掉了。然后，他急急地走出了动物园。

一路上，他只是叨念这么一句："……可怜呀，太没良心了……不同情动物的人，不是人！"

七

第二天早晨，杰谷斯先生又去练他每天必练的枪法。他刚打伤了一只鸽子，突然，他发现他身后有"窸窸窣窣"的声音，他回过头去，只见黑黝黝的棚顶上有一对发亮的眼睛。

杰谷斯骂道："见鬼！你等着，我马上叫你完蛋！"

他手起一枪，"砰"的一声，一只空箱子"喀哪"一声翻倒在地。杰谷斯又连开两枪，其中一枪击断了大山猫的一截尾巴。

但是大山猫猛地朝他扑来，只一下，就将他扑翻在地。

半分钟后，它越过屋顶，沿着街道向市中心蹿去。

马上，全市人心惶惶了。报纸上用大号铅字印着："今日凌晨大山猫从动物园的笼子里逃走，一个动物园职工死在利爪之下。杀人凶兽依然在逃。"

有人看见一只大山猫在追捕一只白猫。

有人看见它待在花园的一棵大树上的叶荫里。

于是，天黑时，大批的警察出动了，成群的猎狗出动了，他们一起来围剿大山猫。但是，大山猫轻而易举地跳进了河里，将人和狗都撂在岸上了。

这时，正好有两个流浪汉在划船。他们也想为围剿大山猫出一把力，就试着用桨去打它的脑袋，不料大山猫只一搭就搭上了船舷。这一来，倒吓得两个流浪汉只好跳下水去逃命了。

小船顺着水流，将大山猫带到城外去了。

八

天亮了。乡村、小树林、田野，在大山猫的左右移了过去。

当船漂到陡峭的沙岸旁时，大山猫一下跃入水中，爬上了岸。

岸上的树木还很稀疏，藏不住身，大山猫如飞一般奔跑。它要回到老家去。

一路上，它嚼田鼠，抓松鼠，躲避猎人，攻击驼、鹿，这样半饥半饿地跑了三天。

这边，村长接到了命令，叫他派人去逮捕老守林人安德烈依奇，因为他放走了大山猫，而这只大山猫已经咬死了一个人。但是村长今天已自顾不暇，因为村里的一些妇女们被吓坏了，说她们见到了一个吃羊的妖精，还咬死了一只黑猫。

村长马上派了大群的猎狗去抓妖精。然而这"妖精"很狡猾，也很有力量。它机智地咬伤了四只猎狗后，一溜烟进了森林。

九

老人坐在自己茅屋的台阶上，低下白发苍苍的头，撑在一只手上。

兽蹄在结冰的地上"嘚嘚"奔跑的声音，引得老人抬起了头。老人惊奇地发现一向固执不肯进畜栏的羊群，狂奔着逃进了畜栏。与此同时，大山猫在门口出现了，它大步跳过来扑到了老人的怀里。

"是你，孩子！"老人拥抱着它毛茸茸的脑袋，激动得喃喃自语。

过了一会儿，他才想到肚子饿，就挤了点羊奶与大山猫一起充饥。然后，他打发它上森林自己去打猎，因为奶牛早死了。他自己也没有什么可吃的。

第二天一早，当老人正坐在门口台阶上晒太阳打盹的时候，来了两个骑巡队员。他们大声儿吆喝："喂，老头，起来！你被逮捕了。去整理一下东西，跟我们走！"

老人问："你们要干吗？"

年轻的骑巡队员说："干吗？哼，你放走的大山猫咬死了人，还咬死了我们一条最好的猎狗。"

老人说："那好吧，我反正老了，早晚要死！只要这山猫自由就行了！"

说罢，就进屋收拾了几件衣服，跟着他俩上路了。

猛地，老人打了个冷战：后面大山猫赶上来了。

骑巡队员也看见了它。他们心慌意乱地放了一枪，没打中。大山猫只一扑扑到了马屁股上，吓得马撒开蹄没命地逃走了。

大山猫没有马上回家，它又去叼了一只黑琴鸡来，打算与主人分享。

它的主人安详地坐在地上，背靠着台阶，他的眼睛闭着。大山猫将野鸡放在他脚下，轻轻地用鼻子去碰碰老人的身体。老人徐徐地倒在地上——他死了。大山猫把毛茸茸的脸贴着他，然后抬起头来，凄凉地低声叫着。

第二天早上，一队骑巡队员包围了老人的茅屋。老人的尸体还躺在台阶上，而大山猫却怎么也找不着了。

它已经钻进了密林，踪迹湮灭在茫茫林海之中了。

（张彦／改写）

我是猫（节选）

［日］夏目漱石

咱（zá）家是猫。名字嘛……还没有。

哪里出生？压根儿就搞不清！只恍惚记得好像在一个阴湿的地方咪咪叫。在那儿，咱家第一次看见了人。而且后来听说，他是一名寄人篱下的穷学生，属于人类中最残暴的一伙。相传这名学生常常逮住我们炖肉吃。不过当时，咱家还不懂事。倒也没觉得怎么可怕。只是被他嗖的一下子高高举起，总觉得有点六神无主。

咱家在学生的手心稍微稳住神儿，瞧了一眼学生的脸，这大约便是咱家平生第一次和所谓的"人"打个照面了。当时觉得这家伙可真是个怪物，其印象至今也还记忆犹新。单说那张脸，本应用毫毛来装点，却油光铮亮，活像个茶壶。其后咱家碰上的猫不算少，但是，像他这么不周正的脸，一次也未曾见过。况且，脸心儿鼓得太高，还不时地从一对黑窟窿里咕嘟嘟地喷出烟来。太呛得慌，可真折服了。如今总算明白：

原来这是人在吸烟哩。

咱家在这名学生的掌心暂且舒适地趴着。可是，不大工夫，咱家竟以异常的快速旋转起来，弄不清是学生在动，还是咱家自己在动，反正迷糊得要命，直恶心。心想：这下子可完蛋喽！又咕咚一声，咱家被摔得两眼直冒金花。

只记得这些。至于后事如何，怎么也想不起来了。

蓦地定睛一看，学生不在，众多的猫哥们儿也一个不见，连咱家的命根子——妈妈也不知去向。并且，这儿和咱家过去待过的地方不同，贼拉拉的亮，几乎不敢睁眼睛。哎哟哟，一切都那么稀奇古怪。咱家试着慢慢往外爬，浑身疼得厉害，原来咱家被一下子从稻草堆上摔到竹林里了。

好不容易爬出竹林，一瞧，对面有个大池塘。咱家蹲在池畔，思量着如何是好，却想不出个好主意。忽然想起："若是再哭一鼻子，那名学生会不会再来迎接？"于是，咱家咪咪地叫几声试试看，却没有一个人来。转眼间，寒风呼呼地掠过池面，眼看日落西山。肚子饿极了，哭都哭不出声来。没办法，只要能吃，什么都行，咱家决心到有食物的地方走走。

咱家神不知鬼不晓地绕到池塘的右侧。实在太艰苦。咬牙坚持，硬是往上爬。真是大喜，不知不觉已经爬到有人烟的地方。心想，若是爬进去，总会有点办法的。于是，咱家从篱笆墙的窟窿穿过，窜到一户人家的院内。缘分这东西，真是不可思议。假如不是这道篱笆墙出了个洞，说不定咱家早已饿死在路旁了。常言说得好："前世修来的福"

嘛！这墙根上的破洞，至今仍是咱家拜访邻猫小花妹的交通要道。

且说，咱家虽然钻进了院内，却不知下一步该怎么办才好，眨眼工夫，天黑了。肚子饿，身上冷，又下起雨来，情况十万火急。没法子，只得朝着亮堂些、暖和些的地方走去。走啊，走啊……今天回想起来，当时咱家已经钻进那户人家的宅子里了。

在这儿，咱家又有机会与学生以外的人们谋面。首先碰上的是女仆。这位，比刚才见到的那名学生更蛮横。一见面就突然掐住咱家的脖子，将咱家摔出门外。咳，这下子没命喽！两眼一闭，一命交天吧！

然而，饥寒交迫，万般难耐；乘女仆不备，溜进厨房。不大工夫，咱家又被摔了出去。摔出去，就再爬进来；爬进来，又被摔出去。记得周而复始，大约四五个回合。当时咱家恨透了这个丫头。前几天偷了她的秋刀鱼，报了仇，才算出了这口闷气。

当咱家最后一次眼看就要被她摔出手时，"何事吵嚷？"这家主人边说边走上前来。女仆倒提着咱家冲着主人说："这只野猫崽子，三番五次摔它出去，可它还是爬进厨房，烦死人啦！"主人捋着鼻下那两撇黑胡子，将咱家这副尊容端详了一会儿说："那就把它收留下吧！"说罢，回房去了。

主人似乎是个言谈不多的人，女仆气哼哼地将咱家扔进厨房。于是，咱家便决定以主人之家为己家了。

主人很少和咱家见上一面。职业嘛，据说是教师。他一从学校回来，就一头钻进书房里，几乎从不跨出门槛一步。家人都认为他是个了不起的读书郎。他自己也装得很像刻苦读书的样儿。然而实际上，他并不像家人称道的那么好学。咱家常常蹑手蹑脚溜进他的书房偷偷瞧看，才知道他很贪睡午觉，不时地往刚刚翻过的书面上流口水。他由于害胃病，皮肤有点发黄，呈现出死挺挺的缺乏弹性的病态。可他偏偏又是个饕餮客，撑饱肚子就吃胃肠消化药，吃完药就翻书，读两三页就打盹儿，口水流到书本上，这便是他夜夜雷同的课程表。

咱家虽说是猫，却也经常思考问题。

当教师的真够逍遥自在。咱家若生而为人，非当教师不可。如此昏睡便是工作，猫也干得来的。尽管如此，若叫主人说，似乎再也没有比教师更辛苦的了。每当朋友来访，他总要怨天尤人地牢骚一通。

咱家在此刚刚落脚时，除了主人，都非常讨厌咱家。他们不论去哪儿，总是把咱家一脚踢开，不予理睬。他们是何等地不把咱家放在眼里！只要想想他们至今连个名字都不给起，便可见一斑了。万般无奈，咱家只好尽量争取陪伴在收留我的主人身旁。清晨主人读报时，定要趴在他的后背。这倒不是由于咱家对主人格外钟情，而是因为没人理睬，迫不得已嘛！

其后几经阅历，咱家决定早晨睡在饭桶盖上，夜里睡在暖炉上。晴朗的中午睡在檐廊中。不过，最开心的是夜里钻进这家孩子们的被窝里，和他们一同入梦。所谓"孩子们"，一个五岁，一个三岁。到了晚上，他们俩就住在一个屋，睡在一个铺。咱家总是在他们俩之间找个容身之地，千方百计地挤进去。若是倒霉，碰醒一个孩子，就要惹下一场大祸。两个孩子，尤其那个小的，体性最坏，哪怕是深更半夜，也高声号叫："猫来啦，猫来啦！"于是，患神经性消化不良的主人一定会被吵醒，从隔壁跑来。真的，前几天他还用格尺狠狠地抽了咱家一顿屁股板子哪！

咱家和人类同居，越观察越不得不断定：他们都是些任性的家伙。尤其和他们同床共枕的孩提之辈，更是岂有此理！他们一高兴，就将咱家倒提起来，或是将布袋套在咱家的头上，时而抛出，时而塞进灶膛。而且，咱家若是稍一还手，他们就全家出动，四处追击，进行迫害。就拿最近来说吧，只要咱家在床席上一磨爪，主人的老婆便大发雷霆，从此，轻易不准进屋。即使咱家在厨房那间只铺地板的屋子里冻得浑身发抖，他们也全然无动于衷。

咱家十分尊敬斜对过的白猫大嫂。她每次见面都说："再也没有比人类更不通情达理的喽！"白嫂不久前生了四个白玉似的猫崽儿。听说就在第三天，那家寄居的学生竟把四只猫崽儿拎到房后的池塘。一股脑儿扔进池水之中。白嫂流着泪一五一十地倾诉，然后说："我们猫族为了捍卫亲子之爱、过上美满的家庭生活，非对人类宣战不可。把他们统统消灭掉！"这番话句句在理。

还有邻家猫杂毛哥说："人类不懂什么叫所有权。"它越说越气愤。本来，在我们猫类当中，不管是干鱼头还是鲻鱼肚脐，一向是最先发现者享有取而食之的权利。然而，人类却似乎毫无这种观念。我们发现的美味，定要遭到他们的掠夺。他们仗着胳膊粗、力气大，把该由我们享用的食物大模大样地抢走，脸儿不红不白的。

白嫂住在一个军人家里，杂毛哥的主人是个律师。正因为我住在教师家，关于这类事，比起他俩来还算是个乐天派。只要一天天马马虎虎地打发日子就行。人类再怎么有能耐，也不会永远那么红火。唉！还是耐着性子等待猫天下的到来最为上策吧！

既然是任情而思，那就讲讲我家主人由于任情而动的惨败故事吧。原来，我家主人没有一点比别人高明的地方，但他却凡事都爱插手。例如写俳句往《杜鹃》投稿啦，写新诗寄给《明星》啦，写错乱不堪的英语文章啦；有时醉心于弓箭，学唱谣曲，有时还吱吱嘎嘎地拉小提琴。然而遗憾的是，样样都稀松平常。偏偏他一干起这些事来，尽管害胃病，却也格外着迷，竟然在茅房里唱谣曲，因而邻里们给他起了个绰号——"茅先生"。可他满不介意，一向我行我素，依然反复吟道："吾乃平家将宗盛是也。"人们几乎笑出声来，说："瞧呀，原来是宗盛将军驾到！"

这位主人不知打的什么主意，咱家定居一个月后，正是他发薪水那天，他拎着个大包，慌慌张张地回到家来。你猜他买了些什么？水彩画具、毛笔和图画纸，似乎自今日起，放弃了谣曲和俳句，决心要学绘画了。果然从第二天起，他好长时间都在书房里不睡觉，只顾画画。然而，看他画出的那些玩意儿，谁也鉴别不出究竟画的是些什么。说不定他本人也觉得画得太不成样子，因此有一天，一位搞什么美学的朋友来访，只听他有过下述一番谈吐：

"我怎么也画不好。看别人作画，好像没什么了不起，可是自己一动笔，才痛感此道甚难哪！"

这便是主人的感慨。的确，此话不假。

主人的朋友透过金边眼镜瞧着他的脸说：

"是呀，不可能一开始就画得好嘛。首先，不可能单凭坐在屋子里空想就能够画出画来，从前意大利画家安德利亚曾说：'欲作画者，莫过于描绘大自然。天有星辰，地有露华；飞者为禽，奔者为兽；池塘金鱼，枯木寒鸦。大自然乃一巨幅画册也。'怎么样？假如你也想画出像样的画来，画点写生画如何？"

"咦？安德利亚说过这样的话？我还一点都不知道哩！不错，说得对，的确如此！"

主人佩服得五体投地。而他朋友的金边眼镜里，却流露出嘲弄的微笑。

翌日，咱家照例去檐廊美美地睡个午觉。不料，主人破例踱出书房，在咱家身后不知干什么，没完没了。咱家蓦地醒了。为了查清主人在搞什么名堂，眼睛张开一分宽的细缝。嗬！原来他一丝不苟地采纳了安德利亚的建议。见他这般模样，咱家不禁失声大笑。他被朋友奚落一番之后，竟然拿咱家开刀，画起咱家来了。咱家已经睡足，要打呵欠，忍也忍不住。不过，姑念难得主人潜心于握管挥毫，怎能忍心动身？于是，强忍住呵欠，一动不动。眼下他刚刚画出咱家的轮廓，正给面部着色。坦率地说，身为一只猫，咱家并非仪表非凡，不论脊背、毛碴还是脸型，绝不敢奢望压倒群猫。然而，长相再怎么丑陋，也想不至于像主人笔下的那副德行。不说别的，颜色就不对。咱家的毛是像波斯猫，浅灰色带点黄，有一身斑纹似漆的皮肤。这一点，我想，任凭谁看，也是不容置疑的事实。然而，且看主人涂抹的颜色，既不黄，也不黑；不是灰色，也不是褐色。照此说来，该是综合色吧？也不。这种颜色，只能说不得不算是一种颜色罢了。除此之外，无法评说。更离奇的是竟然没有眼睛。不错，这是一幅睡态写生画嘛，倒也没的可说。然而，连眼睛应该拥有的部位都没有，可就弄不清是睡猫还是瞎猫了。咱家暗自思忖：再怎么学安德利亚，就凭这一手，也是个臭笔！然而，对主人的那股子热忱劲儿，却不能不佩服。咱家本想尽量纹丝不动，可是有尿，早就憋不住了。全身筋肉胀乎乎的，已经到了刻不容缓的地步。不得已，只好失陪。咱家双腿用力朝前一伸，把脖子低低一抻，"啊"的打了一个好大的呵欠。且说这么一来。想文静些也没用了。反正已经打乱主人的构思，索性趁机到房后去方便一下吧！于是，咱家慢条斯理地爬了出去。这时，主人失望夹杂着愤怒，在屋里骂道："混账东西！"

主人有个习惯，骂人时肯定要骂声"混账东西"，因为除此之外他再也不知道还有些什么骂人的脏话，有什么办法！不过，他丝毫也不理解人家一直克制自己的心情，竟然信口骂声"混账东西"，这太不像话。假如平时咱家爬上他的后背，他能有一副好脸子，倒也甘愿忍受这番辱骂。可是，对咱家方便的事，没有一次他能痛痛快快地去做。人家撒尿，也骂声混蛋，嘴有多损！原来人哪，对于自己的能量过于自信，无不妄自尊大。如果没有比人类更强大的动物出现，来收拾他们一通，真不知今后他们的嚣张气焰将发展到何等地步！

假如人类的恣意妄为不过如此，也就忍了吧！然而，关于人类的缺德事，咱家还听到不少不知比这更凄惨多少倍的传闻哪。这家房后，有个一丈见方的茶园，虽然不大，却是个幽静宜人的向阳之地。每当这家孩子吵得太凶、难以美美地睡个午觉，或是百无聊赖、心绪不宁时，咱家总是去那里，养吾浩然之气，这已成为惯例。

那是个十月小阳春的晴和之日，下午两点钟左右，咱家用罢午餐，美美地睡了一觉，然后做室外运动，顺脚来到茶园。咱家在树根上一棵棵地嗅着，来到西侧的杉树篱笆墙时，只见一只大黑猫，硬是压倒枯菊而酣然沉睡。它似乎一直没有察觉咱家已经走近；又仿佛已经察觉却满不在乎，依然响着浓重的鼾声，长拖拖地安然入梦。有猫擅自闯进院落，居然还能睡得那么安闲，这不能不使咱家对它的非凡胆量暗暗吃惊。它是一只纯种黑猫。刚刚过午的阳光，将透明的光线洒在它的身上，那晶莹的茸毛之中，仿佛燃起了肉眼看不见的火焰。它有一副魁伟的体魄，块头足足大我一倍，堪称猫中大王。咱家出于赞赏之意、好奇之心，已然忘乎所以，站在它面前，凝神将它打量。不料，十月静悄悄的风，将从杉树篱笆探出头来的梧桐枝轻轻摇动，两三片叶儿纷纷飘落在枯菊的花丛上。猫大王忽地圆眼怒睁。至今也还记得，它那双眼睛远比世人所珍爱的琥珀更加绚丽多彩。它身不动、膀不摇，发自双眸深处的炯炯目光，全部集中在咱家这窄小的脑门上，说："你他妈的是什么东西！"

身为猫中大王，嘴里还不干不净的！怎奈它语声里充满着力量，狗也会吓破胆的。咱家很有点战战兢兢。如不赔礼，可就小命难保，因而尽力故作镇静，冷冷地回答说：

"咱家是猫。名字嘛……还没有。"

不过此刻，咱家的心房确实比平时跳动得剧烈。

猫大王以极端蔑视的腔调说：

"什么？你是猫？听说你是猫，可真吃惊。你究竟住在哪儿？"他说话简直旁若无人。

"咱家住在这里一位教师的家中。"

"料你也不过如此！有点太瘦了吧？"

大王嘛，说话总要盛气凌人的。听口气，他不像个良家之猫。不过，看它那一身肥膘，倒像吃的是珍馐美味，过的是优裕生活。咱家不得不反问一句：

"请问，你发此狂言，究竟是干什么的？"

它竟傲慢地说："俺是车夫家的大黑！"

车夫家的大黑，在这一带是家喻户晓的凶猫。不过，正因为它住在车夫家，才光有力气而毫无教养，因此，谁都不和它交往，并且还连成一气对它敬而远之。咱家一听它的名字，真有点替它脸红，并且萌发几丝轻蔑之意。首先要测验一下它何等无知，对话如下：

"车夫和教师，到底谁了不起？"

"肯定是车夫了不起呀！瞧你家主人，简直瘦得皮包骨啦。"

"大概就因为你是车夫家的猫，才这么健壮哪。看样子，在车夫家口福不浅吧？"

"什么？俺大黑不论到哪个地面上，吃吃喝喝是不犯愁的。尔等之辈也不要只在茶园里转来转去。何不跟上俺大黑？用不上一个月，保你肥嘟噜的，叫人认不出。"

"这个嘛，以后全靠您成全啦！不过，论房子，住在教师家可比住在车夫家宽敞哟！"

"混账！房子再大，能填饱肚子吗？"

它十分恼火。两只像紫竹削成的耳朵不住地扇动着，大摇大摆地走了。

咱家和车夫家的大黑成为知己，就是从这时开始的。

其后，咱家常常和大黑邂逅相逢。每次见面，它都替车夫大肆吹捧。

一天，咱家和大黑照例躺在茶园里天南海北地闲聊。它又把自己老掉牙的"光荣史"当成新闻，翻来覆去地大吹大擂。然后，对咱家提出如下质问：

"你小子至今捉了几只老鼠？"

论知识，咱家不是吹，远比大黑开化得多。至于动力气、比胆量，毕竟不是它的对手。咱家虽然心里明白，可叫它这么一问，还真有点躁得慌呢。不过，事实毕竟是事实，不该说谎，咱家便回答说：

"说真的，一直想抓，可还没有动手哩！"

大黑那从鼻尖上兀自翘起的长须哗啦啦地乱颤，哈哈笑起来。

原来大黑由于傲慢，难免有些弱点。只要在它的威风面前表示心悦诚服，喉咙里呼噜噜地打响，表示洗耳恭听，它就成了个最好摆弄的猫。自从和它混熟以来，咱家立刻掌握了这个诀窍。像现在这种场合，倘若硬是为自己辩护，形势将越弄越僵，那可太蠢。莫如索性任它大讲特讲自己的光荣史，暂且敷衍它几句。就是这个主意！于是，咱家用软话挑逗他说：

"老兄德高望重，一定捉过很多老鼠吧？"

果然，它在墙洞中呐喊道："不算多，总有三四十只吧！"

这便是它得意忘形的回答。它还继续宣称："有那么一二百只老鼠，俺大黑单枪匹马，保证随时将它消灭光！不过，黄鼠狼那玩意儿，可不好对付哟！我曾一度和黄鼠狼较量，倒血霉啦！"

"咦？是吗？"咱家只好顺风打旗。而大黑却瞪起眼睛说：

"那是去年大扫除的时候，我家主人搬起一袋子石灰，一跨进廊下仓库，好家伙，一只大个的黄鼠狼吓得窜了出来。"

"哦？"咱家装出一副吃惊的样子。

"黄鼠狼这东西，其实只比耗子大不丁点儿。俺断喝一声：'你这个畜生！'乘胜追击，终于把它赶到脏水沟里去了。"

"干得漂亮！"咱家为它喝彩。

"可是，你听呀！到了紧急关头，那家伙放他妈的毒烟屁！臭不臭？这么说吧，从此以后觅食的时候，一见黄鼠狼就恶心哟！"

说到这里，它仿佛又闻到了去年的狐骚味。伸长前爪，将鼻尖擦了两三下。咱家也多少感到它怪可怜的，想给它打打气。

"不过，老鼠嘛，只要仁兄瞪它一眼，它就小命玩完。您捕鼠可是个大大的名家，就因为净吃老鼠，才胖得那么满面红光的吧？"

这本是奉承大黑，不料效果却适得其反。大黑喟然叹曰：

"唉，思量起来，怪没趣的。再怎么卖力气捉老鼠，能像人那样吃得肥嘟噜的猫，毕竟是举世罕见哟！人们把猫捉的老鼠都抢了去送给警察。警察哪里知道是谁抓的？不是说送一只老鼠五分钱吗？多亏我，我家主人已经赚了差不多一元五角钱呢。可他轻易不给我改善伙食。哎呀呀，人哪，全是些体面的小偷哟！"

咱家一听，就连一向不学无术的大黑都似乎也懂得这么高深的哲理，看样子还满面愠色，脊毛倒竖。由于心头不快，便见机行事，应酬几句，回家去了。

从此，咱家决心不捉老鼠，但也不当大黑的爪牙，未曾为猎取老鼠以外的食物而奔波。与其吃得香，莫如睡得甜。由于住在教师家，猫也似乎沾染了教师的习气，不当心点儿，说不定早早晚晚也要害胃病的。

咱家虽说是猫，却并不挑食。一来，咱家没有车夫家大黑那么一把子力气，能跑到小巷鱼铺去远征；二来，自然没有资格敢说，能像新开路二弦琴师傅家花猫小姐那么阔气。因此，咱家是一只不大嫌食的猫，既吃小孩吃剩的面包渣，也舔几口糕点的馅。咸菜很难咽，可是为了尝尝，也曾吃过两片咸萝卜。吃罢一想，太棒啦，差不多的东西都能吃。如果这也不爱吃，那也不爱吃，那是任性、摆阔，毕竟不是寄身于教师家的猫辈所该说出口的。不管什么，能填饱肚子就行，这恐怕也是环境造成的吧！因此，如今想吃年糕，绝非贪馋的结果，而是从"能吃便吃"的观点出发。咱家思忖，主人也许会有吃剩的年糕放在厨房里，于是，便向厨房走去。

粘在碗底的还是早晨见过的那块年糕，还是早晨见过的那种色彩。坦率地说，年糕这玩意儿，咱家至今还未曾粘牙哩。展眼一瞧，好像又香、又瘆人。咱家搭上前爪，将粘在表面的菜叶挠下来。一瞧，爪上沾了一层粘糕的外皮，粘乎乎的，一闻，就像把锅里的饭装进饭桶里时所散发的香气。咱家向四周扫了一眼，吃呢？还是不吃？不知是走运，还是倒霉，连个人影都不见。女仆不论岁末还是新春，总是那么副面孔踢羽毛毽子。小孩在里屋唱着《小兔，小兔，你说什么》。若想吃，趁此刻，如果坐失良机，只好胡混光阴，直到明年也不知道年糕是什么滋味。刹那间，咱家虽说是猫，倒也悟出一条真理："难得的机缘，会使所有的动物敢于干出他们并非情愿的事来。"

其实，咱家并不那么想吃年糕。相反，越是仔细看它在碗底里的丑样，越觉得瘆人，根本不想吃。这时，假如女仆拉开厨房门，或是听见屋里孩子们的脚步声向这边走来，咱家就会毫不吝惜地放弃那只碗，而且直到明年，再也不想那年糕的事了。然而，一个人也没来。不管怎么迟疑、徘徊，也仍然不见一个人影。这时，心里在催促自己："还不快吃！"

咱家一边盯住碗底一边想：假如有人来才好呢。可是，终于没人来，也就终于非吃年糕不可了。于是，咱家将全身重量压向碗底，将年糕的一角叼住一寸多长。使出这么大的力气叼住，按理说，差不多的东西都会被咬断的。然而，我大吃一惊。当我以为已经咬断而将要拔出牙来时，却拔也拔不动。本想再咬一下，可牙齿又动弹不得。当我意识到这年糕原来是个妖怪时，已经迟了。宛如陷进泥沼的人越是急着要拔出脚来，却越是陷得更深；越咬，嘴越不中用，牙齿一动不动了。那东西倒是很有嚼头，但却对它奈何不得。美学家迷亭先生曾经评论我家主人"切不断、剁不乱"，此话形容得惟妙惟肖。这年糕也像我家主人一样"切不断"。咬啊，咬啊，就像用三除十，永远也除不尽。正烦闷之时，咱家忽地又遇到了第二条真理："所有的动物，都能直感地预测吉凶祸福。"

真理已经发现了两条，但因年糕粘住牙，一点也不高兴。牙被年糕牢牢地钳住，就像被揪掉了似的疼。若不快些咬断它逃跑，女仆可就要来了。孩子们的歌声已停，一定是朝厨房奔来。烦躁已极，便将尾巴摇了几圈儿，却不见任何功效。将耳朵竖起再垂下，仍是没用。想来，耳朵和尾巴都与年糕无关，摇尾竖耳，也都枉然，所以干脆作罢算了。急中生智，只好借助前爪之力拂掉年糕。咱家先抬起右爪，在嘴巴周围来回摩挲，可这并不是靠摩挲就能除掉的。接着抬起左爪，以口为中心急剧地画了个圆圈儿。单靠如此咒语，还是摆脱不掉妖怪。心想：最重要的是忍耐，便左右爪交替着伸缩。然而，牙齿依然嵌在年糕里。唉，这太麻烦，干脆双爪一齐来吧！谁知这下，破天荒第一次，两只脚竟然直立起来，总觉得咱家已经不是猫了。

可是，到了这种地步，是不是猫，又有何干？不论如何，不把年糕这个妖怪打倒，决不罢休，便大鼓干劲，两爪在"妖怪"的脸上胡抓乱挠。由于前爪用力过猛，常常失重，险些跌倒。必须用后爪调整姿势，又不能总站在一个地方，只得在厨房里到处转着圈儿跑。就连咱家也能这么灵巧地直立，于是，第三条真理又蓦地闪现在心头："临危之际，平时做不到的事这时也能做到，此之谓'天佑'也。"

幸蒙天佑，正在与年糕妖怪决一死战，忽听有脚步声，好像有人从室内走来。这当儿有人来，那还了得！咱家跳得更高，在厨房里绕着圈儿跑。脚步声逐渐近了。啊，遗憾，"天佑"不足，终于被女孩发现，她高声喊："哎哟，小猫吃年糕，在跳舞哪！"第一个听见这话的是女仆。她扔下羽毛毽子和球拍，叫了一声"哎哟"，便从厨房门跳了进来。女主人穿着带家徽的绉绸和服，说："哟，这个该死的猫！"主人也从书房走出，喝道："混账东西！"只有小家伙们喊叫："好玩呀，好玩！"接着像一声令下似的，齐声咯咯地笑了起来。我恼火、痛苦，可又不能停止蹦蹦跳跳。这回领教了。总算大家都不再笑。可是，就怪那个五岁的小女孩说什么："妈呀，这猫也太不成体统了。"

于是，势如挽狂澜于既倒，又掀起一阵笑声。

咱家大抵也算见识过人类缺乏同情心的各种行径，但从来没有像此时此刻这样恨在心头。终于，"天佑"不知消逝在何方，咱家只好哑口无言，直到演完一场四条腿爬和翻白眼的丑剧。

主人觉得见死不救，怪可怜的，便命女仆：

"给它扯下年糕来！"

女仆瞧了主人一眼，那眼神在说："何不叫它再跳一会儿？"

女主人虽然还想瞧瞧猫舞的热闹，但并不忍心叫猫跳死，便没有作声。

"不快扯下来它就完蛋啦。快扯！"

主人又回头扫了一眼女仆。女仆好像做梦吃宴席却半道被惊醒了似的，满脸不快，揪住年糕，用力一拽。咱家虽然不是寒月，可也担心门牙会不会全被崩断。若问疼不疼，这么说吧，已经坚坚实实咬进年糕里的牙齿，竟被那么狠歹歹地一拉，怎能受得住？咱家又体验到第四条真理："一切安乐，无不来自困苦。"

咱家眼珠一转，四下一瞧，发觉家人都已进内宅去了。

遭此惨败，在家里哪怕被女仆者流瞧上一眼，都觉得怪不好意思。

索性去拜访热闹街二弦琴师傅家的花子小姐散散心吧！花子小姐可是个驰名遐迩的猫中美女。

咱家从杉树篱笆的空隙中放眼望去，心想：她在家吗？

因为是正月，只见花子小姐戴着新项链，在檐廊下端庄而坐。她那后背丰盈适度的风姿，漂亮得无以言喻，极尽曲线之美；她那尾巴弯弯、两脚盘叠、沉思冥想、微微扇动耳朵的神情，委实难描难画。尤其她在阳光充足暖煦煦的地方正襟危坐，尽管身姿显得那么端庄肃穆，而那光滑得赛过天鹅的一身绒毛，反射着春日阳光，令人觉得无风也会自然地颤动。咱家一时看得入迷，好一阵子才清醒过来。

"花子小姐！"咱家边喊边摆动前爪，向她致敬。

"哟，先生！"

她走下檐廊，红项链上的铃铛丁零零地响。啊，一到正月，连铃铛都戴上啦。声音真好听。咱家正激动，花子小姐来到身旁，将尾巴向左一摇，说：

"哟，先生，新年恭喜！"

我们猫族互相问候时，要将尾巴竖得像一根木棒，再向左方晃一圈。在这条街上，称咱家为"先生"的，只有花子小姐。前文已经声明，咱家还没有个名字，但因住在教师家，总算有个花子小姐表示敬重，口口声声称咱家为"先生"。咱家也被尊一声"先生"，自然心情不坏，便满口答应：

"是，是……也要向您恭喜呀！您打扮得太漂亮啦！"

"噢！去年年底师傅给我买的。漂亮吧？"她将铃铛摇得丁零零直响，叫我瞧。

"的确，声音很美。有生以来还不曾见过这么漂亮的铃铛呢。"

"哟，哪里。谁还不戴一副！"她又丁零零地将铃铛连连摇响。"好听吧？我真开心！"

"看起来，你家师傅非常喜欢你喽！"

将她与自身相比，不禁泛起爱慕之情。天真的花子嘻嘻地笑着说：

"真的呀！她对我就像亲生女儿一样。"

纵然是猫，也不见得不会笑。人类以为除了他们就再也没有会笑的动物，这就错了。不过，猫笑是将鼻孔弄成三角形，声振喉结而笑，人类自然不懂。

夜色未浓，老鼠还毫无声响。大战之前，咱家要休息一会儿。

这家厨房，没有气窗，却在相当于门楣的地方凿了个一尺来宽的洞，以便冬夏通风，并代替气窗。风儿携着无情飞去的早樱落花，忽的钻进洞内。这风声使咱家一怔。睁眼一看，不知什么工夫已经洒下朦胧月色，炉灶的身影斜映在地板盖上。咱家担心是否睡过了头，抖动了两三下耳朵，观察家里的动静，只听唯有那架挂钟和昨夜一样在嘀嗒作响。该是老鼠出洞的时辰了吧！会从哪儿出来呢？

壁橱里有了咯吱吱的响声，似乎用爪捺住碟子边，正偷吃碟心里的食物。将从这里出来呀！咱家蹲在洞旁守候，但它一直不肯出来。碟子里的响声很快就息了。现在好像又在咬一个大碗，不时地响起沉重的声音；而且就在靠近柜门的地方，距咱家的鼻尖不足三寸。虽然不时听到老鼠出出溜溜走近洞口的脚步声，但是退得远远的，一只也不肯露头。

只隔一层柜门，敌人正在那里逞凶施威，咱家却不得不呆呆地守在洞口，真叫人难耐。老鼠在旅顺产的碗里召开盛大的舞会哩。女仆若能干脆把柜门开条缝，让咱家钻进去，那有多好！真是个糊涂的乡下女人。

现在，炉灶的背后，属于咱家的蛤蜊壳嘎巴巴地响。敌人竟然窜到这儿来了。咱家蹑手蹑脚地走近，只见两个水桶之间闪出了一条尾巴，随后便钻进水池下边去了。过了一会儿，澡塘里的漱口盅当地一声撞在铜制洗脸盆上。我想敌人一定就在身后。咱家扭头的工夫，但见一个差不多五寸长的家伙啪的一声撞掉牙粉，逃到外廊去了。"哪里逃！"咱家紧跟着追了出去，但它早已杳无踪影。实际上，捕鼠远比想象中的要难。咱家说不定先天缺乏捕鼠的本事哩。

咱家转到浴池时，鼠兵从壁橱逃掉；在壁橱站岗，鼠兵就从水池下窜出；在厨房中心安营，鼠兵便三面一齐稳步骚动。说它们狂妄，还是说它们胆怯？反正它们不是君子的敌手。咱家十五六次东奔西跑，伤气劳神，但是一次也没有成功。可怜！与此小人为敌，任凭是怎么威风凛凛的东乡大将，也将无计可施。一开始，既有勇气，也有杀敌观念，甚至还有所谓悲壮的崇高美感，而终于感到麻烦、懊丧、困倦和疲乏，便一直蹲在厨房中心，一动不动。虽然不动，却装作眼观八方，以为小人之敌，成不了大患。认为是敌对目标，却意外的全是些胆小鬼，这使战争的光荣感突然消逝，剩下的只有厌恶。厌恶得过度，便意气消沉；消沉的结果，便放任自流，反正干不出带劲儿的事来；轻蔑之极，又使咱家昏昏欲睡。经过上述历程，终于困倦。咱家睡了。即使在前线，休息也是必需的。

檐下亮板横着开了个气窗，从那儿又飞来一束飘零的落英。咱家刚刚觉得寒风扑面，竟从橱门蹦出一个枪子儿似的小东西，来不及躲避，它已经一阵风似的扑了过来，咬住咱家的左耳。又刚刚觉得一个黑影窜到咱家的身后，不容思索，它已经吊在咱家的尾巴上。这是瞬息间发生的事。咱家盲目而本能地纵身一跳，将全身之力集中于毛孔，想抖掉这两个怪物。咬住咱家耳朵的那家伙身子失去平衡，长拖拖地悬在咱家的脸上，它那胶管似的柔软尾巴尖，出乎意料，竟然插进咱家的嘴里。真是天赐良机！要咬烂它，咬住不放，左右摇晃，不料只剩尾巴尖留在咱家的门牙缝里，而那家伙的身子已经摔在旧报纸糊的墙壁上，又被弹到地窖盖上。它刚要站起，咱家立刻扑了过去。但是，像踢了个球似的，那家伙竟掠过咱家的鼻尖，跳到架子边儿上，屈膝蹲着。它从架子上对咱家俯视，咱家从地板上向它仰望，相距五尺。这当儿，月光如练，悬在空中，斜着洒进屋来。咱家将力气全用在前爪，勉强可以跳到架上。但是，只是前爪顺利地搭在架子边，后腿却悬在空中乱蹬；而刚才咬住咱家尾巴的那个黑不溜的东西还在咬着，仿佛死也不肯松口。大事不好！替换一下前爪，想抓得更牢些。但是，每当换爪时，由于尾巴上的重载，前爪反而倒退，若是再滑两三分，就非摔下不可。

愈发地岌岌可危了！只听咱家搔架子板的声音咯吱吱地响。不好了！咱家替换左脚的工夫，由于没有抓牢，只右爪搭在架子上，全身悬空起来。体重加上尾巴上的分量，使咱家的身子吊着，滴溜溜地旋转。架子上那个一直凝视着咱家的小怪物，料到机会已到，像抛下块石头似的，从架上直向咱家的前额跳来。咱家的前爪失去了最后的一丝依靠，于是，三个扭成一团，笔直地穿过月光而坠落了。并且，放在架子下一层上的研钵以及研钵里的小桶和果子酱的空瓶，也联成一气，会同下边的灭火罐一道飞降，一半栽进水缸里，一半摔在地板上，无不发出深夜罕闻的訇然巨响，使垂死挣扎的咱家，也胆战心寒了。

"有贼！"主人亮开公鸭嗓喊叫，从卧房跑了出来。但见他一手提灯，一手持杖，睡眼蒙眬中发出主人特有的炯炯光芒。

咱家在蛤蜊壳旁静静地蹲着。两个怪物已经从架上消踪敛迹。主人心烦，本来没人，却怒气冲冲地问道：

"怎么回事？是谁搞得声音那么大？"

月儿栽西，银光如练，但已瘦削，宛如半裁信纸。

新式运动当中，有的非常有趣。最有意思的是捉螳螂。捉螳螂虽然没有拿耗子那么大的运动量，但也没有那么大的风险。从仲夏到盛秋的游戏当中，这种玩法最为上乘。若问怎么个捉法，就是先到院子里去，找到一只螳螂。碰上运气好，发现它一只两只的不费吹灰之力。且说发现了螳螂，咱家就风驰电掣般扑到它的身旁。于是，那螳螂"妈呀"一声，扬起镰刀形的脑袋。别看是螳螂，却非常勇敢，也不掂量一下对方的力气就想反扑，真有意思。咱家用右脚轻轻弹一下它的镰刀头，那昂起的镰刀头稀软，所以一弹就软瘫瘫地向一旁弯了下去。这时，螳螂仁兄的表情非常逗人。它完全怔住。于是咱家一步窜到仁兄的身后，再从它的背后轻轻搔它的翅膀。那翅膀平常是精心折叠的。被狠狠一挠，便"唰"地一下子展开，中间露出类似绵纸似的一层透明的裙子。仁兄即使盛夏也千辛万苦，披着两层当然很俏皮的衣裳。这时，仁兄的细长脖子一定会扭过头来。有时面对着咱家，但大多是愤怒地将头部挺立，仿佛在等待咱家动手。假如对方一直坚持这种态度，那就构不成运动。所以又延长了一段时间，咱家又用爪扑了它一下，这一爪，若是有点见识的螳螂，一定会逃之夭夭。可是在这紧急之刻，还冲着咱家蛮干，真是个太没有教养的野蛮家伙。假如仁兄这么蛮干，悄悄地单等它一靠近，咱家狠狠地给它一爪，总会扔出它二三尺远吧！但是，对方竟文文静静地倒退。我觉得它怪可怜的，便在院里的树上像鸟飞似的跑了两三圈，而那位仁兄还没有逃出五六寸远。它已经知道咱家的厉害，便没有勇气再较量，只是东一头、西一头的，不知逃向哪里才好。然而，咱家也左冲右撞地跟踪追击。仁兄终于受不住，扇动着翅膀，试图大战一场。原来螳螂翅膀和它的脖子很搭配，长得又细又长。听说根本就是装饰品，像人世的英语、法语和德语一样，毫无实用价值。因此，想利用那么个派不上用场的废料大战一场，对于咱家是丝毫不见功效的，说是大战，其实，它不过是在地面上爬行而已。这一来，咱家虽然有点觉得它怪可怜的，但为了运动，也就顾不上这许多了。对不起！咱家抽冷子跑到它的身前。由于惰性原理，螳螂不能急转弯，不得已只好依然向前。咱家打了一下它的鼻子。这时，仁兄肯定会张开翅膀一动不动地倒下。咱家用前爪将它按住，休息一会儿，随后再放开它，放开以后再按住它，以诸葛孔明七纵七擒的战术制服它。按程序，大约反复进行了三十分钟，看准了它已经动不得，便将它一口叼在嘴里，晃了几下，然后又把它吐了出来。这下子它躺在地面上不能动了，咱家才用另一只爪推它，趁它往上一窜的工夫再把它按住。玩得腻了，最后一招，狼吞虎咽地将它送进肚里。顺便对没有吃过螳螂的人略进一言：螳螂并不怎么好吃，而且，似乎也没有多大营养价值。

除了捉螳螂，就是进行捉蝉运动。飞蝉并不只是一种。人有"絮叨货""哇啦哇""叽叽鬼"，蝉里也有油蝉、蛄蝉、寒蝉。油蝉叫声"絮絮叨叨"，烦人；蛄蝉叫声"哇啦哇"的，受不了；捉起来有趣的，只有叫声"知了知了"的寒蝉。这家伙不到夏天终结不出来。直到秋风从和服腋下的破绽处钻进，一厢情愿地抚摸人们的肌肤，以至使人受了风寒，打起喷嚏。只有这时，寒蝉才竖起尾巴悲鸣。它可真能叫喊。依我看来，它的天职就是吵嚷和供猫捕捉。初秋季节就捕这些家伙，此之谓捉蝉运动。

谨向列位声明：既然小名叫飞蝉，就不是在地面上爬行，假如落在地面上，蚂蚁一定叮它。咱家捕捉的，可不是在蚂蚁的领土上翻滚的那路货色，而是那些蹲在高高枝头，"知了知了"叫的那些家伙。再一次顺便请教博学多识的方家，那家伙到底是"知了知了"地叫？还是"了知了知"地鸣？见解各异，会对蝉学的研究产生很大的影响。人之所以胜于猫，就在这一点，人类自豪之处，也正是这一点。假如不能立刻回答，那就仔细想想好了。不错，作为捉蝉运动来说，随便怎样都无妨，只要以蝉声为号，爬上树去，当它拼命叫喊时猛扑过去便妥。这看来是最简单的运动，但却很吃力。我有四条腿，敢说在大地上奔跑比起其他动物毫不逊色。两条腿和四条腿，按数学常识来判断，长着四条腿的猫是不会输给人类的。然而，若说爬树，却有很多比我们更高明的动物。不要说专业爬树的猿猴，即使属于猿猴远孙的人类，也很有些不可轻视的家伙。本来爬树是违反地心引力的蛮干行为，就算是不会爬树，也不觉得耻辱，但是，却会给捉蝉运动带来许多不便。幸而咱家有利器猫爪，好歹总算能爬得上去，不过，这可不像旁观者那么轻松。不仅如此，蝉是会飞的。它和螳螂仁兄不同，假如它一下子飞掉，最终就白费力气，和没有爬没什么两样，说不定就会碰上这样倒霉事的。最后，还时常有被浇一身蝉尿的危险。那蝉尿好像动不动就冲咱家的眼睛浇下来。逃掉就逃掉，但愿蝉兄千万不要撒尿。蝉兄起飞时总要撒尿，这究竟是何等心理状态影响了生理器官？不知是痛苦之余而便？还是为了有利于出其不意地创造逃跑时机？那么，这和乌贼吐墨、瘪三破口大骂时出示文身以及主人卖弄拉丁语之类，应该说是同出一辙了。这也是蝉学上不可掉以轻心的问题。如果仔细研究，足足够写一篇博士论文。

　　咱家托生为猫而来到人间，转眼已经两年多了。自以为比得上咱家这么见多识广的人还不曾有过。然而前此，有个叫卡提·莫尔①的素不相识的同胞，突然高谈阔论起来，咱家有点吃惊。仔细一打听，据说它原来一百多年前就已经死亡，由于一时的好奇心，特意变成幽灵。为了吓唬咱家才从遥远的冥土赶来。还听说这只猫曾经叼着一条鱼，作为母子相逢时的见面礼。可是它半路上终于馋得受不住，竟自己享用了。这么个不孝的猫！可是另一面，它又才华横溢，不亚于人类，有时还曾作诗，使主人惊诧不已。既然如此豪杰早已出现在一个世纪之前，像咱家这样的废物，莫如速速辞别人间，回到虚无之乡去，倒也好些呢。

——————————

　　①卡提·莫尔：德国小说家霍夫曼的小说《女猫莫尔的人生观》里的主人公名。

主人早晚要因胃病而身亡。金田老板①已经因贪得无厌而丧命了。

秋叶几乎全已凋零。死亡是万物的归宿，活着也没有什么大用，说不定尽早瞑目才算聪明。照几位先生的说法，人的命运，可以归结为自杀。如不提防些，咱家也非投胎到束缚太多的人世上去不可。可怕呀！心里总有些闷闷不乐，还是喝点三平先生的啤酒，提提神吧！

我转到厨房。秋风敲打着屋门，只见从缝隙处钻了进去。不知什么时候油灯灭了。大概是个月明之夜，从窗子洒进了清辉。茶盘上并排放着三个玻璃杯，两只杯里还残留着半杯茶色的水。放在玻璃杯里的，即使是开水，也令人觉得冰冷，更何况那液体在寒宵冷月下，静悄悄地挨着一个灭火罐，不等沾唇，已经觉得发冷，不想喝了。然而，不入虎穴，焉得虎子！三平喝了那种水，满脸通红，呼吸热乎乎的。猫若是喝了它，也不会不快活的吧！反正这条命不知什么时候就要死的。万事都要趁着有这口气体验一下。不要等死了以后躺在坟墓下懊悔："啊，遗憾！"但是，追悔莫及，那也是枉然。咱家横下一条心，喝点尝尝！便鼓起劲来，伸进舌头去，吧嗒吧嗒舔了几下，不禁大吃一惊。舌尖像针扎似的，麻酥酥的。真不知人们由于何等怪僻，要喝这种臭烘烘的玩意儿。猫是无论如何也喝不下去的。再怎么说，猫与啤酒没有缘分。这可受不了！咱家曾一度将舌头缩了回来。但是，又一想，人们常说："良药苦口。"每当害了风寒，便皱着眉头喝那些莫名其妙的苦水。至今还纳闷儿：到底是喝了它才好病？还是为了好病才喝它？真幸运，就用啤

①金田老板：小说人物之一，实业家。住所离猫主人家不远。

酒来解这个谜吧！假如喝下以后五脏六腑都发苦，也就罢了；假如像三平那样快活得忘乎所以，那便是空前的一大收获，可以对邻近的猫们传授一番了。唉，管它去呢！一命交天，决心干了，便又伸出舌头。睁着眼睛喝不舒服，便死死地闭上眼睛，又吧嗒吧嗒地舔起来。

咱家最大限度地耐着性子，终于喝干了一瓶啤酒。这时，出现一种奇怪的现象。最初舌头麻酥酥的，嘴里像从外部受到了压力，好苦！不过，喝着喝着，逐渐舒服起来。当喝光头一杯酒时，已经不怎么难受。没事儿！于是，第二杯又轻而易举地干了。顺便又把洒在盘子里的啤酒也舔进肚里，盘子像擦洗过一般。

后来，片刻之间，我为了视察自身变化，纹丝不动地蹲着。逐渐身子发热，眼圈发红，耳朵发烧，很想唱歌。"咱家是猫，咱家是猫。"很想跳舞。想大骂一声主人、迷亭[1]和独仙[2]："胡扯鸡巴蛋！"想挠金田老头，咬掉金田老婆的鼻子。咱家什么都干得出。最后，跟跟跄跄地站起来，站起来又想摇摇晃晃地走。这太有意思了。我想出门！出得门来，想招呼一声："月亮大姐，晚上好。"太高兴了。

我心想：所谓"怡然自得"，大概就是这种滋味吧！我漫无目标，到处乱走，像似散步，又不大像，就怀着这样的心情胡乱地移动着软绵绵的双腿。怎么搞的！总是打瞌睡。简直搞不清我是在睡觉，还是在走路。我想睁开眼睛，但是眼皮重得很。这下子算完蛋了。管它高山大海，什么都不怕，只管迈着软颤颤的前爪。突然噗通一声。猛然一惊，

---

①迷亭：小说人物之一，猫主人家的常客。

②独仙：小说人物之一，哲学家。

糟了！究竟怎么糟了，连思索的工夫都没有。只是刚刚意识到糟糕，后事便一片模糊了。

清醒时，咱家已经漂在水上。太难受，用爪乱挠一气，但是挠到的只有水。咱家一挠，立刻就钻进水里。没办法，又用后爪往上蹿，用前爪挠。这时，微微听到咕嘟一声，好歹露出头来。咱家想了解一下这是个什么地方。一看四周，原来掉进一个大缸里。这口大缸，直到夏末，密麻麻地长着一种水草，叫作"莼菜"。后来，不祥的乌鸦飞来，啄光了莼菜，就用这口缸洗澡。乌鸦洗澡，水就浅了。水浅，乌鸦就不再来。不久前咱家还在想："水太浅，乌鸦不见了。"万万想不到，如今咱家代替乌鸦在这里洗起澡来。

水面距缸沿大约四寸多。咱家伸出爪也够不到缸沿，跳也跳不出去。满不在乎吧，只有沉底。挣扎吧，只有脚爪挠缸壁的声音咯吱咯吱地响。挠到缸壁时，身子好像浮起了些，但是爪一滑，立刻又扎了个猛子。扎猛子太难受，便又咯吱咯吱地挠。不久，身子就累了。尽管焦急，脚却又不怎么受使。终于，自己也弄不清是为了下沉而挠缸，还是由于挠缸而下沉。

这时，咱家边痛苦边想：遭到如此厄运，全怪我一心盼着从水缸里逃出命去。若能逃命，那是一万个求之不得。但是逃不出去，这是明摆着的。咱家腿不盈三寸。好吧！就算浮上水面，可是从浮出水面处尽最大努力伸出腿去，也无法搭在还有五寸多高的缸沿。既然无法将爪搭上缸沿，管你怎么乱挠啊，焦急啊，花上一百年粉身碎骨啊，也不可能逃出去的。明明知道逃不出去，却还幻想逃出去，这未免太勉强。勉强硬干，因此才痛苦。无聊！自寻烦恼，自找折磨，真糊涂！

算啦！听之任之好了。再也不挠得咯吱咯吱响，去它的吧！于是，不论前脚、后脚，还是头、尾，全都随其自然，不再抵抗了。

逐渐地变得舒服。说不清这是痛苦，还是欢快，也弄不清是在水中，还是在客室。爱在哪里就在哪里，都无妨了。只觉得舒服。不，就连是否舒服也失去了知觉。日月陨落、天地粉齑！咱家进入了不可思议的太平世界。咱家死了，死后才得到太平，太平是非死得不到的。

南无阿弥陀佛！南无阿弥陀佛！谢天谢地！谢天谢地！

（于雷　译）

会打猎的猫

[俄] 格·乌斯翩斯基

人们常这样说，或这样写："秋天来临了，鸟儿飞走了，景色变得十分荒凉！"在我们这儿，这句话是不适用的。我们这儿正相反：秋天，有大批鸟类飞来过冬；越是冬天，我们岛上和海湾里鸟类就越多、越愉快、越热闹。

最先飞来的是黑鹭鸶，它们七月底就飞来了。在宁静的傍晚时分，黑鹭鸶在稻田和沼泽上空飞翔，寻找适于猎取食物的地方。远远望去，仿佛是杂乱无章的一大群普通山鸦在飞——因为它们也是黑色的，大小和山鸦差不多。但是等它们飞近了，就可以看出这不是山鸦，而是一种样子很特别的鸟，它们有细细的弯嘴和大长腿，挥翅膀的方式也跟山鸦不同。

黑鹭鸶是从伏尔加河口，从阿斯特拉罕禁猎区飞到这里来的。它们在那里的小岛屿和伏尔加河三角洲地带的矮树上搭有宽大的窠，在那里孵小鹭鸶。很久以前，这种鸟非常多，在苏联南方所有的江河流域都有。但是因为它们的肉又嫩又好吃，所以猎人很喜欢打它们，许多年来几乎把它们打光了。苏联政府禁止猎取稀有鸟类，建立了国家禁猎区，拯救了黑鹭鸶和其他珍奇鸟兽。如果不是这样，苏联的黑鹭鸶一定早已绝种。现在在伏尔加河口一带，又有成千上万的黑鹭鸶在筑窠。别的地方，例如在德涅斯特尔河下游和第聂伯河浸水区，都有这种鸟。

在黑鹭鸶以后飞来的是篦鹭。它们和黑鹭鸶有血缘关系，不过它们是纯白色的，而且有黑鹭鸶的三倍大。篦鹭的腿和脖子很长，嘴的样子很特别，像个压扁的圆匙。这种嘴既不能凿，也不能啄，更不能撕开什么。嘴尖又扁又圆，没有锯齿，也没有钩儿，用这种嘴，只能在沙地和淤泥上划道，把水搅浑。篦鹭在吃东西的时候就这么做。它们在靠近岸边的水里走来走去，脑袋一挥一挥，就像熟练的割稻手挥舞大镰刀一样——动作又均匀又迅速。篦鹭这样做的时候，用铁锹般的扁嘴弄松湿沙子，把藏身在湿沙子里的端足虫撵出来，一口吞进肚里。篦鹭差不多没有舌头，只在喉咙口有一个三角形的小瓣。因此，它必须动作特别灵活，才能不叫食物粘在大长嘴里面，而是掉到嗓子眼里去。

黑鹭鸶和篦鹭只是暂时在这里做客。它们夏末飞来，在这里住上一个月或一个半月，然后再继续南迁。对于这些靠吃活物为生的、娇生惯养的鸟类说来，连里海南部的冬天都太冷了，因此它们飞到更遥远的热带去过冬了。

在越冬的地方，鸟类的生活方式跟过夏天与筑窝时完全不同。我们看看海湾。瞧，在远离海岸的地方，有很多黑点，仿佛有谁往水面撒了一筐黑尘土似的。这浓密的一大片黑尘，占据了相当大的一部分水面。

这些黑色尘粒是活的，在移动着，互相交换地方，四面游着。其中有些突然钻进水里，又浮出来，但已经是在别处出现了。它们究竟是些什么呢？让我们乘轻便的小船，小心翼翼地划到这片活"尘土"附近去，用望远镜瞧一瞧。啊！原来是鸟呀！而且个儿还不小呢——每一只都有普通母鸡那么大。这些鸟是墨黑的，身上闪耀着铅的光泽。每只鸟的脑门上有一块亮闪闪的白色秃顶，它们的嘴跟鸡的嘴一样，没有尾巴。它们游得非常灵活，时常潜水，能在水里待半分钟左右；可以看到它们再钻出来的时候，在很快地咽什么东西。这是大冬鸡。无论在苏联的什么地方——在莫斯科附近、基辅附近、高加索或者西伯利亚——只要有生长着芦苇的一个小湖或者沼泽，就有这种鸟居住着。这种鸟一点也不珍稀，相反，它们是很普通的，但是只有猎人，而且是和沼泽打过交道的猎人才认识它们。至于我们里面有许多人，甚至乡村居民，都从来没见过大冬鸡，虽然往往在离人不远的地方，那些村外长满芦苇的水塘里，就有这种鸟。为什么会这样呢？因为夏季大冬鸡过着隐居生活，只有在天黑后，它们才游到宽阔的水面上来；即使白天游出来，也只是在非常隐蔽的地方，很难叫人看见。其余时候，大冬鸡都躲在人钻不进的芦苇丛里，在芦苇间狭窄的水路上游来游去，甚至会用脚爪攀住芦苇秆往上爬。它们的脚十分适应这种运动——脚趾长而有弹力，有尖尖的爪子，脚蹼不像鹅或鸭子的那样连作一片，而是一个个脚指头分开的——像一些圆圆的小布片。这种鸟的脚叫人看了有一种很奇怪的、甚至不愉快的感觉。这种鸟有一个俗名，叫作"魔鬼鸡"。大概就是因为它们的颜色很可怕、脚的样子很可怕，行动鬼鬼祟祟。

在这里，在越冬的地方，大冬鸡的生活方式完全改变了。它们不再躲躲藏藏，而是大约500只，甚至500只以上聚集作一群，整天待在宽敞的海湾上，从水底捞水藻和软体动物吃；或者成群结队游到洁净的海岸上来休息，整理羽毛。可以走到离它们相当近的地方，或者乘小船划到它们跟前去。瞧，这就是神秘的隐身鸟"魔鬼鸡"！它们的孤僻性格哪里去了？

差不多所有的水鸟都是这样。夏天，一对一对、一窝一窝地分开生活，躲着人；在越冬的地方却相反，聚集成很大的一群群，也不躲人了。

不过，鸟类的越冬——这不仅是从泰麦尔苔原、波列谢沼泽地、伏尔加河水库、第聂伯河、顿河和库班飞来的鸟类的愉快热闹的群聚，更是猎人的幸运——一枪就可以打死十来只野鸭或者大冬鸡。

鸟类的越冬地——首先是苏联当时保存最完好的、野禽最丰富的大自然贮藏所，这个地方把它们给养到夏季——野禽的繁殖期。在越冬的地方，在海湾或者陆地的每一平方公里面积上，都养活着几百只野禽。春季，这些鸟分散到辽阔的苏联的全国各地去，居住下来孵小鸟。鸟类只能在不仅气候充分温暖，而且有大量食物的地方过冬——食物是最重要的东西。因此在苏联南方，在几个有丰富食物的地方，冬季都有大批的野鸟。

但是每一种鸟都需要它们所吃的那种食物。有些鸟吃鲜嫩多汁的小草，有些鸟吃各种植物种子，有些鸟吃小虫或软体动物，有些鸟捉鱼吃。也有些嘴馋的鸟，一样东西只吃一点，换着样儿吃：今天吃这种东西，一星期以后，又吃另外一种东西。这怎么搞得清楚！可是我们必须搞清楚。因为需要知道：每一种益鸟靠什么食物生活，以便在野禽的食物不够吃的时候，知道怎么喂它们。在猎区和禁猎区，都可能有这种情形——要知道，大自然并非永远是仁慈的，尤其在冬季。

怎样研究每一种鸟吃什么东西呢？比方说，在我们里海鸟类越冬的地方怎样研究？要观察，观察野鸭、鸀鸟和雁都吃些什么东西。你试试看吧！在靠近岸边、生着层层叠叠的灯芯草的浅水滩上，有一群野鸭在忙碌着。野鸭很多——足足有三四百只，在草丛里钻进钻出。它们勤奋地把扁嘴一张一闭，从嘴里滤出稀泥，吞咽着什么。但是究竟在吃什么呢？看不见。你试试偷偷走到野鸭跟前去——鸭群受了惊，扑扑地升到空中去，一瞬间就飞得无影无踪！

断定野鸟靠什么生活，只有一个可靠的方法，那便是用枪把它打死，剖开它肚子看看里面有多少食物，是些什么食物。在鸟类越冬的时候，我们便做这件事。我们差不多每天都去打鸟，然后仔细研究每一只打死的野禽：把它放在秤上称，量它的大小，看它的羽毛，解剖它，确定它肚子里残余的食物是什么。此外，我们还观察鸟类的生活，看哪一种鸟在什么地方休息，飞到什么地方去吃东西……每一件小事情我们都观察。现在你们知道我们秋天和冬天做些什么工作了吧。在我们这儿，打野鸭不仅是件让人兴奋的事，而且也是一项真正的科学工作。

秋天，我们这儿常刮西风。西风带来雨，使海湾里涌起波浪。现在，海湾已经不是夏天那样像一面淡蓝色的镜子了，而是起伏得越来越厉害，好像一片辽阔无边的、刚刚耕翻过的田地。风稍微大一点时，在深颜色的水面上迅速滚过一排白色小绵羊般的浪头。鸟类或孤单单地，或成群结队在浪头上飞着。它们往不同的方向飞，在不同的高度飞——有的低低地紧贴水面飞，几乎要碰到浪峰了，有的高高地在乌云下面飞。

大浪妨碍野鸭恬静地在水面上休息。因此，刮大风的时候，鸟类往往会搬家，去寻找那些没有风浪的小海湾。这种小海湾，不过是些大水洼，下秋雨的时候，在海湾沿岸一带和小岛屿上总是会临时形成许多。这对猎人很合适——天气越坏，在岸上飞过的野鸟便越多。那时，只要穿上一件好雨衣，拿枪坐在岸上的灌木下，或者躲在沼地上的芦苇丛里，等野鸟向你飞过来就行了。雨点模糊了你的眼睛，脚也因为长时间不动而发麻了——这都不要紧，可以忍耐一下。

我们岛上的一半土地不归禁猎区——可以打猎，许多渔夫和工人都在那里打猎。不过，我已经说过，我们打猎是为了工作，为了科学。

我的工作每天开始得很早——早晨五点钟左右，我便起身，穿好衣服，整理自己的猎具。我一切都尽力做得轻手轻脚，免得过早地惊醒女孩子们。现在我们家里有三个女孩子了——在另外一个岛上住的女孩子兰菲加·马梅多瓦到这里来上学，住在我们家里，她和丹尼亚一块睡。每天早上，形影不离地一同到鱼类加工厂附近去，她们的学校便在那里。

我收拾好以后，便走出家门。外面黑得伸手不见五指，看不出哪儿是天，哪儿是地。空气潮湿而芳香，像一面黑墙似的挡在面前。路是走熟了的，但是我的两只脚还是没有把握地探索着弯弯曲曲的小路。湿淋淋的长雨衣下摆，在潮湿的草上沙沙地擦过。

附近的悬钩子丛里，一只胡狼嗥叫起来。别的胡狼在四面嗥叫着响应它，这里有的是胡狼。它们在我周围凄声惨调地呻吟，阴阳怪气地嗥叫，歇斯底里地悲叹。这音乐可不叫人愉快，但它跟苏联南方的这一小块土地上的漆黑、潮湿的夜很协调。胡狼不伤人，这里的人也对它们习惯了，甚至很小的小孩子都不怕它们。不过，主妇们一到夜晚，便不得不把家禽关在笼里，要不然，不管是鸡或鸭，都会被胡狼偷去。

前面，有一个东西一闪而过。好像有两个琥珀色的微弱火亮儿亮了一下，又熄灭了。又亮了一下！小火亮儿在我对面停住了，然后往旁边一冲，就没有影儿了。高高的草里，发出一阵极小的窸窣声。我知道刚才是一只捕鸟的野猫迎面跑过。它碰到人时，先一动也不动地待一秒钟，然后一溜烟地逃走。捕鸟野猫是一种个儿很大的野猫，它比猞猁稍小一点，但是生活方式和猞猁不一样，猞猁住在偏僻的密林里，有时甚至能咬死和麋鹿一样强大的动物；捕鸟野猫却从来也不敢进攻比鹅或者兔子大的动物。捕鸟野猫大多住在村庄附近，白天藏在穴里或老树洞里。

我继续往前走，咸淤泥的气味越来越强烈了，已经可以听到岸边的水的激溅声。现在得向左拐，走到突出在海湾里的一个窄长的沙洲的尽头去。我最喜欢在这里观察和打猎，沙洲上长着高高的有刺的草，在那些草之间，有矮矮的一丛盐角草。这里荒无人迹，寂静无声。野鸟毫无顾虑地飞过沙洲，或者在离岸很近的地方，沿着岸边游过去。

我在这沙洲的尽头挖了一个坑，坑里放了一段木头当板凳，在周围沙地上栽了许多盐角草和有刺的草。这就是我打猎时埋伏等待野禽的地方。

我爬进坑里去，挑了个舒服的姿势坐下。我的前、左、右三面都是水；在黎明前的朦胧昏暗中，水反射着微光。只在我后面，有生着刺草的窄窄一块土地是黑黝黝的，小风从海湾吹来，把野鸟复杂的合唱声带入我的耳鼓。野鸭在喧嚣地呷呷交谈；在这谈话声中还夹杂着小鸟的尖啸声、雁的暗哑叫声和大冬鸡的好像搬动茶具时发出的那种轻轻的铿锵声。从这一片喧哗声里，突然冲出了凫的慌里慌张的、极其洪亮的大叫声："克尔良，克尔良，克良克，卡克！"立刻有很多雄鸭回答它，它们回答得很慢，而且声音很低，仿佛在劝那爱嚷叫的凫似的。一群火烈鸟聚集在岸旁。它们用非常像鹅叫的声音呼应着："喀——啊克，古鸟克，喀克，喀——啊克。"

天空逐渐明亮，海水却相反，似乎变暗了。在水上，就在我对面，开始现出一片模糊不清的白东西，好像有许多小冰碴群集在一起似的。这是火烈鸟群在浅水里找食物吃。它们站在齐膝深的水里，每一只都慢慢地把头转来转去，把蛇一般的大长脖子往下探伸，用嘴在淤泥底上挖着。火烈鸟从淤泥里挖软体动物和金星虫吃——这是它们的主要食物。

晨光很快地降临。现在已经可以看得很远，可以看清海湾上有什么东西了。海湾上好像布满了移动的黑点。这都是野鸟——各种野鸭、大冬鸡和凫。这里竟是这么热闹——不亲眼看见，简直难以想象！

突然又发出了新的声音——响亮的"格尔——格克，格尔——格克，格尔——格克"。这声音是从上面传来的。只见一群鸟排成一条宽宽的弧线，在空中飞过。这条活泼的、惹人注意的弧线的中央正在经过我的头顶。被坚硬的翅膀搅扰了的空气在喧嚣、鸣响着。可以清清楚楚地看见那些鸟。它们的肚子是白色的，胸脯是黑色的，脖子是橙褐色的，嗉囊上好像围了一条窄窄的白围嘴儿。这是红额雁，它们是雁里最小的，但可以说是野雁里面最美丽的。红额雁现在飞得很低，随便放一枪，就可以打下一只，甚至两只。但是我根本没有端起枪来。雁等天大亮以后才吃东西，所以在黎明时分，所有的雁的肚皮都是空空的，我不需要打这种雁。

红额雁还没有离开海湾的上空，空中又响起一片婉转的鸣声。这也是雁，不过这是白额雁，它们也很小，比野鸭只大一点点，但是它们的体态和羽毛的颜色，跟家鹅的祖先——普通的灰色野鹅差不多。只是白额雁的额上有一块白色秃皮，所以人们叫它们是小白额雁。那杂乱无章的一大群白额雁，从我旁边飞过去，使附近一带都响起了它们的响亮的、由许多种声音组合成的喧哗。

雁，一群群地从过夜的岛屿飞到大陆上去，到翠绿的冬麦田和岸边草地上去。

野鸭也飞来了。一群长尾凫沿着岸边，从水面上低低绕过沙洲。这正是我所需要的野鸟，因为野鸭在夜里打食吃，现在它们的胃里满满地装着食物！我抓住一个好机会，开了两枪。打中了！两只野鸭都沉重地"啪叽"一下掉在水里，就在我的埋伏处的前面。它们离我只有20~25步远，根本用不着走进水里去捡，风从海湾上吹来，很快就可以把它们送到岸边来——那时我再捡也不晚。我又往枪里装弹药，刚装好一颗子弹，从背后就传来一阵越来越响的扑翅膀声音。一群赤颈凫极快地从我头上飞过，我开了一枪……竟没有打中。没关系！要知道，打猎跟在食品店里买现成的野味儿可不一样呀！

又过了一个多钟头。太阳从裂开的云缝里探出头来，周围的一切马上都改观了。海湾变成浅蓝色的，而且闪烁起来，岛屿沿岸变成翠绿色的，铺着白色贝壳的沙滩，好像特别明显地衬托出十二月里这片生气勃勃的绿草和树木。我已经打了七只野鸭——两只长尾凫、一只大理石色的野鸭、三只凫和一只红嘴凫。这够我在实验室里忙一天的了。

是不是该回家了？我一面想，一面从从容容地吸了一支香烟。这时我发现有一群天鹅——大概有九只——向沙洲飞来了。这些美丽的白鸟被朝阳照耀着，它们的翅膀用力扇着，发出"唰、唰、唰"的声音。我昂起头——天鹅没有看见我，它们已经飞到我头上来了。飞吧，飞吧——谁也不会碰你们一下的，你们是在法律庇护下的！在这里，严禁打天鹅，同样也禁止打火烈鸟。顺便提一笔，现在火烈鸟在哪儿呢？喏，和刚才一样，它们还是在浅水里找食物吃。只是它们听到我打野鸭的枪声后，就飞到离沙洲远一些的地方去了。

我从埋伏的地方爬出来，活动活动发麻的两脚，开始收拾猎获物。火烈鸟一看见我，立刻惊扰起来，抬起里面是红色的翅膀，仿佛在水面喷出一些鲜红的火舌似的。红翅膀的火烈鸟在水里跑了一小段路，升到空中，飞到海湾上去了。飞翔的火烈鸟像一个十字：它的脖子和长腿伸成一条直线，绯红色的翅膀长长地伸在身体两侧。

我把打死的野鸭的脖子拴在一起，往肩上一搠，就回家去了。小路两旁生长着悬钩子。这里的悬钩子很茂盛，而且，差不多连续半年都结甜甜的大果实。现在是十二月了，可是悬钩子上还有绿叶和一串串深紫色的果实。我站住，采下果实往嘴里送。现在，它们的水分略嫌过多，而且有点酒的味道。

我想找点比较新鲜的浆果，因此慢慢地绕悬钩子灌木走，我突然看见：几乎就在我脚旁的草丛里藏着一只鸟，它把肚皮贴在地上，一动也不动。它是黑色的，背上有棕黄色条纹，尾巴上有白斑，它个儿比普通雷鸟稍大一点。这是当地一种特别的鹧鸪。在我们岛上，这种鸟很多。可能这只鹧鸪正在吃悬钩子浆果。它看见我，立刻就在草里藏了起来。我弯下身，做出要用手抓它的样子。它突然活跃起来，飞快地往旁边一闪，扑扑地飞了起来。鹧鸪飞了百十来步后，像块石头似的掉在草里，于是就不知去向了。

在我们家附近，我又一下子惊起三只野鸡，也是在悬钩子灌木的旁边。起初，两只雄野鸡噼里啪啦地飞出来，富丽堂皇的羽毛在太阳下闪着金光。接着，飞起一只雌野鸡——它的颜色很朴素，是灰色的。在这里，我们不猎取野鸡，它们是被人为地送到我们岛上来的。15年前，它们被人从大陆上送到渔村岛来。当时只送来20只，现在已经繁殖到多得数不清了。

一天早晨，我又去打猎。我起晚了一些，因此走得很快，想在黎明前赶到埋伏地。下着小雨，只好戴上雨帽——顺便说说，我是很不喜欢戴它的——我已经走到半道了，听见背后传来一种声音。雨帽妨碍我倾听，所以我把它脱掉了，然后清清楚楚地听见，这是猫叫。我不由地停住脚步，一个活的东西向我脚旁滚过来。我仔细一看，是瓦西卡。它是从哪儿来的？大概它跟着我从屋里出来，白天跟着跑来的吧？有时它就这样做。我拿它怎么办呢？撵回家去吧——它不懂，也不会回去的。没法子，只好解开胸前的衣服扣子，把湿淋淋的猫抱起来塞在雨衣里。捣乱鬼，就待在这里吧！瓦西卡用脚爪钩住我的短外衣，静下来，安逸地咕哩咕哩哼了起来。我可更不好走路了——肩膀上晃晃悠悠地挂着一支枪，腰带上是沉甸甸的弹药盒，胸前雨衣里还多了一只猫，在暖着我的肚子。可事实上，我因为走得太快，没有它就已经够热的了。

我钻到埋伏地去坐好后，把瓦西卡放在雨衣里面的膝上。它满不在乎地咕哩咕哩哼着——好像本来就应该这样似的。我放第一枪时，瓦西卡惊慌得要命，吓得爬到我头上去了。我用手指头弹了一下它的鼻子，又把它塞进雨衣。

天大亮后，瓦西卡简直造起反来了。它从我手里逃走，跳到坑外去。但是它并没走远，就蹲在坑旁灌木下。几分钟后，飞来一群野鸭：我开了一枪，一只野鸭滴溜溜打着转，掉在茂盛的刺儿草里。看得出，那只野鸭只受了点伤，平常，这种野鸭总是掉在地上以后，就藏到草里去，藏得叫人找也找不着。我想站起身，趁野鸭还没有藏起来的时候，就把它捡来，但是瓦西卡比我还快。它一看见野鸭跌落，立刻三跳两跳蹿到它跟前去。我只能看见瓦西卡的尾巴露在草外，像根鞭子似的抽来抽去。可以听到它恶狠狠的咆哮。大概野鸭已经被猫捉住了。"真了不起，"我想，"简直和猎狗一样，只差一点：让瓦西卡把猎获物给我叼过来！"这件事可没实现。瓦西卡趴在野鸭身上，用爪子把它按在地上。

它很不乐意把野鸭交给我。

第二只打死的野鸭掉在水里了。瓦西卡跑到岸边，就没主意了。我把那只还在动弹的野鸭指给它看，把它往水边推，但是什么结果也没有。逼一只家猫钻到冷水里去——这是办不到的事。

这次打猎，瓦西卡又替我从草里找到两只野鸭。我每一次都很惊奇。说老实话，我还没见过猫能代替猎狗干活的，不管那只猫有多么聪明伶俐。

下一次晚上去打野禽，我故意把瓦西卡带了去。我的大女儿也跟去了，她特别想看看瓦西卡怎样"工作"。老实说，我讲瓦西卡有打猎的天分，大家都不太相信。

我们走到离家较远的地方，躲在一个小海湾的岸上，这里有茂密的野生禾谷类植物——冰草，附近生长着许多悬钩子灌木。我心里想："瓦西卡在这里找野鸭吧！"

天空晴朗无风，在岸上飞过的野鸭很少。但是在海湾里，却由于水面上落的野鸟太多，变得黑压压的了。我们躲在草里等了很久。瓦西卡在水边走来走去，嗅着什么动物的看不见的踪迹。好容易一只孤零零的野鸭从海湾那边飞过来了。我迎面一枪，打死了它。野鸭在空中翻了一个筋斗，落在附近最茂盛的冰草丛里。在我女儿面前，瓦西卡没给我丢脸，它看见野鸭掉在什么地方；它高高地蹿过草梢，勇敢地向野鸭扑去。我想：瓦西卡一定像平常一样，马上能找到野鸭，然后咆哮起来。我听了咆哮声，就可以知道它和猎获物在什么地方。这次，我们听见了另外一种声音：瓦西卡不止咆哮，简直是怒吼起来，凶猛地喷起气来了。只有当猫受了惊的时候，比方说，碰见别人家的狗的时候，才会发出这种怒吼。我跳起身，还没等我跑出三步路去，就看见从草里蹿出一只胡狼，嘴里叼着一只死野鸭。我瞄准了，但是没来得及开枪，胡狼一下子就在草丛里逃得无影无踪了。在同一刹那，瓦西卡倒退着从冰草里滚了出来，它竖着浑身的毛，像愤怒到极点的样子。

这是一件很普通的事。胡狼常常溜到猎人跟前来，躲在一边，等个机会就从猎人手里偷走猎获物。这回也是如此，一只胡狼躲在我们旁边，比猫先抢到了野鸭。

依娜抱起瓦西卡，坚决声明再也不放它出来了。她说："怎么着？还要叫胡狼把它咬死吗？那可不行，还是回家去吧！"

我倒并不替瓦西卡担心，因为我坚信，在这样的一只猫面前，任何胡狼都会后退的，但是我没有和女儿争论。黑夜来临了，没有野鸭飞来，只好回家去。

不过，瓦西卡的打猎生涯，并没有就此结束。有时候，我还是带它去——它还是能帮助我在草丛里找到打死的野鸭。

（王汶　译）

奇猫小传

[加] 西　顿

再没露过面的灰猫妈妈

"猫——食！猫——食！"尖脆的喊声，顺着斯克里姆柏胡同传了过来。这准是汉姆林的猫食车推来了，因为附近所有的猫儿好像都在朝这声音奔去。

"猫——食！猫——食！"的喊声越来越响。接着，那位大家注意的中心人物出现了——这是个又粗野又肮脏的小个子，推着一辆手推车。二十来只猫，七零八落地跟在他后面，喵呜喵呜地叫着，声调跟他的喊声差不多。每走五十码①路，也就是说，每当相当数量的猫儿聚集起来以后，手推车就停一次。这时候，那个怪声怪气的人就从车厢里取

---

① 码：英美制长度单位，1码等于3英尺，合0.9144米。

出一支肉叉，上面串着一些香味扑鼻的煮猪肝。然后再用一根长棍，把一片片的猪肝戳下来。每只猫抢到一块以后，把身子一转，耳朵微微往下一歪，又像小老虎似的咆哮一声，瞪一瞪眼，就衔着猪肝，找个安全的角落，狼吞虎咽去了。

"猫——食！猫——食！"那些猫儿还在不断奔来领猪肝吃。猫食贩子对它们都很熟悉，这儿有斯卡梯格利昂家的小虎子，琼斯家的小黑，布拉里茨基家的乌龟壳，还有丹东太太的小白，那只鬼鬼祟祟地跟在后头的是布伦金晓夫家的马尔蒂，爬在手推车上的是沙意尔家的橙色老猫比尔，这家伙是个毫无经济后台的死不要脸的骗子手……猫食贩子把这些事儿都记得牢牢的：这只猫的主人每星期给一毛钱，从不拖欠；那只猫的主人是靠不住的。这是约翰·华西家的猫，它只分到一小片猪肝，因为约翰还有点欠款没有付清。但是，酒吧间老板那只戴项圈、扎缎带的捕鼠猫，却吃到了一大块，因为从他的酒吧间里，可以很容易地弄到酒喝。还有推销员的那只猫，尽管它的主人不付什么钱，但由于情面关系，还是受到了特殊的照顾。不过另外还有一些猫，譬如有只长着白鼻子的黑猫，也跟别的猫一起，信心十足地奔了过来，可是被他粗暴地撵走了。唉！蒲茜真弄不明白。几个月来，它一直在这儿领猪肝吃。可是这回为啥又变了卦？这件事儿它是没法理解的。可是猫食贩子却很清楚。这是因为它的女主人不再付钱了。猫食贩子虽然没有账簿，但他的脑子却挺管用，从来也没出过差错。

除了手推车周围的四百名"贵族"以外，还有不少猫儿，远远待在这些"贵族"的外围。因为分配名单上，也就是所谓"社会登记簿"

上，没有它们的名字。可是这股诱人的香味和那种意外地碰上好运气的微小的可能性，把它们深深地吸引住了。在这些追随者当中，有一只无家可归的瘦灰猫——身材细长，也不太干净，它只是靠着点小聪明，在七拼八凑地混日子。人们一看就知道，它正在为住在冷僻角落里的家庭找吃食。它一面注意着手推车周围，一面警惕着狗的袭击。它看见二十来只猫儿，欢天喜地地领到自己每天一份的美味食物，神气十足地溜到一旁去了，可是这儿却没有它的份儿。后来，有只跟它身份相仿的大公猫，猛一下扑到一只领到猪肝的小猫身边，想抢走它的口粮。小猫为了防卫，只好扔下猪肝。就在这一刹那的当儿，灰猫用"迅雷不及掩耳"的手法，把猪肝一口抢跑了。

它钻进孟齐家边门上的小洞，翻过后墙，坐下来大吃了一顿。它舔了一阵子嘴巴，高兴得不得了，然后又兜了个圈子，来到垃圾场上。它的孩子们，就在这儿的一只破饼干箱里等着它哩。这时候，它听到一阵求救的叫声。它拼命赶到饼干箱那儿，看见一只又大又黑的公猫，正在不慌不忙地伤害它的孩子。黑公猫的身材有它两个那么大，但它还是使尽全力朝黑公猫冲了过去。黑公猫像所有的动物在做坏事时被人逮住了那样，一个转身就溜掉了。灰猫一看，一窝小猫只剩下了一只。这个小东西长得挺像妈妈，不过毛色更加鲜明——灰色的身体夹杂着一些黑色的斑点。鼻子、耳朵和尾巴上，还点缀着一些白尖儿。当然，为了今天的事，猫妈妈伤心了好几天，不过这种伤感后来就渐渐淡忘了。它集中精力，来照顾这个死里逃生的孩子。黑公猫干的这件事，绝不会出于什么好的动机，这是毫无疑问的。不过事实证明，它却在灾祸里给它们带来了幸福，因为没过多久，猫妈妈和小猫显然都比以前好多了。它每天照常出外去寻找吃食。要从猫食贩子那儿弄点什么是挺不容易的，可是这儿有些垃圾桶，如果在里边找不到肉吃，至少也有一些土豆皮，可以用来解除第二天饥饿的痛苦。

有一天晚上，灰猫妈妈闻到一股奇特的香味，那是从胡同尽头的东河那边飘过来的。碰到新奇的气味，总需要调查一下，何况这股味道又是那么诱人，所以它更用不着犹豫了。灰猫妈妈跑过一条街，来到河边的码头上。这儿除了阴暗的夜色以外，一点遮蔽的地方都没有。突然，它听到一阵狂吠声，接着又是一阵飞奔的脚步声。真是冤家路窄，头一个就碰上了它的老对头——码头上的那条狗，冲过来拦住了它的退路。这一下，逃跑的路只有一条了。它从码头上朝那只发出香味的船上一跳。狗没法跟上去。于是，在第二天早晨，当这只渔船起航的时候，不愿离开的灰猫妈妈也被带了出去，从此它就没露过面。

历险鸟兽商店

小贫儿在家里空等着，老不见妈妈回来。第二天早晨来了又过去了。它的肚子饿得挺厉害，将近傍晚的时候，它受着一种本能的驱使，就自己跑出去寻找吃食。它悄悄地从破饼干箱里溜了出来，一声不吭地在垃圾堆里摸索着往前走。所有的东西，只要像是能吃的，它都去嗅了嗅，但它还是一点吃食也没找到。后来，它爬上一道木台阶，一直走到日本人马莱的鸟兽商店的地下室门前。地下室的门微微开着，它就逛了进去。屋子里充满了强烈的怪味，四周全是大大小小的笼子，里面关着一些活蹦乱跳的玩意儿。有个黑人懒洋洋地在屋角的一只箱子上坐着。他看见这个陌生的小东西跑进来，就好奇地朝它望着。小贫儿从几只兔子身边走过，并没有引起什么注意。接着它又走过一只大铁笼，里边关着一只狐狸。这位长着毛茸茸的尾巴的绅士，正在老远的角落里待着。它低低地趴在那儿，眼睛放射着亮光。小猫一边溜达，一边嗅着，然后又爬到笼子的铁条上，把脑袋伸进去闻了闻，接着就朝饲料盆走去。这时候，趴在角落里的那只狐狸，猛一下抓住了它。小家伙吃惊地喵呜了一声，可是狐狸只这么摆弄了一下，叫声马上就停止了。要不是黑人跑来搭救，就算它有几条命，这会儿也全完蛋了。那个黑人没带武器，又不能跑到笼子里去，可是他使足力气，朝狐狸脸上吐了口唾沫，吓得那只狐狸赶忙扔下小猫，跑回原来的角落里，坐在那儿又懊丧又害怕地眨巴着眼睛。

黑人把小猫拖出笼子。刚才狐狸那么一摆弄，好像把小猫给震昏了。事实上这么一来，反而倒没吃多大苦头。看样子小猫并没受到什么伤害，只不过有点头晕。它摇摇晃晃地转了一阵子，才慢慢地恢复了神志。几分钟以后，当鸟兽商日本人马莱回店里的时候，它已经在黑人的膝盖上呼噜呼噜的，显然又跟原先一样活泼有劲了。

日本人马莱并不是东方人，而是个道道地地的伦敦佬。可是，在他那张又圆又扁的脸上，却意外地长着一对眯细的眼睛。所以，当人们都用这个富于描绘性的名字"日本人"来称呼他以后，他原先的名字就被大伙儿遗忘了。他对鸟兽并没有什么特别不好的地方，他就靠这行买卖来维持自己的生活。不过他的目光总是放在金钱上，他知道什么样的鸟兽才合乎他的需要。他不想要这只贫民区里的小猫。

那个黑人让小贫儿放开肚皮饱餐了一顿，然后把它带到很远的地区，扔在一片堆满废铁的荒地上。

垃圾箱的主人

饱饱地吃上一顿，能够维持一只猫两三天的需要，小贫儿因为储备了足够的热量与精力，又显得生机勃勃了。它在一堆堆废物的周围荡来荡去，用好奇的眼光，朝远处挂在高高的窗户上的金丝雀笼瞅了几眼。接着，它爬上篱笆向那边望了望，发现有条大狗在那儿，又赶忙悄悄地爬了下来，无意中找到了一个阳光充足的藏身的地方，就躺下来睡了一个钟头。后来，一阵轻微的鼻息声吵醒了它。它睁眼一瞧，看到一只长着闪闪发光的绿眼睛的大黑猫站在它面前。粗壮的脖子、结实的脚爪，乍一看就知道，这正是上次弄死它兄弟姐妹的那只大公猫。现在，这家伙的腮帮上多了一道伤疤，左耳朵也被扯烂了。它没有一点友好亲善的样子，两只耳朵略微朝后动了动，尾巴一抽一抽地摆来摆去，喉咙里发出了一阵轻微而低沉的声音。小贫儿天真地朝大公猫走过去。它已经不记得这家伙了。可是，大公猫只在一根木桩上擦了擦脚爪，就不声不响地、慢吞吞地转身走开了。小贫儿最后看到的是它那条东抽西摆的尾巴。小家伙一点也不知道，它今天又像上次在狐狸笼里一样，差点儿枉送了性命。

天黑的时候，小贫儿开始觉得饿了。它仔细地嗅察着空气里各式各样的、无法看见的长长的气流，然后选定气味最富有吸引力的一股，依靠鼻子的嗅觉，跟着找过去。它在废铁场的角落里，发现了一只废弃的食物罐头，并且在里边吃到一些挺可口的食品。接着，一只放在水龙头下面的水桶，又让它解了渴。

它把一夜的时间，大部分都花在四处巡回和熟悉废铁场的主要路线上了。到了白天，还是跟先前一样，用在太阳底下睡大觉的方式消磨时间。日子就这样一天天地过去了。有时候，它在废罐头里美美地吃上一顿，有时候却什么也找不到。有一回，它在那儿又看见了那只大黑猫，但是没等对方发现自己，它就小心地躲开了。那只水桶经常放在老地方，万一不在的话，下面石板上也还有些小水潭可以解渴。不过，废罐头是挺不可靠的。有一次，它一连三天没在里面找到吃食。后来它顺着高高的篱笆搜寻过去，发现了一个小洞，就从那儿钻出去，来到了空敞的大街上。这是个新的世界，可是它还没走多远，就听见一阵哒哒哒的跑步声——一条大狗扑上来啦。小贫儿好容易才抓紧时间钻回篱笆上的小洞里。它饿得难受极了，幸亏找到一点陈腐的土豆皮，才暂时解除了一点饥饿的威胁。第二天早晨，它不再睡觉了，而是到处去寻找食物。一些麻雀在废铁场上叽叽喳喳地叫着。它们常常到这儿来，可是现在，小贫儿却用一种新的眼光瞅着它们。饥饿的强大压力，引起了它那野性的猎食念头。这些麻雀正是它捕捉的好对象，正是它的吃食。它本能地趴下身子，一点一点地偷着走过去，可是这些小鸟儿非常机灵，及时地飞跑了。它不是一次，而是许多次地尝试着，但总没能成功。于是它越发相信，这些麻雀要是能够逮住的话，准是好吃的东西。

饿肚子饿到第五天，小贫儿又冒着危险跑上大街，奋不顾身地埋头寻找食物。当它离开那个避难的小洞已经很远的时候，突然有几个男孩子跑过来，用砖头扔向它。它吓得扭转头就跑。后来一只狗也参加了追赶，这一下小贫儿的处境就更加危险了。幸亏前面的一所房子门前有一道老式的铁栅栏，等那条狗追上来的时候，它已经溜进铁栅栏里去了。这时候，上面窗户里有个女人吆喝着赶走了那只狗。接着，又有几个孩子朝这个不幸的小家伙扔来一块猫食。于是，小贫儿就吃上了一顿一生中从未吃过的好饭菜。这所房子的门廊，现在变成了它的避难所。它在这儿耐心地坐着，直到夜深人静的时候才像个幽灵一般，悄悄地溜回了废铁场。

像这样过了两个月，它长得比以前更大更壮实，对邻近地区的情况也全摸透了。它还熟悉了多条大街。在这儿，每天早晨都可以看到一长排一长排的垃圾箱。它甚至觉得，自己就是这些垃圾箱的主人。在它的眼里，那座大楼并不是什么罗马天主教会馆，而是一个供应食物废罐头的地方。从这些罐头里，可以找到许多最最精美的鱼肉屑。过了不久，它还认识了那位猫食贩子，并且跟别的猫一起，畏畏缩缩地跟在手推车后面，等机会抢猪肝吃。它也碰到过码头上的那条狗和另外两三条跟那条狗差不多凶恶的家伙。它知道这帮家伙会给它带来什么，也懂得怎样去躲开它们。同时，因为发现了一种新的猎食方法，它还感到非常得意。不用说，对送牛奶的人大清早留在人家台阶上或是窗台上的诱人的牛奶瓶，一定有千百只猫动过脑筋。可是有一回，也完全是出于偶然，小贫儿发现一只牛奶瓶的盖子破裂了，因此就学会了揭盖子的方法，称心如意地喝了一顿。当然，开牛奶瓶是它所办不到的，可是许多牛奶瓶上的盖子都是尺寸不合的，小贫儿就常常花费很多的精力，去寻找没有封严的盖子。后来，它扩大了它的探险范围，深入到邻近地区的中心。最后，它终于又回到了鸟兽商店后面，那片堆满垃圾桶和垃圾箱的荒地上。

它从来没把废铁场当成它的家，待在那儿，总觉得自己是个陌生人。可是在这里，它已有一种主人的感觉。同时，在发现这儿又来了一只小猫的时候，它感到非常恼恨，它带着威吓的神情，朝那只新来的小猫走过去。但是，正当它们已经在咆哮怒叫、互相进逼的时候，楼上窗口里倒下一大桶水来，把它俩淋得浑身透湿，而且，还有效地消除了它们的火气。两只猫各自奔逃，新来的翻墙跑了，小贫儿躲到一只垃圾箱下面，那就是它出生的地方。场上的一切很强烈地引起它的好感，于是它又在这儿住了下来。垃圾场上残剩的食物没有废铁场上的多，而且一点水也找不到。不过有些迷路的老鼠常常上这儿来，还有一些味道最美的小耗子，这都是小贫儿偶然碰到的。这些小东西不但给它当了鲜美的食物，还使它因此交上了一个朋友。

最要好的朋友

现在小贫儿已经完全长大了。它已经长成了一只相貌惊人的猫儿，外形和老虎很相像，浑身全是淡灰色，上面带着一些黑色的斑点，鼻子、耳朵和尾巴尖上的四个美丽的白点，又给它增添了不少特色。现在，对于维持生活的事儿，它已经非常老练了，不过有时候还是免不了要挨饿，还是满足不了自己想逮麻雀的雄心。它孤单单地独个儿过着日子，可是，就在这时候，它的生活里增加了一股新的力量。

八月里的一天，它正躺在那儿晒太阳的时候，一只黑猫顺着墙头朝它走了过来。它一看见那只扯烂了的耳朵，马上就认出这家伙是谁。于是赶忙溜进垃圾箱里藏了起来。黑猫雄赳赳地踏着步走了过来，轻巧地跳到垃圾场尽头的一座顶棚上。但是当它正要跨过屋顶的时候，迎面又上来一只黄猫。黑雄猫把眼睛一瞪，朝对方咆哮起来。黄猫也毫不示弱，照样竖眉瞪眼大叫不休。两条尾巴在猛烈地抽来甩去，粗壮的喉咙在咆哮、怒吼。它们的耳朵朝后耷拉着，全身的肌肉也紧张了起来，面对面地各自朝对方逼近。

"呼——呼——呼！"黑猫叫着。

"呜——呜——呜！"对方用比它低沉的声音回答着。

"呀——呜——呜——呜！"黑猫吼着，一面又往前逼近了半英寸。

"呼——呼——呼！"黄猫应和着，它高高地弓着背，用威风凛凛的步子朝前迈了一英寸。接着又是一阵"呼——呼"，又往前跨了一英寸，尾巴还是连甩带抽地摆个不停。

"呀——呜——呼——呼！"黑猫提高嗓子大叫起来，一面挺着宽宽的突出的胸脯，一面却朝后退了八分之一英寸。

这时候，四周的窗户都打开了，传来了人们的谈话声。可是两只猫儿相持不下的场面还在继续着。

"呼——呼——呼！"黄猫咆哮着，声音越来越低沉，而对方的喉咙里响起的叫声却越来越高了。接着，黄猫呼的一声，又往前迈了一步。

这一下，两只猫的鼻子只隔三英寸远了。它们斜着身子站在那儿，都摆出了准备厮打的架势，都在等对方先动手。它们一声不吭地瞪着眼，像泥菩萨似的相互盯视了三分钟，只有尾巴尖还在扭动。

"呼——呼——呼！"黄猫又用低沉的声音吼了起来。

"呀——啊——啊——啊——啊！"黑猫大声吼着，想用叫声来消除自己的恐惧，但同时又后退了六分之一英寸。黄猫就乘机前进了大半英寸。这时候，它们近得连触须都搅混在一起了。接着黄猫又逼近了一步，于是它们连鼻子都快碰上了。

"呼——呼——呼！"黄猫低沉地叫着。

"呀——啊——啊——啊——啊——啊！"黑猫拼命大叫，但是又后退了三十二分之一英寸。就在这时候，那只凶猛的黄猫，像恶魔似的蹿上去抱住了它。

两只猫滚呀、咬呀、抓呀，打得多么激烈啊，尤其是那只黄猫！

两只猫扭呀、抱呀、撞呀，打得又凶又猛，特别是那只黄猫。

它们翻过来滚过去，一会儿这个在上头，一会儿那个在上头，不过大部分还是那只黄猫占优势。它们一点点地移动，后来，终于在周围窗户里人们的呐喊助威的笑声中，从屋顶上滚了下来。它们一面往下滚，一面还在抓紧时间不停地抓来扯去，特别是那只黄猫，打得格外凶狠。等到摔到地面的时候，它们还在一个劲儿地厮打，可是占上风的，还是那只黄猫。待到分手的时候，两只猫全弄得遍体鳞伤，那只黑猫尤其伤得厉害！它爬上墙头，一面淌着血，一面哼哼着走掉了。这时候，窗户里的人们就互相转告说，凯列家的小黑到底给黄猫比尔打败了。

也许是那只黄猫的眼光特别敏锐，也许是小贫儿没有躲好，黄猫终于在垃圾箱当中发现了它，而它又没有跑开的意思，这可能是因为它亲眼看见了刚才的战斗吧。打胜仗，是最能赢得异性欢心的事情。因此，从这时起，黄公猫就成了小贫儿最要好的朋友。它们虽然不在一块儿生活，也不在一块儿吃东西——猫是不大这么做的——但它们都把对方看作是特别亲密的朋友。

小贫儿做了妈妈

九月过去了，十月来临了，这时候，那只破旧的垃圾箱里发生了一件事情。要是黄猫比尔跑来的话，它就可以看到，小贫儿已经做了妈妈，五只小猫蜷缩在它的怀里。对它来说，这真是一桩绝妙的事情。它感到了最大的满足，无比的快乐。它爱这些小猫儿，慈爱地舐着它们。这种慈爱的程度，要是它具有考虑这类问题的能力的话，一定会使它自己都觉得惊奇的。

这件事给自己单调乏味的生活增添了乐趣，但同时也给自己带来了照顾孩子的责任，在自己的沉重负担上增加了不少分量。现在寻找食物的事儿，占去了它的全部精力。等孩子们长大了些，能在垃圾箱当中爬来爬去的时候，它的负担就更重了。这些小家伙在出世六个星期以后，总是趁着妈妈不在就到处乱跑。这儿的贫民区里有句俗语，说是：祸事成堆来，好事一眨眼。小贫儿跟狗碰上过三次。有一回饿了两天肚子，马莱家的黑人还用石头砸它。后来算是时来运转了。第二天早晨，它在短短两个钟头的时间里，就找到一只没有盖子的、装得满满的牛奶瓶，又从一个手推车的订户那儿抢到一块猪肝，另外还找到一个大鱼头。当它带着一种只有在吃饱肚皮以后才有的那种安逸劲儿，舒舒服服地走回家去的时候，在垃圾场上看见一只褐色的小东西。于是，它的脑海里又浮现了打猎的念头。它不知道这是只什么动物，可是它曾经弄死和吃掉过许多小耗子，这个短尾巴长耳朵的家伙，一定是只大鼷鼠吧。小贫儿怀着一种不必要的小心，蹑着脚走过去。它看到的实际上是只小兔子，这时，那只小兔子却坐了起来，好像觉得挺有趣。它不想跑开，于是小贫儿就扑上前去，抓着它，拖着就跑。因为肚子不饿，它把小兔子带回了垃圾箱，朝小猫当中一扔。小兔子没受多大伤害，不一会儿，它已经从惊吓中恢复过来。它没法跑出垃圾箱，就挨在小猫当中挤来挤去。等到猫儿们开晚饭的时候，它也很快做出了决定，跟着它们一块儿吃了起来。这下可把老猫给弄迷糊了。捕食小动物的天性，仍然在它心里占着重要地位，只因为它肚子不饿，小兔子才得了救，母爱的天性才有机会出现。结果，小兔子也成了猫家庭的一分子，也跟那些小猫一起，受到了小贫儿的保护和养育。

又是两个星期过去了。灰猫妈妈不在的时候，那些小猫总是在垃圾箱当中胡闹着玩儿。这时兔子还是没法走出垃圾箱。后来，小猫在垃圾场后面被日本人马莱看见了，就吩咐他的黑人去打死它们。有一天早

晨，黑人用一枝22毫米口径的猎枪，照马莱的意思干了起来。他一只接
着一只地把它们打落在垃圾堆的缝隙里。这时候，老猫从码头上逮来一
只老鼠，顺着墙头跑回家来。要不是看见老猫衔着老鼠，因而才改变了
主意的话，那个黑人也要朝小贫儿开枪了，因为他认为，捕鼠猫是应该
留着的。说来也真巧，它有生以来逮到的一只大老鼠，竟然就救了它的
性命。它穿过废物堆，回到垃圾箱里，可是小猫没有回答它的呼唤，这
使它觉得挺纳闷，那只小兔子又不愿意吃老鼠。于是猫妈妈就一面蜷起
身子喂它吃奶，一面却不时地呼唤它的小猫。黑人听见叫声，就跟着声
音悄悄地走过来，偷偷往垃圾箱里一瞧，禁不住大吃一惊，因为他看见
里头有一只老猫、一只活兔子，还有一只死老鼠。

　　猫妈妈把耳朵朝后一耷，呼呼地怒吼起来。黑人转身走开了，但是
一分钟以后，垃圾箱口上忽然盖上了一块木板。于是，这里头的住户，
不论死的活的，全被搬到鸟兽商店里去了。

　　"嘿，老板，快瞧这儿。咱们不见的那只小兔子跑到这玩意儿里头
去啦。这一下你该不会说我把它偷去换东西了吧。"

　　小贫儿和那只兔子被小心地关进一只大铁丝笼里，让大家欣赏这个
美满的家庭。可是几天以后，那只小兔子生病死了。

　　小贫儿待在笼子里，老是觉得挺不痛快。它吃得饱、喝得足，但
它更渴望的是自由——这会儿它感到，宁愿死去也不情愿失去自由。不
过，在四天多的牢笼生活里，它已经被洗得干干净净，身上的毛全刷得
光溜溜的，露出了它那不同寻常的毛色。日本人马莱看到这种情况就决
定把它留下来了。

皇家阿纳洛斯坦

马莱是个矮个子伦敦人，他因为一直在一间地下室里出售廉价的金丝雀，所以很被人瞧不起。他穷得要命，那个黑人肯待在他这儿，是因为这个英国人肯跟他一块儿吃饭，一块儿睡觉，并且还完全平等地对待他。这在美国佬当中，是很少有人愿意干的。按照这个黑人的看法，马莱是个道道地地的老实人，但这一点他是完全看错了。因为大家都挺清楚，马莱的主要收入，是依靠收留和养好偷来的小猫小狗赚来的。那六只金丝雀，不过是摆摆样儿。

但马莱还是很自信。只要有点什么小小的成就，他就会说："你瞧着，山姆，我的好伙计，总有一天，你会看见我有自己的马的。"他不是个毫无雄心的人，有时候，他希望能当上一位出名的饲养家，但是他的雄心是微小、软弱和不能持久的。

说句老实话，有一回，他甚至自不量力地要求参加尼克波克高等社会猫狗展览会。他提出这样的要求，有三个不大明确的目的：第一，想满足他的雄心；第二，去取得参加展览会的许可证；第三，"噢，你要知道，一个做猫狗买卖的人，就得认认那些珍贵的好猫。"马莱这样对自己说。但是，这是个社交界的展览会，参加展览的人，必须经过介绍，因此，他那只可怜的混血波斯猫，就遭到了傲慢的拒绝。

马莱只对报纸上的"失物栏"感兴趣，但他也挺注意"怎样让动物多长皮毛"的材料，并且还收集了一些这方面的剪报。他把这些材料贴在地下室的墙上。于是，就在这些剪报的影响下，他以小贫儿为对象，着手进行一种近乎残酷的实验工作。首先，他在它肮脏的皮毛上涂上一种药物来消灭它身上的那些蚤虱。这一步工作完成以后，不管小贫儿怎么张牙舞爪，怎么咆哮叫唤，还是用肥皂和热水替它彻彻底底地洗了个澡。小贫儿被弄得恼火透了。可是当它待在火炉边上烘干了身子的时候，一股温暖舒适的热流传遍了它的全身，它的毛全都蓬张了开来，又柔软又白净，真是好看极了。马莱和他的助手看到这样的成绩，心里说不出有多么高兴。不过这只是准备工作，正式的实验才刚刚开始哩。

"多吃油腻食物，长时间地暴露在冷空气里，是长毛的最有效的措施。"剪报上是这样说的。这时冬天就要到了，马莱把关小贫儿的笼子，挪到外面的空场上，只在下雨和受到风的直接吹刮时，才给它遮掩一下，另外还用大量的油饼和鱼头给它当食物。一个星期以后，变化就看出来了。它在飞快地发胖起来，毛色也越来越光溜了——说实在的，它除了发胖和长毛以外，也没什么可干的。它的笼子总是保持得挺干净。寒冷的天气和油腻的食物，在它体内发挥了作用，使小贫儿的皮毛一天比一天浓厚起来、光滑起来。等到冬天过去一半的时候，它已经长成了一只漂亮得出奇的猫。它身上的毛又浓密又好看，毛上的花纹和斑点，也是非常少见的。

马莱对这次实验的结果极为满意。一点小小的成就，也会对他产生很大的影响，因此他竟做起成名得利的美梦来了。干吗不把小贫儿送去参加即将开幕的展览会呢？去年的失败，使他对一些小地方也变得更加谨慎起来。

"你瞧，山姆，"他对他的黑人助手说，"用流浪的野猫身份去报名，那是不行的，但我们可以想办法去迎合尼克波克的要求。最好能取一个好听的名字，应该叫作'皇家'什么什么的才成——对于尼克波克来说，皇家两字是再合适不过啦。就管它叫'皇家狄克'或是'皇家沙姆'，你看怎么样？不过等一等，这全是公猫的名字。噢，对了，山姆，你出生的那座岛叫什么来着？"

"咱老家叫阿纳洛斯坦岛，先生。"

"嗨，真妙啊。就这么叫，'皇家阿纳洛斯坦'！全展览会中独一无二的皇家阿纳洛斯坦，你说这名儿好吗？"说罢，两人咯咯地一齐笑了起来。

"可是咱们还得弄张血统调查书才行啊。"于是，他们又伪造了一份非常详尽的、附有家谱的血统调查书。在一个黑魆魆的傍晚，山姆戴着一顶借来的大礼帽，把小贫儿和血统调查书交给了展览会的门房。这个黑人担负了谈判的任务。他在第六街当过理发师，他能在五分钟的时间内，装出一副马莱一辈子也做不来的体面而傲慢的气派。我们可以毫无疑问地说，皇家阿纳洛斯坦之所以能光荣地被接受参加展览会，山姆的做功也是原因之一。

能够做一名展出人，使马莱感到很得意。但是，他沾染了很浓厚的伦敦人那种敬畏上层阶级的习气。展览会开幕的那天，那种成排的马车和大礼帽的场面，就把他给吓住了。看门的人仔细地瞅着他，看见他有入场券，才勉强放他进了门，准把他当成是哪个展出人的马夫了。大厅里，在一长排一长排的笼子前面，铺着一条条的天鹅绒地毯。马莱凭着自己的一点小聪明，悄悄地沿着两边走过去，看看各种各样的猫儿，望望那些红缎带和蓝缎带，一面还东张西望，但又不敢打听自己的展品摆在哪儿。要是让那些上流社会的先生们发现了他的骗局，那他们会说些什么呢？一想到这里，他就禁不住一个劲儿哆嗦。他跑遍了外面的过道，看到了许多得奖的猫儿，可就是不见小贫儿的影子。里面过道上的观众挤得更厉害。他东穿西绕地走到那儿，但还是没见到小贫儿。于是他想，这一定是评判员后来又把他的猫给剔掉了。不过没关系，他已经弄到了入场券，而且现在也知道，该上哪儿去找那几只珍贵的波斯猫和安哥拉猫了。

高级猫全放在中间过道的中央，那儿挤着一大群人。过道上用绳子拦了起来，两旁站着两个警察，在维持人群向前流动，马莱挤在他们当中。他个子矮，没法朝前看。尽管那些服装华丽的家伙们，全在躲避他那套破烂衣服，他还是没法挤上去。不过他从别人的谈话中，归纳出这样的结论：展览会最出色的展品就陈列在这儿。

"啊，瞧它多漂亮！"一个高个子女人说。

"多么出色！"有人应和着。

"没错儿，只有在最高贵的环境里待了好多年，才能有这样的气派。"

"我真想有一只这么好看的猫儿！"

"瞧它那副样儿，多尊贵，多悠闲！"

"听说它有一份真正的血统调查书，它的家谱差不多一直推到了法老①时代。"这时候，可怜而肮脏的马莱，自己都觉得挺奇怪，为什么他竟敢把他的小贫儿送来，跟这样的猫儿争奇比美呢？

"对不起，太太。"展览会的主持人从人群里挤了过来，"《竞赛精华》杂志的美术家来了，他奉命来给'展览会的明珠'作素描，马上送去急用。能不能请诸位略微往旁边站一站？噢，对了，谢谢诸位！"

"喂，主任先生，您能不能说服那位展出人，请他把这只漂亮的猫出让给我？"

"噢，这我可不知道，"主任回答说，"据我了解，他是个不容易接近的大富翁，不过我可以试试看，太太，可以试试看。我从他的管家那儿听说，他根本就不愿意让他的宝贝参加展览。喂，先生，请让一让路。"主任吆喝着，因为这时候，衣衫褴褛的马莱，正在美术家和那只贵族名猫之间急切地挤来挤去。不过，这个受人轻视的人，只是想弄弄清楚，那些值钱的猫儿到底摆在什么地方。现在他走近了些，已经望得见那只笼子了，而且还看到了挂在那儿的一块说明牌，上面这样写道："尼克波克高等社会猫狗展览会，以金质奖章及其绶带，授予纯种的、持有血统调查书的皇家阿纳洛斯坦。展出人：著名饲养家杰·马莱绅士。（非卖品）"马莱屏住呼吸，又仔细地看了看。是呀，一点也不假，在那只高高的镀金笼子里的天鹅绒垫子上，在四名警察的守卫下，趴在那儿的正是他的小贫儿。它身上的毛，灰里带黑，油光光的，蓝幽幽的眼睛半闭着，朝那张图画上的一只猫儿望着。由于被一群大惊小怪的家

---

①法老：古埃及国王。

伙们围着，它显出一种非常厌烦的样子，它喜欢这些人的程度，跟了解他们的程度是同样微小的。

小贫儿害上想家病

马莱在笼子周围待了好几个钟头。他在听取观众们的评论——他所感受到的荣誉是他有生以来从未体验过的，就是做梦也难得梦见的。但他也看得出来，自己最好还是别露面，他得让他的"管家"来办理一切事务。

由于小贫儿的参加，展览会举办得非常成功。在它主人的眼睛里，它的身价也一天天地高了起来。他不知道，人们买起猫来能花多少钱。他以为，当他的"管家"授权给那位经理，以一百美元的价格出售阿纳洛斯坦，已经是达到纪录的最高峰了。

这就是小贫儿被人从展览会上搬到第五街的一座大楼里的具体过程。开始的时候，它表现得非常粗野。可是这儿的主人认为，它之所以拒绝人们的爱抚，是因为它具有高不可攀和不愿意随便跟人亲近的性格。它躲开巴儿狗逃到餐桌中央去的行为，又被看作是具有一种根深蒂固但又很错误的想法——害怕巴儿狗碰脏了它。它对金丝雀的袭击，也得到了原谅，因为它在东方的故乡是看惯了这种暴虐的行为的。它在揭开牛奶罐的盖子时，所表现的那副高贵的姿态，尤其令人赞赏。它不喜欢它的那只铺有丝质垫子的睡篮，并且，还经常一头撞在玻璃窗上。不过，这也是挺容易理解的，因为那只睡篮太平常了，同时，在它过去高贵的家里，是不用平板玻璃的。它在围着高墙的后院里捉麻雀，但是好几次都失败了，这又再度证明，它从小到大一直是娇生惯养的。同时，因为它常常沉迷在食物的废罐头里，它的新主人又觉得，这说明它有一点点情有可原的出身高贵的怪癖。它吃得饱，又受到宠爱，人们欣赏它、称赞它，但是它并不感到快乐。小贫儿害上想家病啦！它把脖子上的绶带狠命地抓了下来，又朝平板玻璃窗上乱跳乱蹦，因为它以为从这儿可以跑出去。它回避人们和狗，因为他们过去对它总是不怀好意。它常常坐在那儿，呆呆地望着窗外的屋顶和后院，希望能上那儿去换换环境。

但是，它被人严密地看守着，从来也不让往外跑——所以，每当它在室内看到那些令人高兴的废罐头的时候，就总会想起过去的那些日子。可是，在三月的一个晚上，趁这些罐头被送出去交给早班清道夫的当儿，皇家阿纳洛斯坦就抓住机会，溜出大门，逃得无影无踪了。

当然，这件事引起了一场很大的骚动。可是小贫儿呢，它既不晓得，也不去关心——它想到的只是回家。说来也许是凑巧，它走的那条路，正是回到格兰墨茜·格兰奇山的方向，可是在到达那儿之前，它也碰到了各式各样的小危险。而目前它又怎么样呢？它离开了大楼，断绝了自己的生活来源。它的肚子开始饿了，但它还是体验到了一种特殊的幸福感。它在一座沿街的花园里，畏畏缩缩地待了一些时候。一阵阴凉的东风刮了起来，给它捎来一个特别亲切的信息。对人们来说，这是难闻的码头上的气味，但对于小贫儿，这却是家里送来的表示欢迎的音讯。它顺着那条长长的街道，一直向东跑去。有时穿过沿街花园的栅栏，有时像木偶似的站上一会儿，不然就穿过大街，找寻光线最暗的一边走。后来，它终于来到了河边的码头上，可是一瞧呀，这个地方挺陌生。这时候，它既可以往南，也可以朝北。后来由于某种感觉的驱使，它向南边走了过去。一路上，它在码头、车辆、狗和猫当中躲来闪去，还要回避港湾的警察和笔直的木板墙。一两个钟头以后，它嗅到了熟悉的气味，也看到了熟悉的景物。在太阳出来以前，它终于拖着疲惫的身子，迈着疼痛的脚，穿过那座老篱笆上的那个老洞洞，再翻过一面墙，来到了鸟兽商店后面的垃圾场上——一点没错，回到了它出生的那只垃圾箱里。

嗨，第五街的那一家子人，现在要是能来看看它的所谓的东方的故乡，该多么好玩啊！

它休息了好一会儿以后，才悄悄地跑出垃圾箱，从木台阶上走到地下室，照老规矩找起吃食来了。突然间，地下室的门开了，那个黑人站在那儿。他朝里面的鸟兽商人大声喊道："快来呀，老板。这不是皇家阿纳洛斯坦回来了吗？"

小贫儿正往墙上蹦蹦的时候，马莱赶来看见了它。他们提高了嗓门，用一种最甜蜜、最吸引人的声调喊着："小贫儿，小贫儿，可怜的小贫儿！来吧，小贫儿！"可是小家伙对他们的好意并不感兴趣，它还是跑去干它从前的老行当去了。

皇家阿纳洛斯坦给马莱带来了一笔横财——因为它，这间地下室才增加了不少舒适的设备，笼子里才添上了许多新的鸟兽。目前最重要的问题是，要把这位"皇后"重新逮住。于是，他们布置了一些臭肉片和其他一些适当的引诱物。后来，小贫儿被新的饥饿逼慌了，就爬进一只放着大鱼头的捕猫箱。那个在旁边守望着的黑人把绳一拉，盖子就翻下来了。一分钟以后，皇家阿纳洛斯坦又当上了地下室里的一名俘虏。当时，马莱查寻了一下报上的"失物栏"。"喏，找到啦！赏金五十美元。"当天晚上，马莱先生的管家就带着那只失踪的猫儿，来到了第五街的那所大楼里。"先生，马莱先生向您致意。皇家阿纳洛斯坦最近又在旧主人家附近出现了。马莱先生说，他能把皇家阿纳洛斯坦送还给您，感到非常荣幸。"当然，马莱先生是不需要报酬的，可是对这位管家却应该赏点什么。同时，他自己也露骨地表示，说是他希望得到悬赏的那笔钱，要是再额外加上点什么，那就更加高兴。

发生了这次逃亡事故以后，小贫儿被监视得更加严密了。但是，它对过去的挨饿生活，丝毫也不觉得厌倦，而对目前的安逸舒适，也并不感到快活。它变得比从前更粗野、更不开心了。

逃离乡间别墅

春光明媚的日子来到了纽约。一些肮脏的小麻雀，在叽叽喳喳地翻来滚去，各处的猫儿都在整夜地吼叫不休。住在第五街的这一家人，也在打算搬到乡下去待些日子。他们收拾好东西，关上屋门，动身朝五十英里以外的别墅搬去。小贫儿也被装在一只篮子里，一块儿带走了。

"换换空气，变变环境，正是它所需要的。这样可以减少它对旧主人的怀念，可以叫它快活起来。"

猫篮子被装上了一辆咯噔咯噔、摇摇晃晃的马车。一路上，小贫儿闻到了一些新奇的气味，听到了一些从未听过的声响。突然间，马车拐了个大弯，接着又轱辘轱辘地向前滚动了一阵，震得猫篮子越发摇晃起来。跟着马车停了一小会儿，又拐了一个弯儿，然后又是咔嗒咔嗒的声音、砰砰砰的声音、一阵又长又尖的吹哨声、一座高大的前门的门铃声，接着又是一股难闻的气味、一股叫人恶心的怪味、一股越来越可怕和越来越令人讨厌的窒息的气味、一股臭得要命的臭味，再加上咯噔咯噔的马车声，把可怜的小贫儿的吼叫声都给淹没了。正当这一切发展到叫人无法忍受的时候，救星来到了。小贫儿听见一阵咔嗒声、噼啪声，马车里有了亮光，空气也流通了。接着，一个男人的声音喊道："第一百二十五街到啦，大家请下车吧！"当然，这些话对小贫儿来说，只不过是一阵人的叫喊声罢了。这时候，大吵大闹的声音几乎听不见了——的确没有了。可是不多会儿，虽然那股难闻的臭味不再出现了，不过砰砰的声音又响了起来，而且还夹杂着许多别的声响，车身也重新摇晃起来。一阵漫长而空洞的轰隆声，和一股愉快的码头气息，很快地过去了。接下来是一连串的震动声、轰隆声、吱嘎声、停车声、咔嗒声、噼啪声，一阵气味、颠簸、摇晃过去后，又是一股气味，又是一阵摇晃——大摇晃和小摇晃——煤气、烟气、尖叫声、门铃声、震动声、滚动声、轰隆声，接着又是一些新的气味、噼啪声、踢踏声、上下跳动声、轱辘滚动声，接着又是一些气味传来。最后，马车停下来了，闪亮的阳光，通过猫篮的盖子照射进来。这只身份高贵的猫儿，又被抬上一辆老式的马车里，从原来的路上转了个弯。不一会儿，车轮又发出咔嚓咔嚓的声音；另外还有一种新奇而可怕的声音——狗叫声，有大狗，也有小狗，而且这狗叫声全近得叫人害怕。末了，猫篮又被抬了起来，小贫儿终于来到了它的乡间别墅。

每个人都对它非常亲切。他们都想逗它高兴，但是，大家的希望全都落了空。只有小贫儿在逛进厨房时发现的那个大胖子女厨师，有时候还可能做到这一点。在这个热心人身上，好像有一股近乎贫民区的气味，而这种味道，小贫儿已经有好几个月没闻到过，因此，它对皇家阿纳洛斯坦就具有一种相当程度的引诱力。女厨师也知道，主人担心的是怕猫儿逃跑。于是，她就对主人说："它的确有逃跑的念头，可是只要给它尝上点好吃的，保证叫它安下心来。"接着，她就机敏地把这只不易接近的猫儿捉到围裙里，大胆地在它的脚底板上涂了些奶油。当然喽，小贫儿是讨厌她这么干的——它讨厌这儿的一切。可是等它被放下地来，用舌头去舔自己的脚爪的时候，就发现奶油的味道挺合口味。它花了整整一个钟头，把四只脚爪全舔遍了。那个女厨师得意扬扬地说："这一下它可真的不想跑啦。"小贫儿的确是待下来了，可是它最感兴趣的，不过是那间厨房、那个女厨师和那只废菜桶罢了。

主人们虽然对它的这些古怪脾气感到不高兴，可是因为看到皇家阿纳洛斯坦，比以前安心和可亲了些，也就觉得挺满意了。一两个星期以后，他们给了它更多的自由。他们小心地保护着它，不让它遭到任何危险。那些狗也在主人的教导下，对小贫儿抱着尊敬的态度。所有住在这儿的人，不论大人小孩，对于朝这只持有血统调查书的名猫扔上一块石头的事，是连想都没有想到的。它要吃什么，就能吃什么，但它还是觉得不快活。它眷恋着许多东西，但这些东西到底是什么，它自己也搞不清楚。现在它样样都有了——一样也不缺了，但它需要的是另外一种东西。它吃得饱，喝得足——大吃大喝，随心所欲。可是，当它可以从牛奶碟子里尽情吃喝的时候，牛奶却失去了原有的味道。只有在又饥又渴，从牛奶罐里偷喝的时候，才觉得鲜美可口，不然的话，它就失去那股特有的气味——就根本不是牛奶了。

不错，在这所房子的后面、旁边和周围，也曾经有过一个挺大的垃圾场，可是现在，全叫玫瑰花给败坏了、糟蹋了。同样的马、同样的狗，一到这里也都走了味儿。乡间的整个地区，活像一片冷落的大沙漠，到处是毫无生气的、讨厌的花园和干草地。纵眼望去，看不到一所房子，望不见一根烟囱。这一切叫它多么恼恨啊！在这个可怕的地方，只在一个不被人注意的角落里，有一簇香气扑鼻的灌木丛。它挺喜欢在这儿的树叶子中间，抓抓咬咬，打滚作乐。在这个地区里，这样玩玩已经算是最有意思的事了，而且也是独一无二的玩意儿。因为自从来到此地以后，它就从来没有找到过一个臭鱼头，也从未发现过真正的食物废罐头。总而言之一句话，这儿是世界上最丑陋、最讨厌、最难闻的地方。要是能自由行动的话，那它准在头一天晚上就逃走了。说老实话，它现在越来越自由了。同时，它的主人们认为，它跟那个女厨师的亲切关系，会使它在这儿安心地待下去的。可是，当这个倒霉的夏天刚要过去的时候，有一天，这里发生了一连串的事故，又把这位高贵俘虏的贫民区的天赋性格，重新激发起来了。

码头上运来一大捆东西。里边装些什么，一时还没法知道，可是它充满了一股浓烈而诱人的码头味儿和贫民区的气息。小贫儿闻出了这股味道，旧日的生活极其清晰地浮现在它的脑海里。第二天，女厨师就为那捆东西的事出去了。这是一捆断电线，当天晚上，屋主人的小儿子，一个不懂得尊敬贵族猫儿的小美国佬，在小贫儿的尾巴上系了一只罐头。当然，他这么做，一定还有什么其他对猫儿有利的打算。可是小贫儿对他这种胡闹行为，感到非常气愤，就张牙舞爪地狠命反抗着。那个小美国佬吓得大叫起来，惊动了他的妈妈，她用一本书，机敏而轻巧地对准小猫扔去。可是小贫儿侥幸地躲了开去。不用说，接着它就逃到楼上去了。老鼠被人追赶的时候，总是往下逃。狗被人追赶的时候，总是往平地上跑。猫呢，碰到有人来追，却总是朝上奔。它躲到顶楼上，藏得严严的，在那儿一直待到夜里。然后，才悄悄溜下楼来，一扇又一扇地想推开那些纱门。后来发现一扇门没有闩上，就打那儿逃进了八月的漆黑的夜色里。人们在这样的夜里，只能看见漆黑一片，连小贫儿看起来，也只是灰蒙蒙的。它穿过那些讨厌的花木，在那簇独一无二的诱人的灌木丛里，最后地滚了一滚，然后就大胆地找路回家了。

回家的道路，是它从来没有见过的，那它又怎么能找到它呢？所有的动物，都具有一种辨别方向的能力。在这方面，人是挺差的。马的鉴别力就非常高。猫呢，也挺不错。就凭着这一点奇妙力量的指引，小贫儿朝西边跑去。它虽然不太清楚，可是却非常肯定，它这么跑，是受着一种普通的冲动所驱使，它这么肯定，也只是因为这条道儿比较好走的缘故。一个钟头以后，它已经走了两英里路，来到了哈得逊河边。有许多次，它的嗅觉告诉它，走这条路是正确的。它又遇到了一种又一种的熟悉的气味，就好像一个人，在一条陌生的道路上走了一英里路，可能一点印象也没有，可是当它回头再走一遍的时候，就会觉得熟悉了。"可不是，这个我过去看到过的。"给小贫儿带路的，主要也就是这种辨别方向的感觉，而它的鼻子，又一刻不停地在给它提出保证："对，你现在走得对——春天的时候，这地方咱们走过的。"

河边上有条铁路。它没法打水路上走。它必须往南，或者是朝北。对于这一点，它的方向感是非常明确的。它的方向感指出："往南走。"于是，小贫儿就顺着铁路和篱笆之间的小道儿，一直朝南跑去。

红眼睛的黑色大怪物

猫在爬树或是翻墙的时候，动作非常敏捷。但是，一英里又一英里，一小时又一小时的长途跋涉，它们就不在行了，只有狗才能胜任。小贫儿一路上虽然还算顺利，而且路也挺直，可是一个钟头以后，它只继续跑了不到两英里的路程。这时候，它感到很疲倦，四只脚也有点跑痛了。它正打算停下来休息的时候，一条狗跑近篱笆，在它耳朵边突然发出一阵可怕的狂吠，吓得它拔腿就逃。它拼命往前直奔，一面又警惕地注意着，看那条狗会不会穿过篱笆来赶它。没有，还没有！可是它紧挨着篱笆赶了上来，一面还可怕地狂叫着。小贫儿就顺着篱笆的另一面，安安全全地往前飞跑。不一会儿，狗叫声渐渐变成了一种低沉的喧闹声——接着，声音又响了些，变成了咆哮声——接下来又变成一种可怕的轰隆声。这时后面射过来一道亮光。小贫儿回头一瞄，发现追它的不是那条狗，而是一个长着雪亮的红眼睛的黑色大怪物。这家伙一面咆哮，一面喘气，像一大群猫在大吵大闹似的飞跑过来。它鼓足全力往前逃命，达到了它从来没有过的最高速度，但它又不敢跳过篱笆。它像一条狗似的飞跑着，但一点也没有用，那个大怪物还是赶上了它。可是它待在黑暗里，所以大怪物没有看见它，就急急忙忙地在它面前跑了过去，接着便在夜色里消失了。小贫儿气咻咻地蹲在那儿，自从听到狗叫的时候起，它与家的距离又缩短了半英里的路程。

这是它头一次碰到这个陌生的大怪物。其实，这家伙只是看起来陌生，它的鼻子好像早就跟怪物挺熟悉了。同时，它的鼻子还告诉它，怪物的出现，是回家道路上的另一个标志。可是后来，小贫儿逐渐对这种大怪物，并不怎么害怕了。它发现，这个家伙笨得要命，只要悄悄地往篱笆底下一溜，静静地往那儿一躺，就保险不会被发现。在天亮以前，它碰见过好几次这样的怪物，但总是被它安全地逃脱了。

太阳快要出来的时候，它来到一小堆可爱的破烂堆跟前，运气真不错，它在垃圾当中找到了一些未经消毒的食物。这一天，它是在一座马棚附近度过的，这儿有两条狗，还有几个男小孩，他们差点儿毁了它的一生。这地方挺像它的家，但它并没有在这儿待下去的意思。往日的希望在驱使着它，第二天夜里，它又像以前那样出发赶路了。它看到那种独眼的怪物，整天在这儿跑来跑去，便慢慢地感到习惯起来，因此走了一夜的安稳路。第二天，它是在一座谷仓里度过的，并且还在那儿逮到了一只小耗子。第二天晚上跟头一天一样，只是遇见了一条狗，多跑了一大段回头路。有好几回，因为碰上了岔道儿，迷失了方向，走过不少冤枉路。但它总能及时地回到朝南的路线上。几天过去了，白天，它躲在谷仓里，避开狗和小孩。到了晚上，才一瘸一瘸地往前赶路，因为它的脚走得越来越痛了。但它还是一个劲儿往前走，一英里又一英里地往南走，一直往南走——狗、小孩、咆哮的怪物、饥饿——狗、小孩、咆哮的怪物、饥饿——但是，它仍然不停地前进啊前进。它的鼻子不时地在鼓励它，信心十足地向它报告："没错儿，这种味儿，咱们今年春天闻过的。"

一连串的好运

一个星期就这样过去了，肮脏、疲累、丢掉缎带、脚痛腿酸的小贫儿，来到了哈兰姆桥上。虽然这儿有一股芳香的气息笼罩着，可是小贫儿不喜欢那副样子。它花了半夜功夫，顺着河岸上上下下地跑来跑去，除了发现几座桥以外，并没有找到其他别的朝南去的办法。同时，它也没碰上什么有趣的事物，只发觉这儿的大人跟小孩子对它一样危险。于是，它不得不再回到哈兰姆桥上去。这不仅因为这儿的气味比较熟悉，而且，当独眼怪物经过这儿时，所发出的那种特别的轰隆声，跟它春天来的时候听到过的挺相像。等到夜深人静以后，它跳上铁轨的枕木，悄悄地往桥那边溜去。可是在没走到三分之一路程的时候，一个独眼怪物像滚雷似的迎面走了过来。它吓了一大跳，可是它知道这种家伙笨得要命，眼睛也像瞎子似的一点不管用，就朝下面的一根边梁上一跳，趴在那儿躲着。当然，大怪物没有看见它，隆隆地跑了过去。看来已经没事了，殊不知那家伙突然又奔了回来。这也许是另一个长相跟它一样的怪物，打后面呼哧呼哧地跑了上来。小贫儿窜上长长的铁轨，朝对岸奔去。要不是迎面又呜呜地冲来了第三个红眼怪物，它也许已经跑到那儿了。它用足全力，拼命地跑呀跑呀，可是它被两个敌人夹在中间了。它没有别的办法，只好从枕木上奋不顾身地往下一跳——跳到哪儿，它自己也不知道。它落呀，落呀，落呀——扑通，哗啦，一家伙掉进了深水里。水倒并不冷，因为这时候正是八月天。可是天哪，这多可怕啊！它浮到水面的时候，弄得水哗哗直响，还呛了呛。它望望四周，看看那些怪物是不是也跟着游了过来，然后才往对岸凫去。它从来没学过凫水，但它还是游起来了。道理很简单，因为猫在凫水的时候，它的姿势和动作，跟走路的时候一模一样。它掉进去的这个地方，它一点也不喜欢，于是就想"走"出来。结果呢，就朝岸边凫了过去。往哪边岸上凫呢？对老家的热爱是错不了的——它只能朝南岸去，那边是离家最近的地方。它浑身湿淋淋地爬上泥泞的河岸，接着又穿过几个煤堆和垃圾堆，弄得又脏又黑，显出一副最难看最邋遢的样子。

等惊慌的心情平复以后，这位皇族的小猫儿，就觉得这场冒险没什么不好了。一个大澡，洗得它觉得外面浑身舒畅，内心里也产生了一种愉快的胜利感，它不是在机智上战胜了那三个怪物吗？

它的嗅觉、它的记忆、它那辨别方向的本能，又帮助它找到了道路。可是这儿时时都有那种大怪物在穿来穿去。它经过郑重的考虑，决定转过身去，沿着带有回家标志的香味的河岸跑去。这么一来，它就逃脱了隧道的难以形容的恐怖。

后来的三天里，它熟悉了东河码头上的各种危险和复杂情况。有一回，它错上了一条渡船，被带到卡岛去了，但它又搭上了另一只早班船跑了回来。末了，到第三天晚上，它终于来到了一个熟悉的地方，它头一回逃跑的时候，曾经在此地过夜。于是，打这个地方开始，它的方向更明确了，跑起来也更快了。它知道自己是在往哪儿去，也晓得该怎么走。对于避开狗的追逐，它现在又有了更好的办法。它跑得更快了，心情更愉快了，过不了一会儿，它就真的可以回到它那东方的老家——它的老垃圾场上去了。再转上一个弯，那条街就看见啦。

可是——怎么搞的！那条街不见了！小贫儿简直没法相信自己的眼睛，但它又不能不信，因为这时候，太阳还没露头哩。这条街上原来那些东倒西歪、零零落落的房子，现在已经变成了一大片破烂的废墟，地上只剩下一些乱七八糟的石头、木头和洞穴。

小贫儿跑遍了这个地方。那些残余的柱子和人行道的特点使它明白，这儿的确是它的家。鸟兽商店的老板原先就住在这儿，从前的垃圾场也在这儿，可是现在，它们都不见了，完全不见了，连它们的熟悉的气味也全带走了。这种情况，使小贫儿难过透了，失望极了。对故乡的热爱是它的主要感情。它放弃了一切跑了回来，可是它的家却已经不存在了，它那颗小小的坚强不屈的心，这回也感到沮丧了。它在寂静的垃圾堆上荡来荡去，既找不到安慰，也找不到可吃的东西。废墟占据了好几条街的面积，一直伸展到后面的河边上。这不是火灾造成的，小贫儿曾见过火烧的场面。看上去，这好像是一群红眼睛大怪物干的事儿。小贫儿哪儿知道，有座大桥就要在这个地方兴建起来哩。

太阳出来以后，它想找个遮身的地方。隔壁那条街还在那儿，而且没有多大变化，于是，皇家阿纳洛斯坦就上那儿歇脚去了。它对那边的地形有点熟悉，可是它一到那儿，就发现这块地方已经挤满了跟它一样的、被赶出老家的猫儿。这使它挺不高兴，也觉得有些意外。当废罐头被扔出来的时候，每只罐头总有好几只猫儿一起抢着吃。很明显，这儿是在闹饥荒了！小贫儿在这儿忍耐了几天以后，只好跑到第五街去找它另外的那个家。可是它跑到那儿，发现大门紧闭着，里头一个人也没有。它在那儿等了一天，跟一个穿蓝外套的大个子闹了一场不愉快的别扭。所以到第二天晚上，它又回到那个拥挤的贫民区里来了。

九月和十月过去了。许多猫都饿死了，有一些又因为体力太弱，遭到了它们的天然敌人的残害。可是年轻力壮的小贫儿还照样活着。

这时候，那些废墟上发生了巨大的变化。在它到来的那天晚上，这儿还显得挺安静，可是现在，却成天地挤满了喧闹的工人。一座它来的时候已经盖好不少的高楼，在十月底全部完工了。小贫儿受着饥饿的逼迫，偷偷地溜到一只铅桶那儿，这是一个黑人把它放在外边的。运气真不好，这只铅桶不是用来装残剩的食物的，这是本区的一种新玩意儿，是用来大扫除的。小贫儿感到挺失望，不过铅桶上也有一点值得宽慰的地方——桶把上有股熟悉的气味。当它正在仔细进行研究的时候，那个开电梯的黑人又出来了。虽然他穿着一身蓝衣服，可是身上发出来的气味，却跟桶把上的一样叫人感到亲切。小贫儿退到了街那边。那个黑人目不转睛地朝它注视着。

"这不是皇家阿纳洛斯坦吗！来呀，小灰猫，咪、咪、咪、来呀！我看你一定很饿了。"

很饿了！它已经有好几个月没好好地吃上一顿了。那个黑人跑进大楼，把自己的午饭拿了一部分出来。

"来吧，小猫，咪咪咪！"这看上去有多好，可是小贫儿对这人有些怀疑。后来，他把吃食往地上一放，回到了大楼门前。小贫儿非常当心地跑上前来，朝吃食上嗅了嗅，然后一口抢了起来，像只小老虎似的奔到一边，安心地吃了起来。

这是一个新时期的开始。每当饿得难受的时候，小贫儿总是跑到大楼的门前来，它对那个黑人越来越有好感了。过去，它对这个人一直不了解。他也好像总是抱着一种敌对的态度。可是现在，他成了它的朋友，唯一的朋友。

有一个星期，它交上了一连串的好运。七天当中，它每天都捞到了一顿鲜美的吃食，而在最后的那顿食物上头，它发现了一只津津有味的死老鼠，这是一味道道地地的上等食品，真是意想不到的好饭菜。有生以来，它从来没有弄死过这么大的老鼠。于是，它衔着那只死老鼠，跑开去把它藏了起来，留着以后食用。当它在新盖大楼前边过街的时候，碰上了它的老对头——那条码头上的狗——小贫儿毫不自觉地朝大楼门前奔了过去，它的那个朋友就住在这儿。它快到门口的时候，那个黑人正在开门送一个衣装华丽的人出来，于是，他们俩都看见了这只衔着老鼠的猫儿。

"喂！你瞧瞧这只猫！"

"是的，先生，"黑人回答说。"这是我的猫，先生，老鼠见了它就怕，先生！它们都快叫它捉光了。先生，所以它现在弄得这么瘦。"

"噢，可别让它挨饿呀，"那个带着老爷派头的人说。"你养得活它吗？"

"猫食贩子每天都来，先生，两毛五分钱一个星期，先生。"黑人说，他完全看得出来，这条"建议"一定可以使他捞到五毛钱的外快的。

"这么办吧。费用由我来负担。"那个阔绰的先生慷慨地说

"猫——食！猫——食！"当那个老猫食贩子推着手推车，来到美化了的斯克里姆柏胡同的时候，这种诱人的、召唤猫儿的喊声又传来了，那些猫又像从前一样地蜂拥过来，接受它们应得的那份吃食。

猫食贩子还记得这儿的黑猫，白猫、黄猫和灰猫，最主要的，是记住了它们的主人。手推车来到新盖大楼附近的拐角上的时候，就按照新近修正的时间表停了下来。

"来吧，到路上来吧，你这个不值钱的小废物。"猫食贩子叫喊着，他挥舞着棒子，为那只蓝眼睛白鼻子的灰猫开出一条路来。小贫儿吃到了一块特别大的，因为山姆英明地把这笔收入平均分配了。这时候，小贫儿带着它那每天一份的吃食，跑到大楼的隐蔽的地方吃去了，它每天都按时上大楼这儿来。现在它已经进入它的生活的第四阶段，日子的美满幸福，是以前做梦也没想到的。起初，一切事情都跟它作对，而现

在，一切又好像都变得称心如意了。是不是旅行增长了它的智慧，这很值得怀疑。可是现在它懂得，什么才是它需要的，并且还得到了它。它成功地满足了长期以来想逮到麻雀的雄心，并且逮到的不是一只，而是两只。它们是在水沟里拼命厮打的时候，叫它逮住的。

我们没有理由设想，它从那时起就没有再捉到过一只老鼠。可是那个黑人为了要说明问题，只要办得到，就弄来一只死老鼠展览一下，不然的话，小贫儿就有失去生活津贴的危险。黑人把死老鼠放在大厅里，等主人来看过以后，才连声道歉地扫开去。"是那只猫干的，先生，这个皇家阿纳洛斯坦，天生就叫老鼠害怕。"

后来，它又生过几次小猫。黑人猜想，其中几只的父亲是那只黄雄猫。当然，他是猜对了。

有好多次，他把它卖给了别人。但是，他这么干，是一点没有恶意的。他也非常明白，只要过上几天，皇家阿纳洛斯坦又会回来。毫无疑问，他积存这些钱，是为了一种正当的抱负。小贫儿也懂得宽恕他了，有时甚至还配合着一起干。那个黑人告诉人说，有一次，小贫儿在最高的一层楼上，听见了猫食贩子的声音，还想法揿按电钮，叫他开电梯送它下去。

现在，小贫儿又变得光洁漂亮了。在手推车的四百名内的食客当中，它虽然不是唯一的一个，但却被公认为最最出色的名猫。猫食贩子对它是绝对尊重的。连当铺老板娘的那只喝奶油、吃鸡肉的猫儿，也没有皇家阿纳洛斯坦这样的地位。不过，尽管它过着安逸的生活，有着相当的社会地位，还有高贵的名字和伪造的血统调查书，但在它的一生中，它最最喜欢的，还是在傍晚的时候溜出去，到贫民区里兜兜圈子。直到如今，它还是和从前一样，不论在内心里还是在外貌上，都仍然不过是一只肮脏的贫民区里的猫。